R & L

Eva Klingler

WARTE NUR, BALDE RUHEST DU AUCH

Ein Goethe-Krimi

Rütten & Loening
Berlin

ISBN 3-352-00538-9

1. Auflage 1997

Einbandgestaltung Henkel/Lemme
Druck und Binden Clausen & Bosse, Leck
Printed in Germany

VORSPIEL

DER MENSCH ERFÄHRT, ER SEI AUCH WER ER MAG,
EIN LETZTES GLÜCK UND EINEN LETZTEN TAG.

Sessenheim, 11. 08. 1995

Es war spät, kurz nach zwölf Uhr, als er in sein kleines Zimmer unter dem Dach zurückkehrte. Befriedigt, aber doch erschöpft wie nach einer großen Kraftanstrengung lehnte er sich an die Tür, versuchte sich zu beruhigen.

Die Tür in seinem Rücken knarrte, das weiche warme Holz, Jahrhunderte alt und dünn geworden mit der Zeit, gab ein wenig nach.

Er stieß sich mit dem Rücken ab, ging ein paar Schritte und wusch sich an dem winzigen Waschbecken unweit des Fensters das Gesicht. So sehr er morgens darüber schimpfen mochte, jetzt war er froh, daß der blinde Hahn nur kaltes Wasser aussstieß, das allerdings in einem fröhlichen Schwall.

Im Fenster sah er dann sein Gesicht. Anders als im Spiegel, der die Farbe widergibt, bestand es hier nur aus Hell- und Dunkeltönen, und so wie eine Schwarz-Weiß-Fotographie den Charakter eines Menschen erbarmungsloser bloßlegt, schaute ihn aus dem Fenster sein Gesicht genau so an, wie es war. Es schien schärfer geworden, entschlossener, und seine Augen funkelten in einer Aufregung, die ihm selbst fremd war. Eigentlich sollte er jetzt Ruhe finden, er hatte erreicht, was er wollte, sie hatte ihm nach wochenlangem Drängen endlich nachgegeben.

War es Liebe gewesen, oder hatte er sie langsam zermürbt mit seinen Worten, die er zweifellos etwas geschickter anzuordnen wußte als sie, und zwar auf deutsch, das sie so gut beherrschte, wie es die Elsässer nun mal tun?

Er war trotz des Beweises ihrer Liebe unruhig und nervös und wußte, daß er nicht länger warten konnte.

Hastig griff er nach dem Buch auf dem Nachttisch. Er suchte dort Trost, wo er ihn sonst immer fand, setzte sich auf das Bett mit der dünnen Matratze, das ebenfalls nachgab und ihn beinahe zu Boden zog, und schlug den zerfledderten Band auf, der immer in seiner Nähe, immer griffbereit war. Und noch nie hatte er sie so gut verstanden, die Stelle aus *Dichtung und Wahrheit*:

... das alles raste zusammen in meinem durch Liebe und Leidenschaft, Wein und Tanz aufgeregten Blute, verwirrte mein Denken, peinigte mein Gefühl, so daß ich, besonders im Gegensatz zu den gestrigen unbehaglichen Freuden, mich in einer Verzweiflung fühlte, die ohne Grenzen schien.

Als hätten die Worte Goethes ihm den letzten Anstoß gegeben, beschloß er, sofort zu handeln.

Auf Zehenspitzen, als könnte ihn jemand hören – dabei war er im Nachbargebäude des Hofes, und es hörte ihn niemals jemand gehen oder sich bewegen – schlich er aus dem Zimmer, das einsame Holztreppchen hinunter, öffnete die hölzerne Eingangstür zum Hof, durch deren Butzenscheiben man hinaus in den stillen dunklen Hof blicken konnte.

Nach all den Wochen kannte ihn der Hund, er lag wie immer an seiner Kette, blickte nur ein einziges Mal kurz hoch, stellte in Ohr wie zum Gruß auf und schmatzte behaglich. Es war Sommer, und auch der Hund genoß das Leben unter den Sternen.

Leise schlich er vom Hof, wandte sich nach rechts, ging aufrechter und schneller, vorbei an den schweigenden Häusern in den finsteren Höfen. Nur ab und zu schrie von weitem ein Kauz, und auf dem Kirchturm der uralten evangelischen Kirche gurrte eine erschrockene Taube.

Er passierte den Platz, ging am Rathaus vorbei, marschierte jetzt eiliger auf sein Ziel zu, so als habe er Angst, es könne vor ihm zurückweichen.

Am Ortsausgang bog er ab, bestieg den berühmten Hügel, dann holte er das Blatt aus der Tasche, das er jetzt entfaltete und sich dabei umsah, als tue er etwas Obszönes. Er las, was darauf stand, wandte sich ein paarmal um und lief dann weiter, als folge er einer geheimen Direktive. Er überquerte die leere dunkle Straße wieder, auf der tagsüber die Autos zum Nachbarort Stattmatten fuhren, um sich dann an der Kreuzung links nach Baden-Baden oder rechts nach Straßburg zu wenden. Jetzt waren die Straßen menschenleer.

Er sah das Schilf und auch das Loch im Schilf. Hier hatten die Menschen in grauer archäologischer Urzeit die Erde abgetragen, um die liebliche Anhöhe auf der anderen Seite zu schaffen. Wieder sah er auf den Zettel, Licht spendete ihm die winzige Taschenlampe, die er immer bei sich trug.

Da mußte es sein. Er bückte sich und grub mit seinen Fingernägeln, spürte keinen Schmerz, obwohl die Nägel brachen und vielleicht auch Blut in den Boden sickerte. Es konnte nicht mehr lange dauern ...

Doch er hatte Pech.

Er hielt es noch nicht einmal in den Händen, als ihn der Schuß traf.

Schlaff fiel er in das Loch wie in ein Grab.

Der Schuß war sehr leise gewesen.

Und Sessenheim schlief weiter.

1. KAPITEL

MUSS LIEBESFEUER ALLGEWALTIG GLÜHEN ...

Frankfurt am Main, 12. April 1995

Angesichts ihrer zahlreichen Erfahrungen in Sachen Liebe hatte Hanna eigentlich nicht angenommen, daß man den Mann fürs Leben ausgerechnet in einer Bank finden könnte.

Dabei war ein Kreditinstitut durchaus einer jener Orte, an dem sich gelegentlich Hannas elementarste Gefühle zusammenballten: Zorn, Enttauschung oder jene Verzweiflung, mit man am Kontoauszugsdrucker rüttelt, um das Endergebnis zu den eigenen Gunsten zu verändern. Was aber natürlich niemals etwas nützt: ungerührt ratternd druckt er die schreckliche Zahl aus und setzt zu guter Letzt mit befriedigtem Grunzen ein sattes S davor wie ein Ausrufungszeichen!

So geschehen an diesem viel zu kühlen Apriltag. Hanna mochte den April sowieso nicht. Für sie war er nichts als ein Betrüger, ein Hochstapler, nannte sich Frühjahrsmonat, klemmte sich vor den süßen Mai und hinter den März, in dem der Bauer bekanntlich seine Rößlein einspannt, und dabei bestand er nur aus vier fiesen, kalten Wochen, in denen sich dickleibige Wolken an einem eisig blauen Himmel um die oberen Stockwerke der Frankfurter Hochhäuser knäulten.

In dieser Stimmung starrte Hanna also fröstelnd auf ihren Kontoauszug.

Das Geld von LIFETIME war noch immer nicht überwiesen.

Was glaubten die Herren und Damen Redakteure

eigentlich, wovon freie Mitarbeiter lebten? Von dem Stolz, ihren Namen gedruckt zu sehen, vielleicht?

Möglicherweise hatte der Verlag aber längst überwiesen, und die Bank behielt das Geld lediglich noch ein. Hanna hatte schon von solchen Fällen gehört. Jeder Kalendertag, mit dem irgendwelche karrieristische, aufgeregt mit ihren Handies fuchtelnde Yuppies im Nadelstreif länger an den internationalen Börsen mit ihren – Hannas – 1400 Mark Honorar spekulieren können, bringt der Bank Zinsen über Zinsen.

An diesem viel zu kühlen Tag beschloß Hanna, sich zu wehren.

Sie hob den Kopf, versuchte, ihre allzu zierlichen 1,63 wenigstens auf 1,65 hochzuschrauben und durchmaß die Schalterhalle, bis sie das sogenannte Servicedesk erreichte. Dort lauerten sechs Mitarbeiterinnen und ein einzelner Mitarbeiter auf Arbeit. Sie sahen alle branchenüblich gepflegt und schick aus, vor sich hatten sie kleine Schreibmaschinen, mit denen sie nach Bedarf mit eiligem Rattern Überweisungen an Begünstigtere als Hanna verfaßten.

Sie sah sie sich alle der Reihe nach an und entschied sich instinktiv für den einzigen Mann.

»Guten Tag! Könnten Sie bitte mal nachschauen, ob auf mein Konto in den letzten Stunden eine gewisse Summe eingegangen ist? Eigentlich müßten es so etwa ... so etwa DM 1500,- sein. Auf jeden Fall sollte es auf meinem Konto sein. Die Nummer ist 3444552, und der Absender ist die Gloria-Verlagsgruppe, Frankfurt am Main. Ich erwarte die Überweisung dringend!«

Der Mann starrte Hanna an, dann machte er den Mund auf.

Sie beugte sich vor, wobei ihre langen Ohrringe klapperten, und wartete. Der Mann starrte sie verblüfft an.

»Entschuldigen SSSiiiieee!« sagte er, »könnnnteennn Sssiie bitte etwas leiser sprechen!«

»Leiser?« flüsterte Hanna , »Warum?«

»Er meint nicht leiser!« tönte eine Dralle vom Nachbardesk, »er meint langsamer. Dauernd wirft er die beiden Wörter durcheinander!«

Mitleidig betrachtete Hanna nun den Sprachgestörten. Aber er sah nett aus mit seinen schwarzen Locken und warmen Augen.

»Sie sind behindert?« fragte sie mitfühlend.

»Nein!« sagte der Mann. »Ich bin Franzose!«

Und das war der Beginn einer wunderbaren Freundschaft.

Lucien Lahmek stammte aus Südfrankreich, aus Marseille, von dort, wo die Stadt ihrem Ruf gerecht wurde.

»Meine Eltern hatten ein Haus im Zentrum!« berichtete er Hanna bei dem ersten gemeinsamen Abendessen beim Italiener La Luna in der Miquelallee, wo die kleine Pizza Margarita nur 5,50 kostete und statt Schickis oder Mickis ganz normale Leute dicht aneinandergequetscht speisten.

Heute wohnten – so berichtete er in flüssiger werdendem Deutsch – in seinem Viertel nur noch Nordafrikaner. Die Eltern seien deshalb in die Vorstadt gezogen, in ein winziges gelbliches Haus mit einem eigenen Olivenbaum im Garten und einer weißen Mauer drumherum.

Hanna stützte ihr spitzes Kinn in die Hand und geriet ins Träumen. Sie mochte den Süden, wer mochte ihn nicht, hatte aber kein Geld und keine Zeit in absehbarer Zukunft das graue Frankfurt zu verlassen, um Urlaub zu machen.

In seiner Familie gebe es allerdings auch einen dunklen Punkt, bekannte Lucien ernst. Mama habe mit dem Mädchennamen Lahmek geheißen, kein gutes Zeichen für einen waschechten Franzosen, denn die Endung -ek deute ebenfalls auf arabisches Blut hin.

Aber solche Dinge interessierten Hanna sowieso nicht – nicht einmal ihr eigener Stammbaum würde sie interessieren, wenn man ihn ihr laut vorläse.

Das Fach Geschichte hatte sie in der Schule am allermeisten gehaßt. Und daß man aus der Vergangenheit lernen könnte, widerlegten tagtäglich die Nachrichten. So lebte Hanna von Tag zu Tag, im Hier und Jetzt. Ihr Engagement reichte von einer aktuellen Reportage zur nächsten, ihr gesellschaftliches Leben kleckerte von einem Abend zum darauffolgenden, und Herz und Seele hangelten sich von einer Affäre zur nächsten

Lucien Lahmek war ihr rundherum sympathisch, und sie ging noch am gleichen Abend mit zu ihm. Das gehörte zu eben ihrer, wie sie fand, durchaus zeitgemäßen Philosophie vom Hier und Heute

Bei einem äußerst mageren, von Gauloises-Duft umnebelten Frühstück erzählte Lucien Hanna den Rest seiner Biographie, die – wenngleich von der Sonne des Südens bestrahlt – doch recht bieder war ....

Papa hatte eine kleine Autoreparaturwerkstatt gehabt in den lauten Altstadtvierteln und sich immer gewünscht, daß sein einziger Sohn eine Arbeit »mit sauberen Fingern« verrichten solle –, deshalb hatte Lucien mit siebzehn eine Banklehre begonnen. Für ihn die richtige Entscheidung, denn er liebe das Geld als greifbaren und zählbaren Ausdruck von Fleiß, Geist oder Lebensglück.

Diese philosophischen Äußerungen tat Lucien übrigens in glasklarem Französisch, dessen Hanna nur höchst mangelhaft mächtig war, aber wie bei Liebenden in solchen Fällen üblich, verstanden sich die beiden trotzdem unter viel Gelächter und mit der Hilfe eines Wörterbuchs.

Lucien war froh, in diesem hektischen und kalten Frankfurt eine Zuhörerin gefunden zu haben. Und Hanna hörte ihm in der Tat aufmerksam zu. Sie streckte den Kopf durch den Rauch hindurch interessiert in seine Richtung, und in ihren grünen Augen mit den gelben Funken darin lag jene intensive Konzentration, die ihre Interviewpartner stets schätzten.

Mit fünfundzwanzig, so Lucien mit einem tiefen Blick in diese Augen, die ihm ausnehmend gut gefielen – denn eine solche Farbe hatte er noch niemals und nirgendwo gesehen –, habe er sich für die Auslandsabteilung seiner Bank beworben. Erst habe er eine Zeitlang in Paris gedient, und nun würde er in Europäischem Anlagen- und Devisengeschäft ausgebildet. Und da zu so etwas Europäischem natürlich ein Auslandspraktikum gehöre, sei er für ein Jahr in Frankfurt bei der Sparkasse gelandet.

In wenigen Monaten gehe er allerdings zurück in seine Heimat.

»Wohin genau?« fragte Hanna träumerisch, »Nach Marseille? Oder nach Nizza? Nach Paris? Oder vielleicht nach Deauville?«

Sie sprach es De-au-ville, doch Lucien verbesserte sie nicht. Nicht bei diesen Augen!

Vielmehr nickte er ganz ernsthaft. »Schon möglich!« sagte er. »Gut möglich!«

Und so träumte Hanna weiter ihre Traume vom Süden.

Dabei liebte sie ihre Großstadt Frankfurt mit einer Art solidarischem Trotz, und sie verteidigte sie mit Zähnen und Klauen. Mit der Zeit hatte Hanna nun schon recht kräftige Zähne und Klauen entwickelt, denn ihre Stadt wurde eigentlich andauernd angegriffen: Man nannte sie pietätlos Krankfurt, farbenblinderweise das rote Frankfurt, wenig originell Bankfurt und seit Jahren schon Mainhattan, was Hanna als New-York-Fan als Kompliment empfand.

Als Siebzehnjährige war Hanna mit der Nachtfähre nach London abgehauen. Mit einem hakennasigen, langhaarigen und ziemlich unappetitlichen britischen Straßenmusiker, der sich dort einer Band namens »Drinkers united« angeschlossen hatte, die schlechte

Stones-Kopien und krächzende Dylan-Songs vortrugen. Aber Hanna war sehr beeindruckt von ihm und dem Leben mit der Gruppe: Man schlief gemeinsam bis mittags in einer schmutzigen, spärlichst eingerichteten Wohnung in einem häßlichen roten Backsteinblock, tagsüber streunte man in langen Mänteln mit Pelzbesatz durch die Stadt und die Kaufhäuser. Abends spielten die Vereinigten Säufer in den Clubs und versuchten, ihrem Namen Ehre zu machen.

Doch nach einem Jahr hörte der Spaß für Hanna urplötzlich auf. Mit einem Schlag hatte sie es satt, morgens um fünf Uhr ins Bett zu gehen und in verräucherten Backstage-Räumen mit den anderen Mädels zu warten, bis die letzte Zugabe vorüber war und einer der vereinigten Trinker in ihre Arme torkelte. Obwohl ihr seine Rockmusik noch immer gefiel, verließ sie ihren Musiker, und manchmal sah sie ihn heute noch vor sich, wie er ihr am Bahnhof nachwinkte, bis von ihm nichts mehr zu sehen war außer seinem schmutzfarbenen Haar mit den hellen Strähnchen, das ihm vom Kopf abstand wie ein Haufen Stroh.

Mit gemischten Gefühlen kehrte Hanna nach Hause zurück. Ihre Eltern waren inzwischen geschieden, aber beide waren sie froh, das Kind wiederzuhaben. Hanna holte flott ihr Abitur nach, und zwar mit hochnäsiger Verachtung für alles Theoretische, denn schließlich hatte sie schon richtig gelebt. Und da sie nebenbei zuverlässig und mutig für verschiedene Stadzeitungen jobbte, begehrt wegen ihrer Insiderkenntnisse in Rockmusik und später Punk und Heavy Metal, blieb nur Zeit für das Nötigste an Lernstoff. »Ohne diese leuchtenden Markierstifte, mit denen man das Wesentliche anstreicht, wäre ich glatt verloren gewesen«, pflegte sie freiwillig preiszugeben.

Oder ohne Frankfurt, die Stadt für Nutten und Dichter, für Polizisten und Pelzdiebe, für Reiche und für Selbstmordkandidaten, für Journalisten und türkische

Lebensmittelhändler. »Was soll's? Es stinkt, ja. Und es ist grau, ja. Es mag auch häßlich sein, vielleicht. Man kann an jeder Ecke drogensüchtig werden oder ermordet werden. Aber es rauscht, funkelt, atmet und tönt. In dieser Stadt kann ich jeden verdammten Abend vier verschiedene Stilrichtungen Jazz hören, ich muß nur die Kneipen kennen und das erste Bier bezahlen können. Ich kann tanzen, ich könnte Klassik hören oder sogar zu einer Lesung gehen, was ich allerdings nur täte, wenn ich dafür bezahlt würde. Rund um die Uhr laufen irgendwo Filme, und ich kann in der Innenstadt alles einkaufen, was ich will, vorausgesetzt ich finde vorher einen Parkplatz!«

Und trotzdem träumte Hanna schon seit jeher süße unausgesprochene Träume von südlicheren und friedlicheren Gefilden. Von grünem üppigem Oleander oder gar Palmen, von exotischen Pflanzen und reichen bunten Märkten. Und über allem ein blauer Himmel und ein Horizont, an dem es von weißen Schiffchen nur so wimmelt. Und Zeitungen, in denen unter der Rubrik »Vermischtes« keine Messerstechereien und Mordversuche aufgelistet sind, sondern nur der Blumencorso und der Bikiniwettbewerb.

Lucien war für Hanna wie ein Licht am Ende eines Tunnels, von dem sie selbst noch nicht sicher war, ob sie ihn bis zu Ende fahren wollte.

Aber wie es mit Tunnels so ist – einmal drin, muß man durch. Lucien sagte ihr nach einer Woche, sie sei schön mit ihren kurzen rotblonden Locken, ihrer hellen Haut und den grüngelben Augen, er begehre jeden Zentimeter an ihr, auch wenn es nicht allzu viele seien. Nach zwei Wochen behauptete er, er vergöttere sie wie nie eine Frau zuvor, und nach drei Wochen sagte er dann: »Je t'aime!«

Das war's dann. Hanna hatte mit 30 Jahren und nach langer Zeit des Suchens endlich wieder einen festen Freund.

Eine schöne Zeit begann. Die beiden gingen in Kneipen und Restaurants und auf Luciens Wunsch sogar in Galerien mit modernder Kunst, ja, er schaffte es sogar, Hanna ins Theater zu locken, allerdings nur mit dem Köder leichter amerikanischer Stücke.

Hanna hatte ihre ganz eigene Meinung zum Theater. Sie mied es, denn es machte ihr auf eine unbestimmte Weise Angst. Es war, als würden es die Schauspieler geradezu darauf anlegen, die Zuschauer seelisch fertigzumachen. In diesen modernen Stücken oder in den auf modern getrimmten Klassikern sagen sie Sachen und sprechen Texte, die weh tun und tief in die Seele dringen, und man windet sich und will sich entziehen, aber man kann nicht abstellen, weil es nirgends an den Plüschsitzen eine Fernbedienung gibt. Und nicht nur deshalb war Hanna eine leidenschaftlicher Anhängerin der Fernsehkultur, einer Kultur, der sie pro Abend mindestens eine Stunde widmete.

Talkshows, Musikvideos, amerikanische Serien. Sie schämte sich dessen nicht, im Gegenteil. Schließlich schrieb sie kritische Reportagen über Alltagsthemen. Ihr Metier war das Heute und Hier und alles, was auf der Hand lag und sichtbar unter den Nägeln brannte, alles, was funkelte und glitzerte, was lärmte und aufschrie.

Als letzte Feuerprobe nahm sie Lucien mit zu ihren Freundinnen, und dort kam er hervorragend an. In einer roten Schürze kochte er Ratatouille für alle, und jede einzelne Zucchini strahlte südliche Sinnenfreude aus.

Wenn sie aber ausgingen oder kochten, bezahlte meistens er, denn Hanna hatte zwar inzwischen die DM 1500,- vom Verlag erhalten, wartete aber bereits mit verbitterter Geduld auf die nächsten Tausender.

»Wie kann das passieren?« fragte der äußerst geschäftstüchtige Lucien. Er saß am Küchentisch und überprüfte fassungslos Hannas Kontoauszüge.

»Ich bekomme Aufträge für Reportagen, aber das Geld bekomme ich erst bei Veröffentlichung, und je nach Themenschwerpunkt und Aktualität kann das dauern. Das ist aber überall so, und bei LIFETIME zahlen sie grundsätzlich schon ordentlich!«

»Du solltest dir eine richtige Stelle suchen!« sagte Lucien besorgt.

»Richtige Stellen für Journalisten gibt es nicht, und die, die es gibt sind bis ins Jahr 2050 besetzt!!« erwiderte Hanna. »Aber ich arbeite ab und zu noch für die Tageszeitung und für ein, zwei kleinere Heftchen. Solange ich in Frankfurt bin, geht es. Man verhungert nicht in dieser Stadt, wenn man drei Sätze sinnvoll aneinanderreihen kann, und sozialkritische Themen liegen auf der Straße!«

»Immerhin ist Frankfurt auch die Stadt von Goethe!« sagte Lucien.

Hanna starrte ihn verblüfft an. »Goethe?«

Lucien stand auf, ging zum Fenster und deutete auf die Lichter unten. Weit unten, denn Hanna wohnte in einem ziemlich scheußlichen Wohnturm mit zwölf Stockwerken im elften Stock. Über ihr lebte nur noch ein Mann mit einem alten Neufundländer, dessen schwerer Gang die schlecht gebauten Decken erzittern ließ.

»Irgendwo da unten ist er doch geboren, oder, euer großer Dichtergraf? Wußtest du, daß sein Großvater in Paris gelebt hat?«

»Dichterfürst!« verbesserte sie lächelnd, stand ebenfalls auf und stellte sich neben ihn ans Fenster. Frankfurt von oben präsentierte sich als blinkendes Lichtermeer: Die Scheinwerfer der Autos bewegten sich, Leuchtreklamen flackerten. Manche Lichter funkelten grün, das waren Solarienstudios oder Pizzerias. Einige strahlten auch in Rot: Nachtbars.

Hanna seufzte.

Goethe!

Das war der Letzte, an den sie dachte, wenn sie die Stadt so vor sich liegen sah. Als Kind hatten sie ihre damals noch verheirateten Eltern ins Goethehaus geschleppt, treppauf und treppab. Ehrfürchtig murmelnd oder so still wie in einem Tempel mußte das Kind Hanna die Einrichtung zwar bewundern, durfte aber nichts anfassen, und dabei war er ihr doch so egal, dieser Mann mit kalten Augen und einem arroganten herrischen Zug um den Mund und dem Geheimratsrock, in dem er aussah wie eine Theaterfigur.

Eigentlich hatte Goethe sie immer eingeschüchtert, und die wenigen Gedichte, die sie von ihm kannte, die mochte sie erst recht nicht. In der Schule hatte man sie gezwungen, den »Erlkönig« auswendig zu lernen, noch heute erinnerte sie sich an den unheimlichen Text: *Wer reitet so spät durch Nacht und Wind, es ist der Vater mit seinem Kind ...* Und dann war das endlos und trostlos so weitergegangen, und zum Schluß war doch alles umsonst gewesen: *erreicht den Hof mit Müh und Not; in seinen Armen das Kind war tot!*

Hanna erinnerte sich nun an diese Worte, und heute wurde ihr plötzlich klar, wie grausam das Schicksal dieses Vaters gewesen war. Seltsam, daß ihr das nie zuvor aufgefallen war, daß sie nie zuvor darüber nachgedacht hatte, mit welcher Leichtigkeit da das Schicksal eines Elternteils mit einem toten Kind im Arm daher kam. Und wie hatten sie als Schüler darüber gelacht!

»Ich mag keine Gedichte!« sagte sie laut, »Gedichte kommen mir immer vor wie Worte und Gedanken im Korsett!«

»Aber Goethe? Den liebst du doch, oder?« fragte Lucien sie.

»Ich liebe d i c h!« erwiderte Hanna.

Lucien wartete bis zuletzt, um ihr die Hiobsbotschaft mitzuteilen.

»Meine Zeit bei der Sparkasse ist abgelaufen!«

»Was? Aber du hast doch noch ein Vierteljahr!« Hanna verstand überhaupt nichts mehr. Gerade hatten sie sich aneinander gewöhnt, und jetzt wollte er sie verlassen.

»Ich verlasse nicht dich, ich verlasse Frankfurt!« sagte er nur ernst.

»Wohin gehst du?« Hanna schaltete ihren Computer aus und vergaß, die Einleitung zu ihrer Reportage über das tägliche Leben und Leiden der einsamen Nachtwächter in Frankfurt-Niederrad zu speichern – etwas, das ihr sonst niemals passierte.

»Ich weiß es noch nicht. Nächste Woche muß ich zu einem Gespräch in der Zentrale in Paris. Wahrscheinlich zurück in den Süden!«

Sie seufzte.

Lucien drehte Hanna mitsamt ihrem ergonomischen Computerstuhl zu sich herum.

»Warum kommst du nicht einfach mit?«

»Ich habe hier meinen Job!« erwiderte sie und bedauerte das zum erstenmal im Leben.

»Ist Ehefrau sein kein Job?« fragte Lucien. Er sagte Schopp, weil er kaum Englisch konnte, und Hanna mußte so darüber lachen, daß sie gar nicht merkte, wie sie heulte.

»Du willst, daß wir heiraten? Nach so kurzer Zeit?«

»Ja!« sagte Lucien. »Was meinst du?«

Sie schwieg lange, betrachtete ihn genau.

Dann stand sie auf, marschierte kerzengerade zum Fernseher, stellte ihn an und sagte: »Laß uns die Tagesschau sehen!«

»Warum denn das?«

»Ich will wissen, ob es schon in den Nachrichten ist!«

»Was?«

»Das Lucien Lahmek und Hanna Kupferschmitt heiraten werden!«

Hanna und Lucien bestellten das Aufgebot, erfuhren, daß es noch eine Weile dauern könne, bis Luciens Unterlagen da wären, verschoben das große Ereignis in die

Weihnachtszeit, verlobten sich also erst mal, beruhigten ihre aufgebrachten Eltern und warteten auf die Nachricht, wohin es das Ehepaar Lahmek-Kupferschmitt verschlagen würde. Lucien fuhr donnerstags nach Paris in die Zentrale, und Hanna nutzte die freie Zeit, ihren Kleiderschrank auszusortieren. Die dicken Wollpullover, die man an ekelhaften Januartagen in Frankfurt brauchte, wenn der Smog der Sonne keinen Einlaß in die Erdatmosphäre gestattete, würde sie ja wohl jetzt nicht mehr brauchen. Na, einen behalte ich, dachte sie und entschied sich für einem Chenillepullover in Altrosa. Dort unten kann es kalte Nächte geben.

Als Lucien schließlich heimkam, wirkte er ein wenig erschöpft und roch schwach nach Rauch. Hanna hatte inzwischen einen kleinen Stapel an Sachen aufgehäuft, die sie mitnehmen würde und einen großen, der auszumustern war.

»Bon soir, chérie!« sagte er.

»Und, zufrieden?«

»Ja, ich werde Filialleiter mit Sonderaufgaben in meinem Spezialgebiet!«

»Wunderbar!«

»Ja!!« meinte Lucien, dann ging er langsam zu dem Stapel mit den Winterpullovern. »Sei so gut und pack sie mit ein!«

»Was heißt das?« fragte Hanna, »Wohin gehen wir? Nicht nach Nizza? Oder Menton?«

»Nicht ganz!« erwiderte Lucien. »Nicht ganz. Wir gehen nach Hagenau.«

»Nach Hagenau? Wo liegt denn das?«

Lucien seufzte. »Im nördlichen Elsaß. Wo sich Fuchs und Rind Gute Nacht sagen!«

»Es heißt Fuchs und Hase!« antwortete Hanna mechanisch.

Und dann fing sie an, die Winterpullover wieder einzuräumen.

»Wo werden wir wohnen?«

»Sie haben mir ein kleines Haus angeboten. Mein Vorgänger hat da auch schon gewohnt. Ich muß schon nächste Woche anfangen, werde also erst eine Zeitlang dort alleine sein, bis du hier alles geregelt hast, da kann ich dort alles schon einrichten ....«

»Was meinst du mit ›dort‹?«

Hanna hielt den Atem an. Lucien zuckte die Achseln.

»Dort ist Sessenheim! 1600 Einwohner und ganz charmant! Sagt man!«

»Wo? Nur 1600 Einwohner? So viele wohnen allein in dieser Straße. Oh nein!«

Sie sank neben ihre Pullover aufs Bett. Die ausgemusterten Kleidungsstücke schienen sie vorwurfsvoll anzublicken und zu sagen: »Siehste!«

Hanna fand sich mit den Tatsachen ab. Schließlich kann man die Liebe zu einem Mann nicht vom Breitengrad abhängig machen, auf dem er lebt.

2. KAPITEL

Schon mit der Morgensonne, verengt der Abschied mir das Herz

Im Freundeskreis wurde Hannas geplanter Ortswechsel mit Befriedigung, Traurigkeit oder Unverständnis aufgenommen – je nachdem.

»Na und?« sagte Hanna von nun an zu jedem, der es hören wollte und lachte dazu betont heiter, »ich verändere nur den zweiten Teil. Aus der Furt wird ein Reich. Den Franken bleibe ich erhalten!«

Doch als der Traum näherrückte und wie alle Träume an Süße verlor, fiel es ihr doch schwer, Abschied von der Stadt ihrer Kindheit zu nehmen.

»He, was soll's!« sagte sie zu den Häusern Frankfurts vor ihrem Fenster, »manchmal bist du mir wirklich auf die Nerven gegangen! Dein Lärm, deine Hektik und deine Kriminalitätsstatistik sowieso! »

Und auch der Anblick des morgendlichen Alltagsgraus auf der Straße vor ihrem Haus, wo sich der Dreck der Nacht stets in irgendwelchen unappetitlichen Ecken zusammenballte und dort verstockt wartete, bis ein stiller dunkler Mann in Orange ihn wegfegte, und auch die Kerle, die schon früh am Kiosk gegenüber ihre Bierflaschen umklammerten und träge den vorbeihastenden Frauen nachstarrten, welche sich auf imaginäre Ziele in den Häuserschluchten zubewegten.

Nicht aber die nette Iranerin mit den braunroten Backen und dem rabenschwarzen Bubikopf auf dem multikulturellen Stadtteilmarkt, die immer lächelte, wenn sie beim Abzählen der gefüllten Weinblätter: »Wie gäht's? Gäht's gut?« fragte.

»Auf Wiedersehen!« hatte Hanna beim letzten Mal zu ihr gesagt, »ich komme jetzt nicht mehr. Nur daß sie nicht denken, ich gehe zu einem anderen Türken oder Griechen ... Ich ziehe nämlich weg von hier!«

Die Iranerin hatte sie nur fragend angesehen und genickt – ihr Deutsch war nicht so gut –, und zwischen ihnen war ein trauriges Schweigen entstanden. Hanna wollte etwas sagen, irgend etwas Nettes, aber ihr kamen plötzlich nur leere Worte in den Sinn.

Ja, der Abschied fiel ihr schwer.

Denn sie merkte jetzt, wie schön es eigentlich gewesen war in dem Szene-Kino um die Ecke in der James-Bond-Spezialwoche von morgens bis abends Filme sehen zu können, in der netten Gemeinschaft anderer James-Bond Fans, die sich nicht scheuen, auch noch bei der hundertsten Autojagd über schneebedeckte Felder oder asiatische Lagunen aufgeregt zu zittern. Und dann war da die Disco zum Abtanzen, und das »Sexophon« für ein spätes Bier, teuer zwar aber meistens war ein mitternächtlicher Flirt inklusive. Da waren in Fußgehnähe Kaufhäuser mit bunten Sonderangeboten, Cafes, wo es sich herrlich rauchen und schreiben ließ, Boutiquen, Lichter und Leute, die man endlos beobachten konnte.

Und natürlich die Redaktion von LIFETIME. Mitsamt der stellvertretenden Chefredakteurin Petra Woll ....

»Tja! Du heiratest also. Ziehst weg! Herzlichen Glückwunsch!« sagte sie und zuckte dazu die eine Schulter. Die andere blieb absolut unbeweglich, eine Fähigkeit, für die man sie im Kreis der Kolleginnen bestaunte.

Daß Hanna heiraten wollte, befremdete die meisten in ihrer Redaktion. Hier Redaktion gab es nämlich kaum jemanden, der im Sinne von Gesetz, Kirche und herrschender Moral verheiratet war. Vielmehr fand sich unter der überwiegend weiblichen Belegschaft das gesamte Spektrum möglicher Beziehungskombinationen: Alleinerziehende, »wilde Ehe«, Getrennte, Geschiedene, freiwillige und unfreiwillige Singles.

Zu dieser Kategorie zählte auch Petra Woll, die Hanna nicht ausstehen konnte, was aber auch umgekehrt galt.

»Wie sieht meine berufliche Perspektive weiterhin bei euch aus?« fragte Hanna dennoch unbeirrt.

Petra Woll zupfte ein unsichtbares Fädchen von ihrem Pullover.

»Nun, da kann ich mich nur wiederholen: Du heiratest, du ziehst weg, herzlichen Glückwunsch!«

Noch vor einiger Zeit, vor ein paar Jahren, hätte Hanna sich umgedreht und wäre gegangen, mit Wut im Bauch, stolz – und arbeitslos. Heute, nach mühseligen Jahren als freie Journalistin, wußte sie, daß das ziemlich kurzsichtig wäre und lediglich ihrem Kontostand schaden würde. Die Machtverhältnisse waren nun mal, wie sie waren, und besser zu werden, eines Tages richtig gut zu sein, war offenbar der einzige Weg, sich zu behaupten.

»Ich könnte vielleicht von dort aus Berichte und Reportagen schicken!«

»Von wo aus?«

»Von Sessenheim aus!«

»Und wo ist das?«

»Sessenheim!« antwortete Hanna verlegen. »Sessenheim im Elsaß!«

Petra sagte nichts, starrte nur ausdruckslos in die Ferne. Hanna begrub jeden Rest an Stolz und begann Werbung zu machen für sich selbst und für Sessenheim, jenen Ort, von dem unklar war, ob Petra Woll ihn überhaupt kannte.

»Du, viele Leute aus dem Rhein-Main Gebiet machen Urlaub im Elsaß. Es ist höchst idyllisch da!«

»Ach ja, das Elsaß!« erwiderte Petra gelangweilt, »Ich glaube, da war ich mal. Riquewihr, Colmar, Wein, Burgen und so weiter ...«

»Nicht ganz! Es ist weiter nördlich! Da gibt es nicht so viele Burgen ...«

Schweigen. Perta Woll starrte vor sich hin.

»Aber ich könnte natürlich auch rumfahren!« sagte Hanna.

Nun überlegte Petra sichtlich. Klar, sie konnte Hanna aus den verschiedensten Gründen nicht leiden – die meisten hatten nicht einmal etwas mit ihr zu tun –, aber dennoch wäre sie die längste Zeit Chefin dieser Redaktion gewesen, wenn sie sich immer von solchen irrationalen Gefühlen hätte leiten lassen.

»Also gut. Wenn da mal was passiert, was interessant sein könnte, dann bleib dran, mach was, wir bringen es und sehen, wie es ankommt. Muß aber exklusiv sein und ein bißchen Pfeffer haben. Okay? Obwohl ich offen gesagt nicht glaube, daß da groß war passiert .... aber bitte!«

Mehr war nicht drin. Das wußte Hanna. Man verabschiedete sich kühl und ohne die üblichen Küßchen.

Durch den warmen Maiwind begab sie sich schnurstracks zur Frankfurter Zeitung und zum dortigen Chef des Wochenmagazins.

Selbstredend machte Hanna dort das gleiche Exklusivangebot. Die Zeiten, da sie sich an Treueversprechen gehalten hatte, waren vorbei. Wer in dieser Branche nur auf ein Pferd setzte, kam nicht weiter

Einen Nachmieter für Hannas Wohnung zu finden, war die reinste Qual. Der Vermieter schickte ganze Horden von Interessenten durch ihre Räume. Selbst mit Sortieren und Packen beschäftigt, verlor sie bald den Überblick angesichts der alleinerziehenden Frauen mit süßen Kindern auf dem Arm. Und dann waren da die kinderlosen Ehepaare, aus deren Jackenausschnitten winzige knopfäugige Yorkshireterriers lugten oder die stolz ein Foto der Kartäuserkatze herzeigten, trotzig dreinblickende gleichgeschlechtliche Lebensgemeinschaften, Ausländer sämtlicher Nationen. Unten vor der Haustür wartete zusätzlich noch eine bunte Mischung an Künstlern, Schriftstellern und Sozialhilfeempfängern.

Ständig war Hanna damit beschäftigt aufzuräumen, zu putzen, die Wohnung in einem präsentablem Zustand zu halten. Brav hielt sie Nebenkostenabrechnungen bereit, lobte, vom Vermieter scharfäugig beobachtet, die Heizleistung der (ewig röchelnden und angesichts der Januarkälte häufig hilflosen) Heizung, pries die Wohnlage und die relative Ruhe der Behausung.

Der Vermieter entschied sich schließlich für einen alleinstehenden Mann mit Bart und knitterigem mintfarbenem Regencape, der in einem Archiv arbeitete. Wahrlich ein einwandfreier Mieter: kein Kind, kein Hund, keine Katze, er spielte kein Instrument, er hatte keine Freundin, er rauchte nicht und trank nach eigenen Angaben maßvoll. Hanna fragte sich, ob er vielleicht nur eine Attrappe war, ein Scheinmensch. Aber es schien ihn zu geben, denn er drückte ihr als Ablöse für ihre Einbauküche siebenhundert Mark bar in die Hand. Er wolle, so erzählte er, die Wände selbst streichen und zwar braun – in einer Wohnung in Braunschattierungen wolle er leben –, das sei seine Lieblingsfarbe. Ob das für seine politische Haltung stand?

»Ist egal, Hauptsache, er zahlt!« meinte Lucien mit gallischer Vernunft.

Hanna betrachtete ihren Verlobten nachdenklich.

»Gibt es in Frankreich auch dieses Problem mit der Rechten? Ich meine, außer diesem Le Pen, also bis hinein in alle Bevölkerungsschichten! Bis in die Hirne von Pierre und Madeleine!«

Lucien reckte sich stolz.

»Wir sind eine alte Demokratie, chérie! Und deshalb haben solche Leute bei uns keine Chance, gesellschaftlich anerkannt zu sein! Sie sind nur Geächtete! Außerdem sind wir eine .... wie sagt man bei euch ... multikulturelle Gesellschaft, und das schon seit Hunderten von Jahren! Das Recht, anders zu sein, gehört bei uns zur politischen Kultur!«

Hanna, die schon Berichte gehört hatte über die Arroganz der großbürgerlichen Schichten in Paris, sagte nichts dazu. Schließlich zogen sie nicht nach Paris sondern ins ländliche Sessenheim.

Diese wohltuenden Gespräche mit Lucien fanden am Wochenende statt, denn während der Woche arbeitete er schon in Hagenau, und Hanna hatte ausgiebig Zeit, Abschied von allen Kneipen und Imbißbuden ihres Viertels zu nehmen. Selten ging sie vor ein Uhr ins Bett, und oft tippte sie noch lange an ihren noch nicht abgeschlossenen Artikeln.

Am Abend vor der Abreise feierte Hanna noch mal ausgiebig mit ihren Freundinnen.

Sie lud die bisherigen Stützen ihrer Single-Abende in ein kleines indisches Restaurant unweit vom Hauptbahnhof ein. Hier saßen sie auf Sitzkissen in einem Nebenraum, lauschten leiser indischer Musik und steckten sich grüne, gelbe und rote Köstlichkeiten in den Mund, die in kleinen bemalten Schüsselchen schwammen.

Die Getränkerechnung würde hoch werden ... Andererseits: Angie war schon wieder schwanger und trank nur Tee, und Jessa hatte morgen früh irgendeinen wichtigen Termin.

»Also, Hanna, vergiß uns ja nicht!« rief Eva-Lotte und hob das Glas, »vor allem merk dir unsere Gesichter, falls wir eines Tages aus heiterem Himmel vor der Tür stehen, weil wir eine preiswerte Absteige auf dem Weg nach Südfrankreich brauchen!«

»Und verlern dein Deutsch nicht!« lachte Susie und klimperte mit ihren Ohrgehängen, an denen kleine schwarz-weiße Skelette hingen. Der Kellner, der gerade neue Schüsselchen auftrug, betrachtete sie beeindruckt.

»Sprechen die dort nicht sowieso noch Deutsch?« Hanna war es ein wenig peinlich, daß sie das gar nicht so genau wußte. »Doch!« antwortete Hanna sich selbst, »ich glaube schon. Das Elsaß war doch unendliche Zeiten Deutsch!«

»So unendlich nun auch nicht!« warf die arrogante Jessa kühl ein, »Von 1871 bis 1918, und dann die kurze Zeit unter Hitler!«

»Aber davor, im Mittelalter, da war das ein Reich, eben das Reich der Franken. Bestimmt sprechen sie alle Deutsch!« beharrte Hanna. »Erinnert ihr euch noch an Robert? Er hat fast jeden Urlaub in den Vogesen verbracht, und er konnte keinen Pieps Französisch!«

»Und euer Haus? Wie wird das aussehen?« Eva-Lotte, die ein wenig zum Neid neigte, beugte sich über das Foto, das vor lauter Herumzeigen bereits ganz abgegriffen war. Hanna hatte noch zwei Reportagen abgeschlossen, da war keine Zeit geblieben, nur zum Gucken ins Elsaß zu fahren, deshalb war es bis jetzt bei einem Foto geblieben.

»Das ist ja ganz goldig. Fachwerk?«

»Ja, und mit Efeu bewachsen. Da freu dich mal auf Spinnenbesuch im Herbst!«

Hanna schauderte. Keine Spinne hatte jemals die Ausdauer und die Spinnenpuste besessen, bis zu ihr in den elften Stock hinaufzukrabbeln ...

Man wandte sich dann dem zukünftigem Gatten zu. Auch hier überwog die Skepsis, nur die schwangere Angie in ihrer selbstzufriedenen Mutterfreude gönnte auch anderen ihr Glück.

»Also, jeder weiß, ich bin absolut vorurteilsfrei!« verkündete Susie. »Trotzdem würde ich keinen Ausländer heiraten! Zu unberechenbar!« Seit Jahren versuchte sie mühsam eine dauerhafte Partnerschaft mit einem verheirateten Lehrer aufzubauen, der sie regelmäßig mit seiner Frau betrog. »Da weiß man nie, woran man ist. Manch einer ist hier angeblich der Sohn vom Häuptling, und dort erweist er sich als Tagelöhnerssproß!«

»Nun, ich heirate nicht gerade einen Exoten und

plane auch keineswegs, mit Lucien eine Basthütte in Papua-Neuguinea zu beziehen, sondern ein Steinhaus zweihundert Kilometer von hier. Mit einem Franzosen! Das ist ja wohl was anderes!«

»Wenn du meinst!« sagte Eva-Lotte spitz. »Meine Mutter hat immer gesagt, andere Länder, andere Männer, und ich finde, da lag sie nicht ganz falsch. Außerdem ist meine Kusine Rosemarie von einem Portugiesen geschieden, ich will mich gar nicht an diese häßliche Geschichte erinnern.«

»Mein Gott!« mischte sich Jessa ungeduldig in das Gespräch ein, »habt ihr eigentlich keine anderen Sorgen als Männer und Spinnen? Diese Frau ...« Mit großer Geste deutete sie auf Hanna, die sich ihres künftigen Glücks schon kaum noch recht zu freuen wußte. »Diese Frau zieht immerhin in ein Dorf, in dem Goethe gelebt und gewirkt hat!«

»Goethe?« fragte Angie erstaunt, als handele es sich um einen völlig unbekannten Nachwuchsautor.

»Ja!« sagte Jessa herablassend, wie es ihre Art war, »vielleicht hast du schon von ihm gehört. Er hat ein paar ganz gute Sachen geschrieben, beispielsweise ein Stück namens ›Faust‹!«

»Ach!« sagte Hanna und winkte dem Kellner nach der Rechnung, »ich glaube nicht, daß so etwas dort heute noch eine Rolle spielt. Goethe hat schließlich auch in Frankfurt gewohnt, hier ist er sogar geboren, aber frag mal auf der Straße, wer irgendwas von ihm kennt, und du wirst sehr enttäuscht sein. Er ist doch nur noch ein Haus, ein Platz und ein Straßenname, nicht viel mehr. So wird es auch in Sessenheim sein, da bin ich sicher! Goethe!«

Und genau in diesem Punkt sollte sie sich täuschen.

Lucien, der sich zwei Tage Urlaub genommen hatte, und Hanna, die froh war, daß es endlich losging, hatten einen kleinen kompakten Lastwagen mit Hannas wenigen Lieblingsmöbeln vorausgeschickt und folgten selbst hintereinander in ihren beiden Autos.

Lucien in seinem Peugeot, den er nicht mehr recht mochte, denn neben all den glänzenden, sauberen, makellosen deutschen Autos nahm er sich aus wie ein Vorkriegsfahrzeug, und Hanna in ihrem neuen mintfarbenen Golf, der teurer gewesen war, als sie ihn sich eigentlich leisten konnte. Ihr Vater hatte ihr vor ein paar Monaten, als sie Dreißig geworden war, die Hälfte dazugegeben.

»Die andere Hälfte mußt du dir allerdings dazuverdienen!« hatte er gedroht. Er war Anwalt, hatte sein Leben lang hart gearbeitet und erwartete das auch von seinen Kindern. Hanna hatte genickt, sich artig bedankt und war schnurstracks zu ihrer Mutter gefahren, die bei einem Pharmakonzern in der Marketingabteilung arbeitete und seit der Scheidung auf eigenem großem Fuß lebte. Sie hatte ihrer Tochter ohne viel Federlesens die zweite Hälfte für den Golf gegeben, allerdings in der Meinung, es handele sich um die erste. »Den Rest mußt du dir aber dazuverdienen!« hatte sie ebenfalls verlangt, denn auch sie hatte ein Leben lang hart gearbeitet – wahrscheinlich ein Grund, warum in die Ehe der Kupferschmidts nicht die rechte Häuslichkeit eingekehrt war!

Hanna nickte ein zweites Mal einsichtig und dachte, daß es manchmal doch ganz gut war, daß ihre Eltern nicht mehr miteinander sprachen.

Mit diesem Golf folgte sie nun also auf der Autobahn von Frankfurt nach Baden-Baden ihren Möbeln und ihrem zukünftigen Mann.

Die Fahrt war nicht besonders romantisch, es gab Staus und Baustellen, zwischendurch regnete es. »Was tue ich hier eigentlich?« fragte Hanna sich.

Der kleine Konvoi passierte Karlsruhe, es war allerdings nur ein riesiges Einkaufzentrum vor den Toren der Stadt zu sehen.

Später sollte Hanna noch öfter darüber nachdenken, wie unterschiedlich ihre Anreise nach Sessenheim gegenüber der von Goethe gewesen war: Er voll überschwenglicher Begeisterung zu Pferd von Straßburg, durch üppige Landschaften und Natur pur, sie mürrisch mit dem Golf-Auto durch Industrieanlagen. Hinter Karlsruhe wurden Luft und Straßenbelag besser, rechts und links der Autobahn grünte es etwas üppiger, die Städte und Dörfer wichen immer größeren Feldern und Wiesen am Straßenrand. »Ich werde mich hier wohlfühlen! Ländlich! Friedlich!« sagte sie zu sich.

Hanna hatte kein Autoradio mehr. Es war ihr gestohlen worden. So summte sie »Sailing« vor sich hin und dachte an ihre Eltern ...

»Wenn du meinst, in dem Stadium deines Lebens ist es gut, im Ausland zu leben, bitte sehr!« hatte ihre Mutter nur gesagt. Als »moderne Mutter« hatte sie sich natürlich gehütet vor irgendwelchen Mahnungen oder gar Anzeichen von Abschiedschmerz, doch ganz verbergen hatte sie es eben auch nicht können, daß sie ihre einzige Tochter lieber in Frankfurt behalten hätte, jetzt, wo das Alter an die Tür ihrer schicken Penthousewohnung klopfte.

»Offen gestanden kann ich die Franzosen nicht besonders gut leiden!« hatte Hannas Vater gesagt. »An der Universität, da hatten wir mal einen Franzosen als Austauschstudenten: faul und arrogant!«

Und faul, das war für Hannas »Dad« – wie er sich gerne nennen ließ, seit er mit einer burschikosen jungen amerikanischen Musikerin namens Liz zusammen war – so ziemlich das Schlimmste.

Hanna mußte also ihre Eltern beruhigen.

»Es ist nicht weit!« erklärte sie ihrer Mutter, die immerhin für ihre Firma die ganze Welt bereist hatte.

»Dad, es sind keine richtigen Franzosen dort!« sagte sie zu ihrem Vater.

»Ja ...« hatte Hannas Vater geantwortet, »Aber paß

auf, daß sie dich nicht vom Arbeiten abhalten, so wie damals unseren Goethe!«

»Was?« Sie war total verblüfft über diesen Ausbruch humanistischer Bildung.

»Ja, er sollte eigentlich in Straßburg an der juristischen Fakultät seine Doktorarbeit machen, aber statt dessen hat er mit den Mädchen angebandelt!«

»Was weißt du sonst noch darüber?« hatte Hanna beeindruckt gefragt.

»Nicht viel! Nur, daß seine Doktorarbeit abgelehnt wurde, er nur Lizenziat geworden ist ... sonst weiß ich nichts. Aber das reicht ja auch!« hatte Hannas Vater geantwortet. Typisch für ihn. Aus seiner Sicht war Goethe wahrscheinlich ein Versager, weil er kein anständiger Jurist geworden war, ein paar nette Gedichtchen hin oder her.

Hanna winkte Lucien, der nach rechts deutete. Aha, Ausfahrt Baden-Baden. Hanna runzelte die Stirn. Ein Zubringer, dann ging's über eine Brücke zur Grenze.

Dort Ernüchterung. Statt eines offenen Europas erwartete sie ein kleines Grüppchen streng blickender Zöllner. Sie hatten dunkle glatte Gesichter wie Lucien, aber im Gegensatz zu ihm wirkten sie offiziell und fremd in ihren blauen Uniformen, beinahe so, als wären sie geradewegs der Kolonialzeit entsprungen.

Ein kurzer Blick ins Auto, Hanna kam glatt durch.

Dennoch war sie deprimiert. Das erste Wort in ihrer neuen Heimat war ein zackiges »Allez!« gewesen!

Die beinahe schnurgerade Landstraße führte auf das erste Dorf zu. Es nannte sich Roppenheim, war nur ein zerstreutes Etwas und wurde überspannt von einem Schnellstraßenzubringer, der laut Schild in alle möglichen interessanten Orte führte, nach Straßburg etwa oder nach Paris. Aber zunächst einmal führte er nach Soufflenheim, dort hatte man ihn zu verlassen und auf guten Landstraßen weiter in Richtung Hagenau zu fahren.

Die Dörfer waren wirklich hübsch. Umrankte Fachwerkhäuschen, kleine Gärten hinter imposanten Hoftoren, romantische Höfe mit alten Deichseln und anderen landwirtschaftlichen Gerätschaften. An allen Ecken trockneten gelbe Maiskolben. Wirklich richtig schön. Immer wieder herausgeputzte Restaurants mit karierten Vorhängen und alten Schildern. Entzückend.

Hanna fühlte sich in ein Freilichtmuseum versetzt. Und dann kündigte ein Schild Sessenheim an..

Aus dem flachen, fruchtbaren Land schälte sich das Dorf hervor. Zwei Kirchtürme ragten gen Himmel. Hanna war erleichtert, keine Störche darauf zu erkennen. Noch wollte sie kein Kind, und obwohl sie eine moderne junge Frau war, die sogar die Daten über ihren Zyklus auf dem PC speicherte, war sie doch ein wenig abergläubisch.

Die Hauptstraße wand sich in weiten, sanften Schleifen durch einen Ort, der nicht ganz so hübsch schien wie die anderen Ortschaften. Zwischen den klassischen prachtvollen Fachwerkbauten immer wieder schlichtere, unscheinbare Häuser mit gelblichem oder schmutzigweißem Putz, ärmliche Betriebe, manch halb verfallenes Anwesen, dazwischen immer wieder größere unbebaute Grundstücke. In den stillen Seitenstraßen sah es dann netter aus. Da waren sie wieder, die Gärten, Höfe und Häuserfassaden aus Holz und Blumen. Sessenheim, dachte Hanna, war ein Dorf mit zwei Gesichtern.

Von den Schuppen hingen manchmal auch hier Maiskolben und getrocknete Blumen; Oleander und Palmen standen vor den Treppenaufgängen, auf denen Hanna zu ihrem Entzücken gelegentlich Katzen entdeckte. Sie hatte sich immer so sehr eine Katze gewünscht, aber die Gefangenschaft in einer Großstadt hätte sie keinem Tier zugemutet.

Lucien hupte und winkte, und die kleine Kolonne bog ab in eine Seitenstraße. Am Ende schien ein Bahnübergang zu sein. Der Lastwagen bog ein weiteres Mal ab und hielt vor einem winzigen Fachwerkhäuschen, das ordentlich und sauber aussah.

Lucien und Hanna stiegen aus küßten sich.

Irgendwo bellte ein Hund, ein zweiter stimmte ein.

In den Obstgärten zwitscherten Vögel, eine Autotür klappte, am Ende des Sträßchens heulte ein Kind, verstummte aber sofort wieder.

»Voilà!« sagte Lucien, »dein neues Zuhause. Rue de Hagenau numéro 2. Wie gefällt es dir?«

»Das is aber hübsch hier, Frolleinche«, sagte der Fahrer des Möbeltransporters, »anders als bei uns im stinkigen Frankfurt!«

»Jaaaaa!« sagte Hanna und streckte sich. »Obwohl ... irgendwie riecht es hier auch merkwürdig, findest du nicht?« Sie hob ihre kleine Nase, die alle so niedlich fanden, und schnupperte in alle Richtungen wie ein Hase.

»Es kommt von da hinten!« befand Hanna. Lucien reckte den Kopf. »Könnte ein Restaurant sein ...« Er schnupperte auch, »ich glaube, das ist Kräuterbutter!«

»Mein Gott!« sagte Hanna genüßlich, »Ich werde hier nur vom Riechen fett werden!«

Im Haus roch es ebenfalls, und zwar frisch und ein wenig streng nach Reinigungsmitteln. Eine Putzfrau, die die Bank verpflichtet hatte, mußte sich hier wirklich ausgetobt haben. Die Holzböden glänzten und schimmerten, die Fenster waren so sauber, daß sie beinahe unsichtbar waren. Hanna lief durch die kleinen, niederen Räume, rannte über die Holztreppe in den ersten Stock, wo sie weitere drei winzige Räume entdeckte. Lucien und Hanna würden die Räume witzig einrichten mit Krimskrams und Kleinigkeiten.

Als in der Nacht der Mond ruhig einen hellen Fleck auf ihr Bett malte und Hanna nichts hörte als ein Käuzchen und einen Hund – da war sie wirklich überzeugt davon, im Paradies gelandet zu sein ...

3. KAPITEL

DU SEHNST DICH WEIT HINAUS ZU WANDERN ...

1. 7. 1995

Lucien mußte Hanna schon am ersten Tag alleine lassen, um zu arbeiten.

Wie in Deutschland auch, sparte man überall alles mögliche ein, und Lucien wurde sehnlichst zurückerwartet. Leider hatte seine Arbeit mit internationalen Wertpapiergeschäften, die ihn doch so sehr faszinierten, herzlich wenig zu tun. Vielmehr prüfte er die Kreditwürdigkeit kleiner und kleinster Betriebe, und beriet verzweifelte Privatpersonen, die mit ihrem Geld nicht mehr zurechtkamen. Jedenfalls mußte er um neun Uhr anfangen.

»Neun?« fragte Hanna durchaus angenehm überrascht, als sie am Vorabend den verhaßten Wecker stellten.

Luciens Kleider lagen schon wie drohende Vorzeichen ordentlich auf einem Stuhl. Es waren elegante und sehr teure Sachen. Lucien war überhaupt ein sehr eleganter Mensch: Er trank gerne den teuersten Cognac, er liebte gutes Essen. Hanna beobachtete all dies mit einem gewissen Entzücken, auch wenn sie selbst eher einfach gestrickt war und mit einer Pizza, Cola und Erdnüßchen durchaus einen netten Abend verbringen konnte.

»Wir fangen in Frankreich mit allem eine Stunde später an und hören mindestens eine Stunde später mit allem auf!«

»Mit allem?« fragte Hanna am nächsten Morgen verführerisch und versuchte, ihn gleich wieder ins Bett zu locken ...

Sie liebte Liebe am Morgen. Schließlich gab es keine Kinder und keine Haustiere, die sich an der Schlafzimmertüre Nasen und Schnauzen plattdrücken könnten.

»Mal sehen!« Er lachte und löste sich aus ihrer Umarmung. »Was hast du heute vor?«

Hanna setzte sich im Bett auf. Durch die kleinen Fensterchen mit den dunklen Holzrahmen kam Sonne ins Zimmer, und man hörte in einem sanften Wind die Blätter rascheln.

»Das Häuschen einrichten. Bücher sortieren, Schränke einräumen. Und dann schaue ich mir vielleicht mal den Ort an!«

Immer wenn sie meinte, alles eingeräumt zu haben, tauchte in irgendeiner Ecke noch eine Plastiktüte oder ein weiterer kleiner Karton auf, in dem sich unnötige Dinge wie Kerzenleuchter, Buchstützen, ein beinahe leeres Nagellackentfernerfläschchen oder ein Reisefön befanden, Dinge, die man niemals vermißt, wenn sie auf Nimmerwiedersehen verschwinden.

Draußen, in dem winzigen, von einer bewachsenen Mauer umgebenen Garten, zwitscherten die Vögel. Durch die offenen Fenster drang laue Sommerluft. In ganz Frankfurt gab es nicht halb so viel frische Luft wie hier. In Frankfurt würde man auch kein Fenster im Erdgeschoß offenstehen lassen, es sei denn man wäre lebensmüde.

Hier, da war sich Hanna sicher, passierten keine Bluttaten. Nicht in einer solchen Idylle. Da sie wenig las, wußte sie nichts von Miss Marple, sonst hätte sie möglicherweise anders gedacht.

In einer letzten kleinen Kiste neben der Eingangstür befanden sich laut Aufschrift die Abschiedsgeschenke von Freunden und Kollegen.

Ein französisches Wörterbuch, ein Weinführer, noch eine kleine Katze, diesmal aus Zement, eine Schürze, aufgedruckt irgendein hessisches Rezept, und ein in neutralem dunklem Papier verpacktes Buch. Hanna setzte sich auf eine Treppenstufe und riß ungeduldig die Verpackung auf. Da gibt es Leute, die trennen die Tesastreifen derart sorgfältig ab, daß man nach dem Bügeln des Papiers wirklich nicht mehr merkt, daß es gebraucht ist. Das sind die gleichen Leute, die immer Reservepackungen Kaffeefilter zu Hause haben, ihre Briefumschläge mit einem ausgeliehenen Großmarktausweis in 2000-Stück-Packungen kaufen und die Weinkorken sammeln und in die Kirche bringen, wo sie einem der Gemeinde unbekannten aber auf jeden Fall guten Zweck zugefügt werden. Hanna gehörte nicht in diese Kategorie. Sie mußte ihren Kaffee manchmal mit Küchenkrepp filtern, weil der letzte Filter aufgebraucht war, sie hatte keinen Großmarktausweis, hatte niemals ausreichend Briefumschläge – und sie trank Bier oder Wein aus Schraubflaschen.

Ein gebundenes, blaues Buch kam ihr aus der Verpackung entgegen.

Dichtung und Wahrheit von Johann Wolfgang von Goethe. Der Schenker: ihr Vater, »Dad«. Hanna zuckte die Achseln. Goethe! Lesestoff zum Einschlafen. Ein Elsaß-Reiseführer wäre weiß Gott sinnvoller gewesen. Goethe oder Schiller, wer rührt das freiwillig an.

Hanna las generell nicht gerne, aber die Klassiker haßte sie besonders. Als sie jetzt darüber nachdachte, fiel ihr neben dem *Erlkönig* noch ein weiteres negatives Erlebnis mit Monsieur Goethe ein. Eine schwarzhaarige Deutschlehrerin mit rot ummaltem Mund und dahinter versteckten langen gelben Zähnen hatte sie einst gezwungen, laut die Rolle des Gässler im Götz von Berlichingen zu lesen, – und Hanna, eine erbärmlich schlechte Vorleserin, hatte sich dauernd in den komplizierten Worten verfangen und in den altmodischen Sätzen verhaspelt. Die Klasse hatte schallend gelacht – seither rührte sie kein Buch von Goethe, Schiller und Konsorten mehr an.

Doch jetzt war sie weit weg von zu Hause, und dies war das Abschiedsgeschenk ihres Vaters. Deshalb blätterte sie die Seiten wenigstens durch. Genau wie Hanna es erwartet hatte: altmodisch lange Sätze, eng gesetzt, nicht endenwollende Abschnitte, seltsames Vokabular. Wer benutzt schon Wörter wie »Manier«, »zugestutzt« und »Grille« ...

Da sprang ihr das Wort Sesenheim geradezu entgegen. Mit einem s.

Seltsam.

»... Wir ritten über einen anmutigen Fußpfad über Wiesen, gelangten bald nach Sesenheim, ließen unsere Pferde im Wirtshause und gingen gelassen nach dem Pfarrhofe ...«

Ein anmutiger Fußpfad? Hanna dachte an die Landstraße von gestern abend, an Ampeln, Kreuzungen, Gebäude rechts und links. Ob Altvater Goethe sein Sesenheim heute noch wiedererkennen würde?

Sie stand anmutig auf, ging zu der Haustür, öffnete sie und sah hinaus über den winzig kleinen ruhigen Hof, dann über das niedrige Gatter auf die ruhige Straße und die schweigenden kleinen Häuser gegenüber.

Nun ... vielleicht würde er eher Sesenheim wiedererkennen als Frankfurt.

Gedankenverloren blätterte sie weiter. Ihr Blick fiel auf einen Satz, der ihr wie für ihre Situation geschrieben schien ...

»Ein solcher frischer Anblick in ein neues Land, in welchem wir uns eine Zeitlang aufhalten sollten, hat noch das Eigene, so Angenehme als Ahnungsvolle, daß das Ganze wie eine unbeschriebene Tafel vor uns liegt. Noch sind keine Leiden und Freuden, die sich auf uns beziehen, darauf verzeichnet ...«

Sie legte das Buch zur Seite.

Im Wohnzimmer ordnete sie den Rest ihrer Sachen. Eigentlich hätte sie das Buch gleich unter G einordnen sollen, aber unentschlossen ließ sie es noch auf dem Tisch liegen. Vielleicht hatte Lucien Lust, darin zu blättern. Sie würde kaum dazu kommen. Und außerdem ...

Lyrik zählte nun wirklich nicht zu Hannas Hobbies.

Am Abend kam Lucien etwas verspätet nach Hause und berichtete von seinem Job. Es sei ganz in Ordnung in der Bank, viel könne er nach der kurzen Zeit natürlich noch nicht sagen, aber es tue ihm doch gut, mal wieder die eigene Sprache zu sprechen. Er zog das elegante Jacket aus und streifte einen seiner teuren Pullover über.

Als sein verstrubbelter Kopf wieder erschien, fragte Hanna beunruhigt. »Sie sprechen also Französisch auf der Bank?«

»Natürlich!« antwortete Lucien, »was dachtest du?«

»Deutsch!« erwiderte Hanna verlegen.

»Nur einer der Kollegen und eine Halbtagskraft sind Elsässer, die anderen kommen alle aus verschiedenen Gebieten in Frankreich, sogar ein Bretone aus Concarneau ist dabei. Mit dem will ich mich gut stehen, vielleicht kann er uns eine Ferienwohnung vermitteln und wir können im Herbst – vielleicht an Armistice – ans Meer fahren!«

Hanna suchte in der Küche nach Nahrhaftem und machte eine aus Frankfurt mitgebrachte Raviolidose auf. Umständlich fingerte sie an den ihr noch unbekannten Herdschaltern herum. Eigentlich fand sie, daß ein Herd etwas unglaublich Persönliches ist. Mit dem eigenen Herd, da weiß man ganz genau, wann man abstellen muß, und das Ei kocht trotzdem lange genug weiter.

»Es heißt, gut stellen. Und was bitte ist Armistice?«

»Tag des Waffenstillstandes. Ein Feiertag in ganz Frankreich!«

»Zweiter Weltkrieg?«

»Nein, Erster!«

»Oh je, daran denkt hier noch jemand?«

Lucien nickte ernst. »Viele Leute! Der erste Weltkrieg ist in Frankreich noch sehr lebendig. Denk an die Überbleibsel bei Sedan...«

»Ich kann nicht daran denken, weil ich noch nicht dort war ... bei uns ist Armistice kein Feiertag!« erwiderte Hanna und spürte selbst, daß es trotzig klang.

Allmählich wurde Hanna klar, daß dies hier wirklich ein anderes Land war, auch wenn man von Sessenheim aus den deutschen Schwarzwald jenseits des Rheins sehen konnte ....

Gegen elf an diesem Morgen ging sie das erste Mal in den Ort. Um nicht aufzufallen in der Idylle, zog sie sich einen Rock mit Folkloremuster an, darüber ein braves Blüschen und eine taubenblaue Strickjacke, denn es wehte ein frisches Lüftchen.

Langsam schlenderte sie über die Seitenstraßen, die sie vorgestern abend hereingefahren waren. Sie passierte viele Hoftore, aber es waren keine Menschen zu sehen. Dafür aber mindestens zwanzig bellende Hunde. Manche standen hinter ihren Gartentoren, wobei sie mühelos darüber gucken konnten, andere waren angekettet, bellten dafür um so wütender. Es waren fast ausnahmslos Schäferhunde.

In Frankfurt gab es eigentlich kaum Schäferhunde, sondern »Westies« waren gerade modern, wie man Westhighlandterrier nannte. Diese Westies waren klein und weiß, paßten farblich in jede Singlewohnung und erfreuten allgemein durch ein niedliches Gesicht. Daneben kannte man in Frankfurt noch den gemeinen Pitbull, aber der lebte nur in der Nähe von Nachtclubs richtig auf.

Hanna schritt also die bellende Front ab, immer auf der Suche nach dem Zentrum des Ortes. Irgendwann stand sie an einem Platz mit zwei Kirchen und zwei Restaurants sowie einer Telefonzelle und einer Poststation und entschied: Dies mußte das Zentrum sein.

Die zwei Kirchen standen nah beieinander, eine mit schlankem Turm und eine weitere mit einer Kuppel, die beinahe ein wenig osteuropäisch anmutete.

Eine Frau mit einem altmodischen Kinderwagen kam vorbei.

»Ist das hier das Zentrum?« fragte Hanna freundlich und versuchte in den Kinderwagen zu spähen. Vielleicht fuhr sie ja auch einen kleinen Baby-Schäferhund spazieren.

»Pardon?« sagte die junge Frau und lächelte freundlich. »Je ne comprends pas.« Und dann sagte sie noch etwas, was Hanna nicht verstand, und das war's dann. Man lächelte sich zu, und jeder zog seiner Wege.

Ein älterer Mann mit Mütze, ein Baguette unter dem Arm, näherte sich aus einer Seitenstraße.

Hanna sprach auch ihn an, und diesmal benutzte sie die Landessprache: »Pardon, Monsieur, où est le centre?«

Er sah sie aus blauen, wässerigen Augen an.

»Spreche Sie nit Dütsch?!« antwortete er. Hanna starrte ihn an, er wartete eine Sekunde, dann verschwand auch er in der Menge. Hanna sah sich ratlos um.

Von hinten lächelten sie von einer Tafel beruhigend ein paar Figuren an. Sie waren bei idyllischer Feldarbeit, ein kräftiger Mann ritt an ihnen und den aufgestellten Garben vorüber, er schwenkte einen Hut, ein Mägdelein lächelte ihm und seinem Gaul lockend zu. Im Hintergrund war ein Ort zu sehen. Der Mann auf dem Pferd kam Hanna außerdem vage bekannt vor. »Wer ist denn das?« fragte sie ins Leere.

Hinter ihr antwortete eine Stimme mit Frankfurter Akzent: »Das sollten Sie als Deutsche eigentlich wissen. Das ist Johann Wolfgang von Goethe!«

Vor ihr stand ein gutaussehender, schlanker Mann mit lebhaftem Gesicht und leuchtenden Augen. Die Augen waren dunkel, aber anders als Luciens Augen, die in gewissen Stunden ein wenig schwermütig wirken können.

Sie leuchteten, als wären Kerzen dahinter angezündet.

Der Mann deutete so etwas wie eine Verbeugung an und verschwand ebenfalls. Hanna kam sich langsam vor wie die komische Alte in einem Theaterstück und sah ihm nach.

Ein netter Mann, sie spürte schwaches Heimweh.

Jetzt schon?

Hanna versuchte dann, eines dieser reizenden Geschäfte zu finden, von denen Frankreichurlauber immer schwärmen. Mit Oliven und südlichen Früchten, mit Salat im Überfluß und Artischocken, mit fangfrischem Fisch aus dem Atlantik und zahllosen frischen Kräutern.

Aber sie fand lediglich eine kleine Bäckerei und einen Supermarkt in einer Nebenstraße in Richtung Autobahn.

Beide Geschäfte waren geschlossen. Dabei war es noch nicht mal zwölf.

Allmählich kam sie sich ein wenig blöd vor. Wäre sie nach Kuwait ausgewandert, hätte die Welt nicht fremder sein können.

Seufzend schlich sie zurück ins Zentrum des Nichts.

In Frankfurt hätte sie jetzt einen Cafe getrunken, im Café »Zu Hause«. Sie sah sich um, konnte aber nichts dergleichen entdecken. Nur Restaurants, und die waren natürlich geschlossen. Alles war so still, beinahe tot.

»Tja!« sagte Lucien abends, nachdem er sein Sakko mit lässiger Strickware vertauscht hatte, »das ist in Frankreich üblich. Montags morgens sind die Geschäfte geschlossen. Als Ausgleich für den langen Samstag und den Sonntagmorgen.«

Hanna konnte nur staunen. »Sonntags haben hier die Geschäfte offen?«

»Lebensmittelgeschäfte, ja! Um zwölf oder manchmal auch erst um eins machen sie zu! Die Leute müssen doch frisches Brot und Fleisch haben!«

»Wir frieren uns dann eben ein Brot ein und tauen es für den Sonntag auf!« sagte Hanna. Lucien sah sie an, als habe sie gerade vorgeschlagen, sich nur noch vegetarisch zu ernähren: mit vollkommenem Unverständnis.

»Nein, das macht man in Frankreich nicht. Bei uns in Marseille ist sowieso immer irgendein Geschäft offen. Die arabischen Geschäfte die ganze Nacht!«

Ja, in Marseille, dachte Hanna.

Und dann fuhren sie gemeinsam in einen Supermarkt bei Hagenau. Erst ging es durch einen nicht endenwollenden Wald.

»Das ist der Forêt de Hagenau. Jagdwald früherer Herrscher! Das war ein extrem wildreicher Wald. Heute ist nicht mehr viel davon übrig. Da hinten ist übrigens das Tierheim!«

Schließlich trafen sie am Rand der quirligen Kleinstadt ein. Der Supermarkt sprengte alle Dimensionen, die Hanna aus Deutschland kannte. Allein die CD-Abteilung, in der sie sich ausführlich umsah, war so groß wie ein kleinerer Supermarkt.

Das Geschäft hieß »Mammouth« und machte seinem Namen alle Ehre. Vor allem das Lebensmittelangebot. Hanna war begeistert und füllte den Wagen so randvoll, daß Lucien und sie ihn mit vereinten Kräften durch die riesigen Gänge drücken mußten. Hanna, klein wie sie war, ragte hinter den Artischocken, Cidreflaschen, Salaten und Käsemassen kaum hervor. Sie betrachtete die Hunderte von toten Fischen und Schalengetieren, die auf Bergen von schneeweißem Eis ruhten. Ein solches Angebot hatte sie noch nie gesehen. Lucien blieb stehen und sah sie aus kaffeebraunen Augen an.

Hanna seufzte und sah sich in dem abendlichen Gewimmel um.

»Es hört sich vielleicht blöd an, aber ich hatte mir das

Elsaß ein bißchen deutscher und weniger französisch vorgestellt!«

Lucien blickte sie wieder streng an.

»Natürlich ist das Elsaß französisch, was dachtest du denn? Es gehört nun wirklich lange genug zu Frankreich.«

Auf dem Parkplatz vor dem Supermarkt hätte man allerdings zu anderen Schlußfolgerungen kommen können. Etwa jedes dritte vollbeladene Auto hatte ein deutsches Nummernschild.

»Es ist doch nicht billiger hier, warum kommen die extra aus Deutschland hierher?«

»Billiger ist es nicht ... eigentlich sogar teurer ...« Lucien stapelte die erworbenen Köstlichkeiten im Kofferraum. »Aber die Sachen sind besser, frischer, vor allem der Käse und das Fleisch! Und natürlich der Wein! Und wo in Deutschland kriegst du frische Garnelen und solchen Zander wie hier? Und Austern aus der Bretagne! Hier ... diese sind von der Ile de Noirmoutier ... Dazu ein Gläschen Champagner und Weißbrot – es gibt nichts Besseres!«

Also, das konnte Hanna nur bestätigen, und deshalb trank sie zu dem köstlichen Abendessen, das beide gemeinsam hinter den karierten Vorhängen zubereiten, auch eine ganze Flasche Pinot alleine aus.

Nur mit Hannas fortgeschrittenen Trunkenheitsgrad war es denn auch zu erklären, daß sie an diesem Abend mit zwei Männern ins Bett ging: mit Lucien und mit Monsieur Goethe.

Mit gelangweilter Miene und nur, weil das Buch gerade da herumlag, nahm sie sozusagen den Geheimrat mit ins Bett, schlug *Dichtung und Wahrheit* auf und las, wie sich der Deutschen Größter gefühlt hatte, als er von Frankfurt ins Elsaß gekommen war. Hatte er sich auch gewundert, daß die Läden montags geschlossen waren ...

Nein, Johann Wolfgang war ganz optimistisch gewesen, aber viel zu lernen hatte er offenbar nicht beabsichtigt. Hanna las: »*In so gestimmter und aufgeregter Gesellschaft gelang mir manche angenehme Fahrt nach dem oberen Elsaß, woher ich aber eben deshalb keine sonderliche Belehrung zurückbrachte ...*«

Hanna schüttelte den Kopf uns blätterte weiter. Jetzt stand Goethe auf dem Straßburger Münster. Er hatte, wie ihr Vater richtig gesagt hatte, offenbar wirklich herzlich wenig mit dem Studieren im Sinn gehabt hatte. Er stand also auf dem Münster, sah hinein in das Land mit Wäldern, Felder, kleinen Höfen und Dörfern, es schien das Paradies zu sein. »*... so wird man das Entzücken begreifen, mit dem ich mein Schicksal segnete, das mir für einige Zeit einen so schönen Wohnplatz bestimmt hatte.*«

Na also!

Getröstet schlief Hanna ein.

4. KAPITEL

IST DIR DEIN WORT NICHT HEILIG UND DEINE RUH?

Ein paar Tage später fühlte sie sich noch besser. Langsam lebte sie sich in die ländliche Idylle ein.

Wie eine Figur auf einem Gemälde beackerte Hanna den kleinen Gemüsegarten, so wie es ihren augenblicklichen Fähigkeiten entsprach, das heißt sie hegte und pflegte zunächst einmal das Bestehende. Von den meisten Pflanzen und Bäumchen wußte sie nicht einmal den Namen. Hanna konnte eigentlich nur hoffen, daß sie eines Tages Früchte tragen würden, die sie erkennen konnte. Gärten wie zu Hause, die nur aus gepflegtem Rasen und ein paar dekorativen Büschen bestanden, waren hier nämlich unbekannt. Jeder Haushalt schien sich seine Suppe selbst anzubauen – inklusive der Hühner.

Nach den langen hektischen Freiberuflerjahren in Frankfurt genoß Hanna die Ruhe und das Alleinsein. Zu Hause war sie niemals alleine gewesen. Immer hatte sie sich mit irgend jemandem verabredet oder getroffen oder telefoniert, oder man war sich in den einschlägigen Kneipen oder in der Redaktion über den Weg gelaufen, auf jeden Fall waren die Tage selten ohne mehrfache Verabredungen ins Land gegangen.

Hier war das anders. Hanna kannte niemanden, und Verabredungen hatte sie auch keine. Und alles im Haus funktionierte, so daß nicht einmal die Notwendigkeit bestand, einen Handwerker zu holen.

Lucien und Hanna hatten allerdings nach drei Tagen

einen Antrittsbesuch bei ihren Nachbarn gemacht, aber es sah nicht danach aus, als würden sich hier dauerhafte Freundschaften entwickeln.

Rechts wohnte eine junge Familie, ein blasses, mageres Ehepaar mit drei Kindern, die – so fand Hanna insgeheim – etwas stupide in die Welt guckten. Die Kinder sprachen Französisch, die Eltern ebenso, allerdings mit einem starken Akzent. Untereinander tauschten sie sich in einem für Hanna kaum verständlichen halbfranzösischen Jargon aus, und mit ihr sprachen sie überhaupt nicht.

»Robert, allez in d'Kuech und viens chercher d'Win!« sagte die Mutter zu ihrem ältesten Sohn. Lucien guckte ebenso verwirrt wie Hanna. Hanna hatte den Eindruck, sie beide seien ihnen gleichgültig, wenn nicht gar lästig.

»Sind Sie berufstätig?« fragte sie die junge Mutter höflichkeitshalber.

»An holbe Dage!« antwortete die. »In Dütschland!«

»Ach?« Hanna lächelte freundlich, »und was machen Sie da so?«

Die junge Frau sah ihren Mann an. Der zuckte die Achseln.

»Ich bin ....« Sie schien ein Wort zu suchen, »ich putz. Im Hôpital, in Baden-Baden! Morgens kommt ein Bus und holt uns ab!«

»Uns?«

»Wir sind zehn Frauen aus Sessenheim und aus Stattmatten, und wir arbeiten alle im Hôpital in Baden. Nur fünf von uns sind Elsässer, die anderen sind aus dem *intérieur*!«

Lucien sagte nichts dazu. Hanna fiel auch nichts ein. Deshalb war das Dorf morgens so leer.

Und doch mußte sie – schließlich war sie Journalistin, und irgendwann müßte sie auch schließlich einen Artikel anbieten – noch eine Rückfrage stellen: »Gibt's denn hier keine Arbeit für Sie?«

Die Frau sah Hanna aus ihren farblosen blauen Augen an.

»*Non!*« antwortete sie knapp, »*peut-être in Strasbourg,* aber das ist noch weiter, und die Dütschen zahlen mehr!«

Dann begannen die Kinder unruhig zu werden, und Lucien und Hanna gingen nach Hause.

»Wie ist das möglich?« fragte Hanna ihn, während sie eine Vinaigrette mit dem köstlichen Dijonsenf anrührte. Der Salat hier schmeckte tatsächlich anders und wirklich besser als die labbrigen Blätter zu Hause, die schon beim Anblick eines Dressings in sich zusammenfielen.

»Es gibt wenig Arbeit hier. Kaum Industrie. Fremdenverkehr ein bißchen, aber auch nur in der Saison. Was sollten sie tun? Die Landwirtschaft trägt hier keine Familie mehr, und die Leute haben meistens mehrere Kinder.«

Das war Hanna auch schon aufgefallen. Sie hatte in den Supermärkten oder bei ihren zwei Besuchen in Hagenau kein Paar gesehen, das nicht mindestens zwei Kinder dabei hatte. Und meistens trottete auch noch ein Hund hinterher.

Abends drauf besuchten sie die Mullers, Nachbarn auf der anderen Seite. Hermann Muller und seine Frau Josephine waren ältere Leute, sie sprachen Deutsch mit Lucien und Hanna, nur hier und da mischten sich ein paar französische Ausdrücke dazwischen.

Beide erinnerten sich noch den Krieg und die deutsche Besatzung im Elsaß, mochten aber nicht recht davon sprechen. Ein älterer Bruder – zwangsrekrutiert – sei bei Stalingrad gefallen, erklärte Frau Muller Hanna in der Küche, während sie gemeinsam den Gugelhupf auf einem Teller anrichteten. Dazu trank man merkwürdigerweise keinen Kaffee, sondern es gab Trauben und Wein aus hochstieligen winzigen Gläschen.

»Heute haben wir ja Europa!« seufzte Madame Muller, »und wir sind wohl mittendrin. Ich hoffe, es bleibt Frieden ...«

Und sie habe nichts mehr gegen die Deutschen.

»Im Grunde könnten wir ohne die Deutschen nicht leben!« erklärte Monsieur Muller und rekelte sich gemütlich in seinem Sessel. »Sie haben uns damals den Goethe geschickt, und deshalb kommen die Touristen nach Sessenheim! Was wären wir sonst? Ein Dorf wie alle anderen, nur nicht so schön!«

Er hob das Glas. Der Wein schmeckte gut und herb.

»Ja, aber manchmal ist das auch nicht so gut für den Ort!« wandte Frau Muller ein. »Zuviel ist auch nicht gut. Wir haben schon hundert deutsche Einwohner!«

»Ach was!« Monsieur Muller schien eine verträgliche Natur zu sein, »wir wohnen links vom Rhein, ihr rechts. Die paar Kilometer ... da gibt es ganz andere Sachen, die mich stören im Elsaß. Das Gesocks aus Afrika nämlich. Von Strasburg kommen die hierher zu uns und rauben und stehlen. Oder sie nehmen uns Arbeitsplätze weg. Ich habe gestern in der Zeitung gelesen, wir haben jetzt 600000 im Land. Algerier, Tunesier ... das sind keine Franzosen, das sind Läuse!«

Lucien zuckte zusammen – immerhin hatte er ein paar Tropfen vom Blut dieser Läuse in sich.

»Ich wähle Le Pen!« sagte Monsieur Muller beinahe stolz. » Frankreich den Franzosen!«

Lucien murmelte leisen Protest, Madame wechselte das Thema: Man unterhielt sich über Paris, wo die Mullers erst zweimal gewesen waren und sich »wie im Ausland« gefühlt hatten. Sie beklagten den Dreck auf den Straßen dort, so wie auch Dreck und Verbrechen im Süden am Meer. »Unsere Tochter wohnt in Toulon und muß jede Nacht um ihr Auto bangen!«

Sie verzogen schmerzlich das Gesicht, als sie erfuhren, daß Lucien aus Marseille war. Eine andere Welt sei das, und ob ihm das Elsaß nicht viel besser gefalle.

Lucien antwortete brav, alles sei wunderbar sauber und schön.

Zufrieden goß Monsieur nach, der Wein perlte kalt und klar in den winzigen Gläsern, die Stimmung wurde zusehends besser und man wandte sich wieder dem Großen zu, der aus einem elsässischen Kaff einen Wallfahrtsort gemacht hat.

»Goethe wußte, was gut ist. Gut war der Wein, und gut waren die Sessenheimer Mädchen. Der hatte einen Schlag bei den Mädchen, der wußte, wie man's macht. Denen, die er verführen wollte, schrieb er Gedichte, die trug er vor, oder er steckte sie ihnen ins Mieder!«

Und dann begann er mit brüchiger Stimme zu zitieren:

O Mädchen, Mädchen, wie lieb ich dich!
Wie blinkt dein Auge,
wie liebst du mich!
Wie ich dich liebe!
Mit warmem Blut,
die du mir Jugend
und Freud und Mut
zu neuen Liedern und Tänzen gibst!

Der Alte kicherte. »Na, wir haben heute noch hübsche Mädchen. Blond wie die Friederike damals, aber es gibt keinen zweiten Goethe mehr. Nur noch Schreiberlinge, auch hier bei uns im Elsaß ... nichts Rechtes!«

Hanna schwieg. Allmählich begann es ihr ein wenig peinlich zu werden, daß sie eigentlich überhaupt keine Ahnung hatte von dem größten Sohn der Stadt, aus der sie kam. In Frankfurt war er – trotz allem – nur einer von vielen, den Sessenheimern war er alles.

Am nächsten Tag besuchte Hanna das winzige private Goethemuseum, dessen sich Sessenheim rühmte. Zugang verschaffte man sich unüblicherweise über das Restaurant »Au Boeuf«, aus dem es so stark nach Knoblauch, Wein und Kräutern roch, daß Hanna an der Tür beinahe zurückwich.

Es war bereits nach fünf Uhr, aber es saßen noch mehrere Gäste beim Mittagessen.

»Guten Tag!« begrüßten sie drei Damen in unterschiedlichen Tonhöhen. Sie waren allesamt sehr adrett und dunkel gekleidet, es war deshalb beinahe unmöglich die Chefin auszumachen, irgendwie sahen sie alle wie Chefinnen aus. »Sie möchten essen? Eine Person!«

»Danke, ich möchte nichts essen. Könnte ich vielleicht einmal das kleine Goethemuseum anschauen?«

Bei den Toiletten zweigte ein kleiner Gang ab, ein Türlein öffnete sich, und Hanna stand schon wieder vor dem großen Dichterfürsten.

Diesmal in Form einer Gipsbüste, aber er grüßte von links auch als Gemälde, als Stürmer und Dränger mit verwehtem Haar.

In den Vitrinen, die aussahen wie bestenfalls aus den Dreißiger Jahren, witterten Briefe und Dokumenten vor sich hin, Hanna mußte sich ganz tief herunterbeugen und konnte immer noch nichts erkennen.

»Ist es ihnen hell genug?« fragte ein älterer Mann von der Tür her, und ganz besorgt versicherte er Hanna: »Ich kann noch mehr Licht anmachen.«

»Es geht schon ....« Hilflos zuckte sie die Achseln. »Es ist nur, ich ... weiß nicht viel über Goethe, leider ... sonst könnte ich sicher alles besser lesen und verstehen!«

Der Mann schüttelte den Kopf, »Es kommen so oft Deutsche, die nichts wissen über ihn, das wundert mich. Ist doch euer größter Dichter.«

Hanna schwieg.

»Wird das nicht in der Schule gelernt?« fragte er.

»Schon, aber ...« Sie erinnerte sich wieder an den Götz. »Nun, da paßt man nicht auf, als junger Mensch, trockenes Zeug, verstehen Sie, da hat man andere Interessen ....«

»Trockenes Zeug?« fragte der Herr. »Haben Sie ein

bißchen Zeit? Ach, sie wohnen hier bei uns? Soll ich ihnen erzählen von dem – wie sagen Sie – trockenen Zeug?«

Hanna nickte nur.

»Woher in Dütschland sind Sie?« fragte er sie mit der Freundlichkeit eines alten Mannes, der viel Zeit hatte für das, was ihm Freude machte. Hanna erwog eine Lüge, traute sich dann aber nicht.

»Frankfurt!«

»Ach?«

Er warf Hanna einen warmen Blick zu, als sei sie eine Abgesandte des Großen Geheimrats selbst.

»Auch aus Frankfurt! Es ist schon länger ein Herr hier bei uns im Ort, der ist ebefalls us Frankfurt. Und welches ist Ihr Lieblingsgedicht?«

»Lieblingsgedicht?«

»Von ihm!« Er wies auf den Stürmer und Dränger.

»Nun ...« Jetzt war es sogar Hanna peinlich, daß sie eigentlich nichts antworten konnte. Sie konnte ohne weiteres sagen, welche Figur im Asterix ihr die liebste von allen war, und sie kannte alle Filme, bei denen Oliver Stone Regie geführt hat, sie wußte auch, welche Musikvideos bei MTV am häufigsten gewünscht wurden. Nicht, daß sie direkt ungebildet wäre. Sie kannte schließlich Jimi Hendrix und Janis Joplin und Pop Art und Andy Warhol und sogar Woody Allen ...

Hanna seufzte, und unsicher kam es aus ihr heraus: »Nun, das mit dem Knaben ...! Das ist doch von Goethe? Das mag ich?«

Er nickte zufrieden. »Und ob das von Goethe ist!«

Und dann wie Monsieur Muller fing er an mit großem Ernst zu zitieren, allerdings nicht mit brüchiger Stimme sondern sonor, wie ein Schauspieler:

Sah ein Knab ein Röslein stehen
Röslein auf der Heiden,
war so jung und morgenschön,

lief er schnell, es nah zu sehn,
sah's mit vielen Freuden.
Röslein, Röslein, Röslein rot,
Röslein auf der Heiden.

Ach, aber ach! Das Mädchen kam
und nicht in Acht das Veilchen nahm
ertrat's das arme Veilchen,
und sank und starb und freut sich noch:
denn sterb ich denn, so sterb ich doch
durch sie, durch sie
zu ihren Füßen doch!

Eine Weile herrschte andächtiges Schweigen.

Hanna fand, daß dies eigentlich ein brutales Gedicht war.

»Das Gedicht ist 1771 in Straßburg entstanden! Nach einem bekannten Vorbild«, sagte der Alte zärtlich, »ein schlichtes Gedicht, ein Lied an eine Geliebte!«

Das Privatmuseum war voll von Erinnerungen an diese Geliebte namens Friederike Brion: Zeichnungen, Briefe, Gedichte – Zeugnisse einer großen Liebe.

»Im April des Jahres 1770 kam Goethe nach Straßburg, um seine Studien zu beenden. Zu Hause«, hier senkte Hanna den Blick, »war es ihm nämlich gar nicht gut ergangen, er war kank und trübsinnig, Straßburg, das gefiel ihm gut, das brachte ihn auf den richtigen Weg und wie viele Länder er später auch noch bereist hat, den Blick vom Münster in das Elsässerland hat er doch nie vergessen und ist auch wieder hergekommen.«

Hannas Blick wurde auf eine Abbildung des gigantischen Münsters gelenkt.

»Er hat dann viele interessante Leute kennengelernt. Mit seinem Freund Weyland hat er Ausflüge in die Umgebung gemacht, und so kamen die beiden zu Pferd« –

wieder eine Zeichnung – »nach Sessenheim, was damals noch Sesenheim hieß, wo sie bei einem Verwandten des Weyland, dem Pfarrer Brion abstiegen. Und da lernte er dann die Friederike kennen.« Der alte Herr geriet ins Schwärmen. »Hübsch muß sie gewesen sein, blond, mit kurzem Rock – er hat sofort Gefallen an ihr gefunden. Er wurde offen und herzlich aufgenommen, und nun erwarteten ihn herrliche, sonnige Tage in unserem Ort. Spaziergänge in die Nachbarorte, zu den Rheininseln, die es ja heute wie so vieles nicht mehr gibt, sie haben sich mit Friederikes Geschwistern zusammen eine Kutsche genommen und sind umhergefahren, das war ganz anders damals ohne Autos. Goethe verliebte sich von Tag zu Tag mehr in Friederike. Sie haben gelacht, Pfänderspiele gemacht, Geschichten erzählt, und er hat Gedichte vorgelesen. Auch Friederike war zum ersten Mal im Leben ernsthaft verliebt. Doch die beiden mußten sich zwischendurch immer wieder trennen. Er hat dann das Gedicht »Willkommen und Abschied« geschrieben, da hinten liegt eine Kopie in der Vitrine.

Hanna nickte. Unter ihr knarrte der alte Boden, aus der Küche drang Gelächter und Tellerklappern.

»Friederike war oft krank, sie hatte es auf der Lunge, war oft ans Bett gefesselt, konnte seine Liebe nicht so erwidern, wie er – ein junger Mann in der Blüte seiner Kräfte – es sich wohl gewünscht hätte. So wurden die Abstände zwischen seinen Besuchen hier bei uns im Ried größer, er wandte sich wieder mehr seinen Studien zu, und irgendwann war es dann wohl zu Ende. Seine Abschiedsbriefe an die Verlassene sind nicht erhalten.«

Betretenes Schweigen.

Hanna dachte, daß sich zumindest in dieser Hinsicht nicht allzuviel verändert hatte. An einem gewissen Punkt ist den meisten Männern das Berufsleben wichtiger als die Liebe. Hanna wußte nicht, ob es auch den umgekehrten Fall gibt. Vielleicht, aber sie kannte keinen.

»Was ist aus Friederike geworden?« fragte sie.

»Die Arme hat sich nur ganz langsam von dem Brustleiden erholt. Liebeskummer läßt so etwas nicht gerade schneller heilen. Mit ihrer Schwester zog sie zuerst zum Bruder, wo sie sogar Französischstunden gab, später half sie ihrer anderen älteren Schwester, die ebenfalls einen Pastor geheiratet hatte, in der Nähe von Offenburg bei Haushalt und Kindererziehung. Auch nach deren Tod führte sie – angeblich vom ganzen Ort geachtet – den Haushalt für den Schwager weiter. 1813 ist sie gestorben. In Meißenheim ist ihr Grab. Auf dem Grabstein steht: »Ein Strahl der Dichtersonne fiel auf sie, so reich, daß er Unsterblichkeit ihr lieh!«

Jetzt wollte Hanna endlich mal was recht machen. »Wunderschön, diese Worte von Goethe!« sagte sie dankbar.

Der alte Herr sah Hanna an, und sie konnte nicht entscheiden, ob es Mitleid oder Erstaunen war. »Das ist nicht von Goethe. Das ist von einem Badener namens Eckardt.«

Oh je.

Hanna schwieg. »Albert kommst du mal?« schallte es aus dem Wirtshaus.

»Ich muß gehen!« sagte er, und ein wenig resigniert fügte er an. »Wenn Sie Lust haben, schauen Sie sich noch ein wenig um!«

Dann ließ er sie alleine. Das Licht ging automatisch aus, man mußte es an einem altertümlich aussehenden Knopf wieder andrehen, wenn man den kleinen Raum mit seinen vergilbten Erinnerungen in dem gelblichen Licht eines schwachen Lämpchens erhellen wollte.

Hanna tastete sich vor zu der letzten Vitrine. Da lag es: die Abschrift des Gedichts mit dem melodischen Titel: »Willkommen und Abschied!«

Sie beugte sich darüber und las. »*Es schlug mein Herz geschwind zu Pferde! Es war getan fast eh gedacht, der Abend wiegte schon die Nacht ...*«

Und während Hanna las, begannen die Erinnerungen an eine besonders schmerzhafte Trennung in ihr wieder hochzukommen ... Wie schön es gewesen wäre, dachte Hanna, wenn er damals so empfunden hätte ...

In deinem Auge welcher Schmerz!
Ich ging, du standst und sahst zu Erden
und sahst mir nach mit nassem Blick:
und doch, welch Glück geliebt zu werden!
Und lieben, Götter, welch ein Glück!

Hanna murmelte die Worte vor sich hin und merkte nicht, wie er von ihr Besitz ergriff, der Geheimrat Goethe ... und wie er ihr sich daran machte, ihr Leben zu verändern ...

5. KAPITEL

DER MENSCH ERFÄHRT, ER SEI AUCH WER ER MAG, EIN LETZTES GLÜCK UND EINEN LETZTEN TAG …

Sessenheim war erschüttert. Ein Mord. In dieser friedlichen Idylle.

Die alten Leute schüttelten die Köpfe.

1947, so berichteten die fassungslosen Dorfbewohner, habe es den letzten richtigen Mord geben, und in den Jahren nach dem Krieg, na ja, da ging so manches drunter und drüber, da waren so viele Fremde, auch Algerier und Tunesier hier … Besatzungssoldaten für drüben, für das besiegte Nachbarland. Aber jetzt? Ein Mord?

Man konnte es nicht fassen, daß am Ortausgang Richtung Dalhunden in einer Telefonzelle ein Toter gefunden worden war. Ein Toter mit einem Loch im Kopf, einem Loch, so wie es eine Pistolenkugel verursacht.

Hanna, die natürlich noch nicht in den Dorfklatsch eingebunden war, erfuhr dies alles erst am folgenden Morgen von Monsieur und Madame Muller.

»So, das sind Sachen, die hat's früher nicht gegeben bei uns!« Monsieur Muller schien sehr befriedigt, daß sich endlich aufs deutlichste bewahrheitete, daß alles immer schlimmer wurde. »Sollte mich nicht wundern, wenn die Zigeuner schuld dran wären!«

»Nein, nein, George!« protestierte Frau Muller, »unsere Zigeuner machen so etwas nicht. Das sind brave Lüt. Erst gestern habe ich der einen mit den roten Haaren Hustenbonbons mit Kräutern aus den Vogesen abgekauft und sie hat mir drei Packungen für 50 Francs gegeben. Das ist ehrlich!«

Da Hanna ohnehin nicht allzuviel zu tun hatte, beschloß sie, zu der Telefonzelle zu wandern, die zum Schauplatz eines Mordes geworden war.

Da sie außer der Post, dem »Au Boeuf« und der Mairie, wo sie sich angemeldet hatte, kaum eine Straße wirklich genau kannte, erkundigte mich bei dem mitfühlenden Monsieur Muller, wie sie gehen sollte.

»Das Telefon, wo der Mann lag? Das liegt im Schwoweviertel!« sagte er und kicherte in seinen rundlichen Leib hinein.

»Was ist das? Schwoweviertel?«

»Gehen Sie nur hin, dann werden Sie schon sehen!«

Die erbärmliche Telefonzelle lag ziemlich einsam, am Ende einer ruhigen Straße unweit eines modernen Wohngebietes, und als Hanna sich umsah, wurde ihr auch klar, warum man das kleine gut gepflegte Gebiet das »Schwoweviertel« nannte. Vor den Häusern standen vereinzelt saubergewaschene Autos mit deutschen Kennzeichen, an den Türschildern las sie Namen, die keinen elsässischen Klang hatten, wie Hüverbeck oder Stenglmeier.

Die Häuser standen auf kleinen Hügeln, waren neu und gepflegt, sauber und geräumig. Die Rasenanlagen drumherum wirkten piccobello, das Gras war einheitlich geschnitten, die Wege frei von Unkraut. Das Deutschenviertel – unverkennbar!

Am Ende, unweit der Felder, stand die nunmehr berüchtigtste Telefonzelle des Nordelsaß, unschwer zu erkennen, denn zwei Polizeiautos standen davor.

Beide weiße Wagen waren sehr schmutzig, und an den Türen lehnten junge Männer, die auf Hanna mehr wie Soldaten wirkten. Sie starrten in eine Landschaft, die man nur als öde bezeichnen konnte. Weite, flache Felder, im Hintergrund flache Farbrikgebäude, die keinen sonderlich schmucken Eindruck machten, ein paar Hochspannungsleitungen, gelentliche Wäldchen.

Schlendernd näherte sich Hanna der Telefonzelle. Einer der Gendarmen spuckte ein Stöckchen aus, auf dem er kaute, und sagte müde: *»Interdit!«*

»Sprechen Sie Deutsch?« fragte Hanna ihn und lugte aus sicherer Entfernung in die Telefonzelle. Sie war leer, und es war auch kein Blut zu sehen.

»Non, Madame!« antwortete er. *»Jean-François, venez un moment, s'il-vouz-plaît. Madame ne parle pas français!«*

Jean-François, ein aus Hannas Sicht typischer Elsässer mit kräftigen Konturen, tippte sich an die Gendarmenmütze.

»Madame?«

»Entschuldigen Sie. Sind Sie für die Ermittlungen zuständig?«

Er musterte Hanna nur kurz, aber durchaus noch freundlich.

»Im Moment noch, ja. Aber da es sich um einen Mordfall handelt, wird wahrscheinlich ein Beamter der Police nationale und vielleicht sogar der Kriminalpolizei hinzugezogen werden!«

»Police nationale?«

Er blieb wachsam aber geduldig. Er hatte ja auch nichts zu tun hier an einem völlig verwaisten Tatort. Die Leiche war schon längst fort, die Spurensicherung offenbar ebenso, die Bevölkerung war bei der Arbeit, und außer ein paar in der Ferne auf Fahrrädern sitzenden Kindern, die wie von einer kleinen Mauer stumm hinüberstarrten, gab es nichts zu sehen.

»Sie sind Deutsche, Madame? Wir haben hier ein ähnliches System wie in Amerika. Für die Landgemeinden sind wir, die Gendamerie, zuständig. Eine zivile Polizei, eben die Police Nationale, gibt es nur in größeren Orten, bei uns in Hagenau. Und bei einem Mord arbeiten wir alle zusammen!«

»Darf man wissen, wer das Opfer ist?«

Er zögerte.

Hanna zuckte die Achseln und sagte lächelnd, »Ein Landsmann, wissen Sie!«

Das ist das Nette bei den Franzosen. Wenn eine Frau gut aussieht und charmant ist, dann bekommt sie zumindest ihre Chance. In Deutschland bekommt sie extra keine, damit man nicht auf Gedanken kommt ...

»Soweit bekannt ist ...« Er ruckelte etwas unbehaglich an seinem Gürtel herum. »Ein Herr, der schon für längere Zeit hier war. Ein Gast.«

»Ein Feriengast?«

»Ja, ein Tourist. Nun, vielleicht nicht direkt ein Tourist. Er wollte – so habe ich gehört, ich habe ihn nicht persönlich gekannt, aber unser Chef – ein Buch schreiben über das Nordelsaß.«

»Ach so!«

Hanna betrachtete die leere Telefonzelle mit Respekt.

»Ist er hier drin ermordet worden? Wollte er um Hilfe anrufen?«

Wieder unbehagliches Ruckeln.

»Nun, es wird morgen sicher auch in der Zeitung sein. Nein, er ist wohl hierhergebracht worden und in die Kabine gesetzt worden. Man wollte ihn offenbar nicht im Freien liegenlassen.«

»Ein Raubmord!« sagte Hanna ehrlich deprimiert. »Das kommt bei uns in Frankfurt fast täglich vor. Dutzende im Jahr!!«

Der junge Elsäßer schüttelte den Kopf.

»Es war kein Raubmord, Madame. Gewiß, man hat ihm seine Brieftasche weggenommen, aber in der Tasche – wie sagt man – Hintertasche ...

»Gesäßtasche!« half sie freundlich aus.

»In der Gesäßtasche hat man noch loses Geld und Kreditkarten gefunden. Nicht professionel, der Raub!«

Hanna schauderte, obwohl es so schön warm war. Morde aus anderen Gründen als aus Geldgier mochte sie nicht in ihrer näheren Umgebung. Denn Geld hatte sie keins, da hatte sie nichts zu fürchten.

Und jetzt wollte sie nur noch weg, nach Hause in ihr friedliches Butzelhäuschen.

Höflich bedankte sie sich und ging weg.

Aber der Polizist rief ihr nach:

»Ach übrigens, Madame, der Tote ...«

»Ja?« sagte Hanna über die Schulter.

»Er war ebenfalls aus Frankfurt!«

Abends schluchzte Hanna sich bei Lucien aus. Und zwar bei einer Flasche Pinot noir, ihrem erkorenen Elsässer Lieblingswein.

»Es geht ein Mörder um. Er haßt Deutsche, vielleicht vor allem Leute aus Frankfurt!«

»*Bêtisc, ma petite!* Jemand wollte sein Geld stehlen und hat vergessen in die Gesäßtasche nachzusehen!«

»Der!« sagte Hanna tonlos.

»Der Gesäßtasche? Ich war mir sicher, es ist die Gesäßtasche, denn es heißt auch die Tasche!«

»Der Fall war falsch. In der Gesäßtasche, das ist Dativ.«

»Solltest du nicht lieber Französisch lernen anstatt Kleinigkeiten an meinem Deutsch zu korrigieren?«

»Du hast gesagt, im Elsaß wird Deutsch gesprochen. Sogar Goethe hat es ›Halbfrankreich‹ genannt!«

»*Comment?* Wie sollte ich so etwas jemals gesagt haben? Das Elsaß ist Frankreich, und ich wäre dir wirklich ...« Er suchte nach einem Wort, »froh, wenn du das endlich verstehen würdest!«

Als sie beide abends Rücken an Rücken im Bett lagen, dachte Hanna mit Groll daran, daß diese dämliche Leiche aus Frankfurt schuld daran war, daß sie ihren ersten Streit hatten.

Und dann erinnerte sie sich an eine Frankfurter Stimme und schwach die Züge eines Mannes mit

Augen, die strahlten als seien Kerzen dahinter angezündet.

Waren es diese Kerzen, die jetzt erloschen waren?

Hanna beschloß, genau dies gleich am anderen Morgen herauszufinden!

6. KAPITEL

VON HEILIGEN MÄNNERN UND VON WEISEN ...

Sogar mit einem Presseausweis wären die Recherchen in Deutschland schwierig gewesen, aber in Frankreich erlebte Hanna noch größere Überraschungen.

Jedwede linksliberale und durch jahrelange TAZ-Lektüre kultivierte Kritik an der deutschen Polizei und deren rechtsgewirkter Bürgerferne blieb Hanna im Halse stecken angesichts der Mauer aus Arroganz und abweisender Kälte, die ihr in dem winzig kleinen Büro der Sessenheimer Gendamerie entgegenschlug.

»Madame?« Die Angehörigen der französischen Miliz kamen ihr allmählich wie geklont vor. Einer sah aus wie der andere: glatte, manchmal bräunliche Gesichter und streichholzkurze dunkle Haare. Alle paßten sie wunderbar in ihre schlanken feinen Uniformen, keiner war zu groß, keiner zu klein.

»Sprechen Sie deutsch?« murmelte Hanna peinlich berührt wie immer.

Es kam ihr tatsächlich allmählich so vor, als habe sie noch keine Frage auf dieser Welt so oft gestellt wie eben jene. Und kaum eine war ihr je so peinlich gewesen. Sie nahm sich vor, nach einem Französischlehrer Ausschau zu halten. Und zwar einen, den sie bezahlen konnte. Aber da lag das Problem. Denn sie brauchte fast ebenso unbedingt einen neuen Pullover, einen, in den sie sich an kühler werdenden Abenden hineinkuscheln und damit wenigstens ein ganz klitzeklein wenig so aussehen konnte wie die Models in LIFESTYLE. Pullover gegen Sprache – Hanna war sich absolut nicht sicher, wer da den Sieg davontragen würde. Aber allein, daß sie es sich überlegte, war schon ein kleines Wunder ...

Goethe-Gedichte und Französischlernen, dachte sie. Hanna, was ist aus dir geworden?

Der Gendarm, ein Herr mittleren Alters, der ebenso aussah wie seine jüngeren Versionen, machte sich mitnichten die Mühe, Atemluft an sie zu verschwenden. Er nickte nur ganz kurz und kühl.

»Gut!« sagte Hanna und holte Luft. »Gestern ist ein Mann ermordet worden!«

Ausdruckslose Miene.

»Nun ...« Hanna wurde immer unsicherer.

Sie sah sich um. Ein beinahe nackter, kleiner Raum. Der Gendarm saß hinter einem Tisch, der aussah wie ein schäbiger Küchentisch. Der grimme Büroschick der frühen sechziger Jahre: billig glänziges Resopal auf vier Metallbeinen. Im Hintergrund kündete ein Computer mit Fettspuren auf dem Bildschirm vom 20. Jahrhundert, das Telefon stand auf einem Regal mit Papieren und sah billig und häßlich aus.

Im Raum roch es nach Rauch und Knoblauch. Am Boden lag bizarrerweise ein Zwiebelringlein, an dem sich schon Staub festgekrallt hatte. Das einzige, was offenbar allen Polizeistuben der Welt gemein war, durfte auch hier nicht fehlen: zwei schwarz-weiße Fahndungsplakate, eins am Schrank aus Furnierholz und eins an der Tür.

»Madame?«

»Ich wollte fragen, wer der Tote war!« fragte Hanna tapfer.

»Ich darf Ihnen keine Auskunft erteilen!« antwortete der Gendarm barsch.

»Es ist nur ...«

Hanna stellte erneut fest, daß die deutsche Polizei besser war als ihr Ruf, denn hätte ein Rechtsrheinischer die Antwort mit reichlich Bedaure gewürzt, so war das Interview hier schon sehr bald beendet.

»Nein, Madame!« sagte der Gendarm, wies auf die Tür, senkte den Kopf und vertiefte sich wieder in seine Arbeit.

Hanna fand sich mit dem Rausschmiß ab und ging.

Draußen auf der Straße empfing sie ein lebhafter Sessenheimer Alltag. Leute auf Fahrrädern radelten vorbei, Baguettes auf den Gepäckträgern (die Brote hießen hier »flit« und würden in Deutschland wahrscheinlich als Gefährdung im Straßenverkehr eingestuft); Autos durchquerten den Ort, ein paar alte Herren standen vor der Mairie zusammen und unterhielten sich. Sie trugen alle hellblaue oder graue alte Gabardinehosen, die ihnen sackartig um die Gesäße baumelten, hatten offene Jacken und trugen Kappen. Manche hatten kleine Schnauzer, die rechts und links kaum über die Mundwinkel hinausragten. In Deutschand würde man solche Bärte aus gewissen historischen Erinnerungen heraus nicht allzugerne sehen, in Frankreich waren sie normal, im Elsaß sogar beinahe wie ein Trotzakt gegen die mit Gabel und Messer bewaffneten Deutschen, ein Stück gallischer Identität.

Die vielen Flits hatten Hannas Appetit auf weißes Brot geweckt. Sie träumte davon, es vor dem Essen einfach in den scharfen Senf zu tunken, der auf jedem Restauranttisch stand. Oder jener köstlich schlichte Imbiß: frische, kleine, längliche und bei weitem nicht bittere junge Radieschen, dazu leicht gesalzene Butter und frisches Knusperbrot: köstlich.

Hanna lief das Wasser im Mund zusammen, und sie betrat die Bäckerei im Ortszentrum.

Die Bäckereien im Elsaß waren schlichter als die zu Hause. Man verkaufte hier im wesentlichen Brot und keine Geschenkartikel wie oft in Deutschland. Hinter der Bäckerin, die nicht besonders freundlich aussah, ein wenig hager war und aufgrund ihrer zu kurzen Oberlippe etwas Hasenhaftes an sich hatte, standen

Flits in den allerunterschiedlichsten Längen und Umfängen. Von dickleibigen, die beinahe an deutsche Brote erinnerten, bis zu fast bleistiftdünnen.

Hanna entschied sich für die goldene Mitte und zeigte schüchtern lächelnd auf ein Standardflit.

»Droi Franc!« sagte die Bäckerin. »Sind Sie Dütsche?«

»Ja!« bekannte Hanna.

»Eine Mark!« sagte die Bäckerin daraufhin mechanisch.

»Ich habe aber Francs!« erwiderte Hanna und streckte ihr das Geld hin. Die Bäckerin schaute beinahe überrascht, zuckte die Achseln und streckte die graue harte Hand aus. Sie zählte das Geld in die Kasse.

»Nicht grad schön!« meinte sie dabei angelegentlich, »das mit dem Mord. Hoffentlich nicht was mit Politik. Politische Probleme können wir hier nicht brauchen!«

Eine kleine kugelrunde Frau, die neben Hanna gerade eine Art Hefezopf erwarb, streckte ihren kurzen roten Arm mit einem schmuddeligen Francschein an Hanna vorbei über die Theke. »Mit Politik hat das nichts zu tun. Dem Dütschen wollt einer ans Argent!«

»Geld? Ich hab aber gehört, er hat aber noch alles bei sich gehabt!«

Man schwieg.

Hanna wählte aus einem Glas einen Kaugummi aus, damit sie noch bleiben konnte, ohne aufzufallen.

»Hatten Sie den Mann vorher schon mal irgendwo im Ort gesehen?«

»Comment?«

Die Bäckerin hatte sie nicht verstanden. Schnell wechselte sie ein paar Worte mit der Besitzerin der kurzen roten Ärmchen, die ihr erklärte, was das seltsame Wesen mit dem Kaugummi wollte.

»Ja, naturellement, oui! Der war oft hier, hat manchmal etwas gekauft, aber weniger Brot. Süße petites choses, Viennoiseries ...«

Hanna hielt die Luft an.

»Wissen Sie zufällig, wo er her war, wie er aussah?«

Die Bäckerin schüttelte den Kopf, aber die kleine Dicke wußte Bescheid. Sie verstaute das Gekaufte in einer unglaublich häßlichen grünen Plastiktasche, die nicht einmal versuchte, auszusehen, als sei sie aus Leder, und sagte: »Er war aus Frankfurt, der Mann. Ich weiß das, weil min Mann für die Spedition vor einiger Zeit etwas nach Frankfurt transportieren mußte und ihn gefragt hat, wie er fahren muß. Jetzt ist er pensioniert!«

»Wer?« fragte Hanna mechanisch.

»Mein Mann!« erwiderte die Kleine sachlich. »Der Mann, le pauvre, war aus Frankfurt. Er hat bei den Schluchters gewohnt ... wollte etwas schreiben, über das Unterelsaß ... Ein netter Mann, noch jung mit schönen dunklen Locken, und Augen, ein bißchen ernst, er hat ausgesehen wie unser Cocker Spaniel, der auch tot ist!«

Eine seltsame Trauer erfüllte Hanna. Sie hatte den Mann gekannt. Er hatte ihr erst gestern das Goethebild erklärt. Und in einem hatte die Rotarmige recht. Ausgesehen hatte er tatächlich wie ein Spaniel. Aber wie ein besonderer Spaniel. Hanna erinnerte sich an den Spaniel ihrer Kinderfreundin Lilo. Wann hatte dieser Spaniel genau einen solchen Ausdruck im Gesicht gehabt?

Richtig, jetzt wußte sie es. Wenn er gerade seinen Lieblingsknochen ausgegraben hatte ... Hanna seufzte.

Es ist tragisch zu sterben, wenn man gerade seinen Lieblingsknochen ausgegraben hat.

7. KAPITEL

SINGE, WÄCHTER, DEIN LIED ...

Am Abend kochte Hanna ihre erste Zwiebelsuppe.

Bislang war es ihr in etwa so ergangen wie jenen dekadenten Großstadtkindern, die dem Glauben anhingen, Butter werde in der allseits beliebten und bekannten Quadratform industriell hergestellt, und zu den braunen Riesenviechern namens Kuh, die im Urlaub statisch auf der Weide herumstanden, gebe es keinerlei erkennbare Verbindung.

So ähnlich verhielt es sich bei ihr mit *soupe de l'oignon*. Hanna hatte die Herstellung einer Zwiebelsuppe bisher mit dem Öffnen einer Dose gleichgesetzt. Heiß gemacht, fertig. Und wenn man ohnehin nur eine Viertelstunde Zeit hat, stört es einen auch kaum, daß sich der Geschmack der heißgemachten Zwiebelsuppe nur wenig von heißgemachter Champignonsuppe oder heißgemachter Kürbiskerncremesuppe unterscheidet.

Jetzt aber schnitzelte sie, unter den kritischen Blicken eines mit Schürze bekleideten Lucien, Zwiebeln in Ringe und unterdrückte die Tränen mühsam.

»Der Tote ...« sagte sie näselnd, »war tatsächlich dieser Mann aus Frankfurt, mit dem ich vor kurzem gesprochen habe. Ist das nicht furchtbar?«

Lucien häckselte mit der Inbrunst eines Feinschmekkers die Petersilie. »*Pas du tout*. Viele haben im Leben mal mit irgend jemandem gesprochen, bevor er ermordet wurde. Anders ist es nicht möglich, sonst wären alle Mordopfer ... wie sagt man ... Eremiten!«

»Ist das eine Logik!«

»Nicht meine private. Das ist französische *clarté, ma chérie!*«

Hanna seufzte. »Nenn mich nicht *chérie*. Ich muß dabei immer an Kirsche in Schokolade denken!«

Lucien sagte: »Jetzt laß die Butter zergehen, in diesem Topf. In die Butter rührst du Pfeffer, Salz, etwas Muskat und ein wenig Maggi. Ein paar Petersilienblätter geben wir jetzt schon dazu, jetzt lassen wir ein bißchen dick werden, so ... ein Hauch von Mehl dazu ... so ... jetzt darfst du die *oignons* hineinwerfen, und nun lassen wir eine ganze Weile ... wie sagt man?«

»Schmoren!« antwortete Hanna mechanisch. Sie fühlte sich wie zwei Personen: eine, die in einem Film mitspielt, und eine, die sich den Film ansieht. Von Kochen hatte sie bisher ebensowenig gehalten wie von allem anderen, was Mühe macht und was auch einfacher zu erledigen wäre – bediente man sich nur der Hilfsmittel des 20. Jahrhunderts, als da waren Mikrowelle und Pizzaservice.

»So, der Tote war ein Mann aus Frankfurt. Frankfurt ist groß! Wem sag ich das?«

Lucien rührte in der gelblichen Masse. Es begann köstlich zu duften.

»Dennoch wüßte ich gerne, wie und warum er ums Leben gekommen ist, aber auf der Gendamerie waren sie äußerst zurückhaltend!«

»Was erwartest du? Dies ist ein Fall Mord!«

»Mordfall!«

Lucien schüttete Weißwein an.

»Von mir aus. Aber ich glaube nicht, daß du da irgend etwas herausfindest. Die Gendamerie in Frankreich versteht keinen Spaß bei Mordfallen.«

Hanna verzichtete darauf, Lucien zu korrigieren. Wer so eine köstliche Suppe zubereiten konnte, durfte ruhig kleinere Vokabelfehler machen.

Lucien röstete Toast, und kichernd füllten sie die

Suppe in irdene Näpfchen, bestreuten sie mit Käse und einem Klecks Butter und schoben sie in den Ofen.

»Ich freue mich darauf!« sagte Hanna und meinte es ernst, vor allem, als der funkelnde Riesling sich in die schmalen Gläser ergoß ...

Am nächsten Morgen traf Hanna Monsieur Muller, der mit einem rostigen Eimerchen vor seinem Gartenzaun kniete und mit brauner Farbe am Holz herumpinselte.

»Schrecklich, dieser Mordfall!« sagte er gleich, als er Hannah sah, »wo er wohl begraben wird, der junge Mann!«

»Begraben?« sagte sie verwirrt, »nun – er ist Deutscher. In Deutschland. Oder, was denken Sie?«

»Unter Heidekraut und Moos schlummern deutsche Körper!« sagte Monsieur Muller feierlich und tauchte seinen Pinsel ein.

Hanna war verwirrt. »Ist das von Goethe?« fragte sie vorsichtig. Muller lachte auf. »Von Goethe? Nein, von Muller. Was ich meine ist – im Elsaß liegen viele junge Männer begraben, die im Ersten Weltkrieg ihr Leben gelassen haben. Keiner weiß, warum. Keiner kennt ihre Schicksale!«

Er schob sein Käppi nach oben. »7000 Deutsche und 12 000 Franzosen haben sich hier umgebracht – wegen dem Elsaß!« Er schüttelte den Kopf. »Einmal habe ich sie besucht, diese Gräber, die meisten sind im Südelsaß. ›Der Wind, schauernd tönt er die Melodie zu meinem Lied voll Schmerz, und die Natur ist ängstlich, still und trauernd ...‹« Er hielt an, und führte den ersten Pinselstrich.

»Muller?« fragte Hanna.

»Nein, Goethe!« erwiderte der alte Mann trocken. »Das hat mir mal so gefallen. Ich glaube, der Pfarrer hat es mal zitiert, und ich habe es mir aufgeschrieben. Na, die Polizei wird den Mörder schon finden, der den jungen Mann umgebracht hat. Die sind fix hier bei uns.«

Muller beugte sich vor und studierte seinen Pinselstrich. Hanna sah, daß er jetzt zu tun hatte, und verabschiedete sich.

»Sie sollten einen Hund haben!« rief er ihr noch nach. »Hab ich auch gestern zu ihrem *fiancé* gesagt. Ein Hund oder wenigstens eine Katze!«

»Une bonne idée!« sagte Hanna lachend und verabschiedete sich.

»Schon ganz gut, Ihr Französisch« rief er ihr nach.

»Merci!« murmelte Hanna, ging ins Haus und schnappte sich ihren Korb.

Obwohl das Einkaufen in ihrer »Arbeitslosigkeit« praktisch ihre einzige sinnvolle Beschäftigung war, wickelte sie ihren üblichen Gang heute zügiger ab als sonst.

Sie hatte es sich in den Kopf gesetzt, mehr über den Tod ihres Landsmannes zu erfahren. In Frankfurt waren beinahe wöchentlich Menschen tot aufgefunden worden, in Bahnhofstoiletten, U-Bahn-Schächten, Parks und in den Hinterhöfen von Bars. Keinen Deut hatte sie sich um diese verlorenen Seelen gekümmert.

Aber hier in der Fremde war das anders.

Obwohl ... War Sessenheim wirklich schon die Fremde? Ein paar Hundert Kilometer Autobahn bis Frankfurt am Main.

Hanna betrachtete die kleinen Fachwerkhäuser des Ortes, die Schilder, sog die Luft ein, die nach Rauch und nach Grün duftete, hörte die Geräusche von Bienen und ganz fernen Autos, fing ein paar menschliche Stimmen ein und sagte ein klares: *Oui!*

Um die Mittagszeit traf sie in Hagenau ein. Wieder war sie erstaunt, wie lebhaft diese kleine häßliche Stadt war, wie ein winziger Bienenschwarm. Nach längerem Suchen und zaghaftem Fragen fand sie das Polizeigebäude in einer Seitenstraße. Es roch wie in einem Krankenhaus oder einer Schule. Und auch sonst ... in den leeren nüchternen Gängen der Police Criminel, die anscheinend gemeinsamim mit der Police nationale residierte, hatte sich niemand auch nur die geringste Mühe gegeben, mit Blumenschmuck und Bildchen an den Wänden für ein wenig Behaglichkeit zu sorgen. Die Franzosen – das war Hannas Eindruck – waren tatsächlich in vieler Hinsicht klarer. Eine kriminalpolizeiliche Station war ein unangenehmer Ort und nichts anderes – basta!

In den Sekretariaten, wo Hanna höflichst anklopfte, war entweder gar niemand oder irgend jemand, der telefonierte und sie einfach ignorierte.

Schließlich pochte sie an eine Tür, an der »Inspecteur Giraud« stand. Da kein Protest erfolgte – schließlich war Hanna freiberufliche Journalistin, und da sammelt man so seine Erfahrungen –, trat sie ein. Ein hagerer Mann mit dichtem gekräuseltem Haar, einer energisch gebogenen Nase und graugrünen strengen Augen unter eindrucksvollen Brauen saß an einem ziemlich unordentlichen Schreibtisch und las konzentriert in Schriftstücken.

Draußen hupte und rauschte der maßvolle Autoverkehr, dessen sich Hagenau rühmen konnte.

Der schlanke, dunkle Mann – gewiß ein Südländer, Lucien nicht unähnlich – sah kurz hoch und sagte etwas sehr unfreundlich Klingendes auf Französisch.

»Ich spreche leider noch nicht so gut Französisch!« sagte Hanna zu dem Südfranzosen, »aber ich ...«

Er sah sie verständnislos an.

Auf den Behörden, das hatte ihr Lucien gestern abend noch angesichts ihres Fiaskos mit der Gendarmerie erläutert, spreche man sowieso kaum Deutsch.

Die Elsässer, vor allem die Nationalstolzen und die Älteren, die nicht perfekt Französisch konnten, betrachteten das als Schikane, die Franzosen als etwas vollkommen Normales. »Auf euren Ämtern wird ja auch nicht Englisch gesprochen, sondern Deutsch!«

»Nur nach dem Krieg, in der Besatzungszeit war das anders!« hatte Hanna geantwortet und sich in seinen Arm gekuschelt, denn das Gespräch fand in ihrem knarrenden Bett statt.

»Eben!« hatte Lucien geantwortet und sich ihr liebevoll zugewandt, »es ist nicht gut für die Elsässer, wenn sie ewig auf ihrer Sonderstellung verharren. Es sind Franzosen und damit *fini*!«

»Vielleicht stelle ich mich erst einmal vor!« sagte Hanna entgegenkommend. »Mein Name ist Hanna Kupferschmitt, und ich komme aus Frankfurt. Ja, und ich werde hier bald heiraten ...«

Keine Reaktion außer einer gewissen Ungeduld bei ihrem strengen Gegenüber.

»Und da ich nun mal aus Frankfurt komme, interessiere ich mich für den Mordfall an dem Herrn aus Frankfurt, Sie wissen vielleicht, daß ein Herr in Sessenheim ermordet worden ist ...«

»Vouz parlez français?« fragte der Dunkle nun. *»Je ne comprends pas, Madame. Et j'ai absolument aucune idée ... S'il-vouz-plaît, quittez mon office. Je dois travailler!«*

Aha. Er sprach kein Deutsch, er hatte keine Zeit, soviel verstand auch Hanna. Sie seufzte.

»Je suis journaliste!« sagte sie langsam und stockend. *»Officier de la presse...«*

Und dann sagte er schon wieder etwas, das Hanna nicht verstand. Aber es klang arg nach Hinauswurf. Ob Goethe auch solche Probleme gehabt hatte? Damals hatte hier jeder Deutsch gesprochen, da war sie sicher.

Sie bedankte sich und verließ das Gebäude. Draußen empfing sie gelber dunstiger Sonnenschein. Sie hatte Hunger, und sie war deprimiert.

Eigentlich wäre es nett gewesen, Lucien auf seiner Bank zu besuchen, aber wie er ihr heute morgen beim

Schlipsbinden berichtet hatte, war er heute mit einem Sachverständigen in Roeschwoog nahe der Grenze, um ein Anwesen zu schätzen. Das gehörte zu Luciens Alltag.

»Die zeigen dann alles, was sie haben. Vom Zuchtochsen bis zur bestickten Damastdecke aus Großmutters Aussteuer!« Lucien hatte gelacht.

Also wußte Hanna einmal mehr nicht recht, was sie mit sich anfangen sollte. Zu allem Übel zogen Wolken auf, verdunkelten die Sonne und ließen die Luft langsam unangenehm kühl und feucht werden.

Hannas Laune sank. Auf der Präfektur hatte man sie behandelt wie eine Aussätzige, nur weil sie kein Französisch konnte. Ärgerlich lenkte sie ihre Schritte durch Hagenau, kein besonders reizvolles Städtchen. In einem unglücklichen Status zwischen Kleinstadt und Kreisstädtchen, wurden die wenigen schmucken, älteren Häuser von modernen Waschbetonvierecken beinahe zur Seite gedrückt und wirkten wie aus einer anderen Welt. Es gab Geschäfte der bekannten französischen Ketten, doch die Atmosphäre war ungemütlich und eng.

In einer Seitenstraße löste sich gerade ein Markt auf. Hanna eilte, um die Reste noch zu sehen. Ein französischer Markt war etwas ganz anderes als ein deutscher. Eine Art Kaufhaus unter freiem Himmel. Neben den köstlichsten Lebensmitteln boten Händler Teppiche, T-Shirts, Zwirn, Vorhangstoff und Schuhe an. An einem Stand röstete ein dunkler, fetter Mann schwitzend braune Hühner über einem Drehspieß. Sie waren saftig und rochen einfach köstlich.

Aber wie sollte sie so ein Tier hier verspeisen? Eilig verdrückte sie sich zum Meeresfrüchtestand.

»*Crevettes roses!*« sagte die Frau, »aus der Normandie. Frisch!«

»Ich nehme drei!«

Die Frau starrte sie an.

»Drei Stück!« erwiderte Hanna verlegen. »Ich will sie mal probieren!«

Neben ihr stellte eine elegante Dame, die drei entzückend gekleidete Mädchen bei sich hatte, gerade ein ganzes Fischmenue zusammen.

Aus der Hand aß Hanna die drei Crevetten und vergaß dabei alle Salmonellenwarnungen. Es schmeckte köstlich, nach Meer, nach Wind vom Atlantik und nach Urlaub.

Jetzt hatte sie erst richtig Hunger. Sie suchte nach einem Restaurant.

An einem modernistisch gestalteten Platz, der aussah wie Tausende seiner Art in Mitteleuropa, entdeckte Hanna ein altes, großes Restaurant mit Fachwerk und Figuren in elsässischen Trachten am Eingang. Drinnen war es dunkel und gemütlich, auf den Holztischen lagen die typischen Papiertischdecken. Die Karte verhieß neben den üppigen Spezialitäten der Region auch kleine Gerichte.

»Einmal Quiche Lorraine und Salat!« bestellte Hanna müde. Sie begann, sich ein wenig zu entspannen. Nach dem Essen, bei einem Kaffee und einer Zigarette, würde sie nachdenken, über sich und das Elsaß – und über den Mord.

Am Nachbartisch begrüßte ein Gast einen Vorübergehenden in kehligem Elsässisch, Hanna registrierte es nur im Unterbewußtsein, erkannte aber in einer Welt voll unbekannter Stimmen dennoch einen vertrauten Klang.

Sie beugte sich vor, drehte den Kopf ein wenig zur Seite und sagte: »Aha. Sie sprechen also doch Deutsch?«

Kommissar Giraud wandte sich um und sah ihr ins Gesicht.

»Ja!« sagte er gelassen, fast ohne Akzent »aber ich bin dazu nicht verpflichtet, oder?«

Eine halbe Stunde später tranken sie zusammen einen Espresso.

Monsieur Giraud hieß mit Vornamen schlicht und einfach Alain.

»Meine Familie kommt aus dem Elsaß!« sagte er. »Meine Oma kann kein Französisch, meine Kinder können kaum Deutsch – schon alleine, damit es am Kaffeetisch nicht stumm bleibt, müssen wir Elsässisch sprechen!«

»Ich hatte Sie für einen Franzosen gehalten ...« sagte Hanna, »entschuldigen Sie, ein Franzose sind Sie natürlich trotzdem, aber eben ein ...«

»Richtiger!« lächelte Alain Giraud, »na ja, ich arbeite für den Staat. Das täte ich nicht, wenn ich kein richtiger Franzose wäre. Sie haben mich für einen Mann aus dem Süden gehalten, nicht wahr? Nun, hier im Elsaß weiß man – ebensowenig wie drüben auf der anderen Seite im Badischen – wer, wie sagt man dort: über den Hof gelaufen ist«. Dies ist das Gebiet rechts und links vom Rhein, seit Urzeiten ziehen hier die Völker vorbei. Nicht weit von uns, in Renchen, gibt es ganz konkrete Erinnerungen an den Dreißigjährigen Krieg! Vielleicht haben Sie schon mal von Simplicissimus gehört?«

»Nun ja!« sagte Hanna. »Ich bin ...«

Er sah sie an, und erneut schämte sie sich über ihre fehlende Bildung. Niemand in Frankfurt fragte einem nach dem Simplicissimus. Die Leute dort kannten die Greatful Dead oder die Internet-Adresse ihres besten Freundes.

»Ich bin leider nicht so gebildet!«

Er schwieg.

»Nun, und die Kreuzritter zogen schließlich auch am Rhein entlang. Von Köln Richtung Heiliges Land, und manch einer, dessen Vorfahren sich dort nicht gerade heilig aufgeführt hatten, könnte durch die fruchtbare Rheinebene zurückgezogen sein, ein paar Tropfen türkisches oder arabisches Blut in sich! In den offiziellen Stammbäumen erscheint so etwas natürlich nicht!«

Hanna dachte an Lucien und lächelte.

Monsieur Giraud lächelte auch. Er war attraktiv. Und wenn er lächelte, sah er noch attraktiver aus.

»Sie haben Kinder? Wie viele denn?«

»Drei. Zwei Buben, schon halb erwachsen, und eine freche vierzehnjährige Göre. Und Sie?«

»Keine Kinder, noch nicht verheiratet, aber verlobt. Lucien arbeitet hier in Hagenau beim Credit Mutuel!«

»Oh, das ist schön für Sie.«

»Warum sprechen Sie so hervorragend Deutsch?«

»Danke vielmals!« Er winkte nach der Rechnung, *»l'addition, s'il-vouz-plaît!«*

Hanna kramte ihr deutsches Geld heraus und versuchte seinen spöttisch gewordenen Blick zu ignorieren.

»Ich habe eine Zeitlang im Grenzschutz gearbeitet und beim Sicherheitsdienst des Europaparlamentes in Straßburg. Da legte man Wert auf gute Fremdsprachenkenntnisse. Ich habe dann mehrmals Urlaub mit der Familie gemacht, in Deutschland, sogar an der Nordsee waren wir. Auf den Alligen.«

Hanna lachte. »Und jetzt verließen sie ihn, wie? Also für das H müssen Sie noch ein wenig üben.«

Er nickte ernst, man merkte er wurde offiziell.

»Sie interessieren sich für den Fall Fischer?«

»Fischer hieß er also?«

»Klaus-Peter Fischer!«

Hanna sah auf das Rechnungsblockblatt mit den schräg hingeworfenen Zahlen hinunter: 90 geteilt durch drei.

»Warum? Also, ich bin auch aus Frankfurt. Und außerdem aus beruflichen Gründen. Ich, nun, ich arbeite dort für ein Magazin, als freie Journalistin. Seit ich hier lebe, bin ich sogar sehr frei. Zu frei nach meinem Geschmack, denn ich soll oder vielmehr ich könnte Beiträge bringen aus dem Elsaß. Angeboten habe ich letzte Woche, mal so telefonisch ›Ein Tag in

Sessenheim‹, aber das wollten sie nicht, es sei absolut langweilig und nicht spektakulär genug. Aber wie ein Frankfurter in dieser Idylle den Tod fand, das könnte die Leser interessieren.«

»Warum schreiben Sie nicht über Goethe und Sessenheim? Da wären Sie zwar nicht die erste, aber immerhin ...«

Hanna legte eine Mark Trinkgeld auf den Tisch. »Ich möchte Sie nicht beleidigen, aber für Goethe und das Elsaß interessiert sich niemand, der LIFESTYLE kauft. Das sind Leser zwischen fünfundzwanzig und vierzig, wohlsituiert, keine Kinder, Appartmentbewohner und Citylover. Meine Chefredakteurin würde mich nur auslachen, wenn ich mit Goethe käme ... also, das Gebäude würde einstürzen von ihrem Lachen!« Hanna lachte selbst ein bißchen.

»Schade!« erwiderte Kommissar Giraud, »sehr schade! Als Goethe hier war, war er auch ein junger Mann, der damit rechnen konnte, einmal gut zu verdienen und der die Stadt liebte. Trotzdem hat er Gedichte gelesen und geschrieben, aber heute sind eben die Zeiten anders, und man wendet sich gründlich anderen Sachen zu in Frankfurt. Gründlichkeit ist überhaupt eure Stärke ...« Er kramte in seinem Jacket. »Ich habe es mir aufgeschrieben ... Moment mal ... ›*Freunde treibet nur alles mit Ernst und Liebe; die beiden stehen dem Deutschen so schön, den ach! so vieles entstellt.*‹«

Giraud schloß sein ledernes Notizbuch.

Hanna lächelte. »Neid, Monsieur Giraud.«

Alain Giraud schüttelte den Kopf. »Keineswegs. Aber nun zu Ihrem Ansinnen. Ich darf Ihnen keinesfalls irgendwelche Interna aus den Ermittlungen erzählen, das sehen Sie doch ein, nicht wahr?«

Hanna lächelte. »Oh, seit ich Journalistin bin, hatte ich Gelegenheit genug, mit der Diskretion der Behörden Bekanntschaft zu machen, warum sollte es in Frankreich anders sein. Es ist nur ...« Sie senkte den

Kopf. »Ich habe Angst, rausgedrängt zu werden aus meinem ohnehin heiklen Status als Freie, wenn ich nicht mal was bringe, und ich habe keinen anderen Beruf. Und was soll ich in Sessenheim machen, ich meine, es ist auf Dauer langweilig, und ich bin den ganzen Tag alleine, denn es ist nicht so einfach mit dem Kontakt...«

Frotz Giraud nickte, wobei sich kein Härchen seiner glänzenden schwarzen Haare bewegte, die beinahe wie ein Seehundfell an seinem Kopf anlagen.

»Ich werde mit meinem Chef sprechen, in Straßburg, bei meiner übergeordneten Dienststelle. Interne Daten und Fakten können wir Ihnen mit Sicherheit nicht geben, aber vielleicht jene, die nicht so zentral für die Ermittlungen sind. Das Ganze könnte ja auch eine reizvolle Zusammenarbeit ergeben!«

»Da bin ich sicher!« sagte Hanna und fühlte sich zum ersten Mal seit einiger Zeit wieder richtig lebendig.

8. KAPITEL

DU SEHNST DICH WEIT HINAUSZUWANDERN …

»Paß nur auf, daß ich nicht eifersüchtig werde!« sagte Lucien am Abend. Sein Gesicht mit den weichen, beinahe madonnenhaft schönen Zügen war verdrossen. »Normalerweise gibt ein französischer Kommissar um nichts in der Welt Fakten aus einem Mordfall preis!«

»Es sind ja auch nicht direkt Fakten, von denen er mir erzählt hat, es sind nur die Dinge, die sowieso einem großen Kreis von Leuten bekannt sind, auch Leuten, die nicht mit der Ermittlung betraut sind.«

Lucien schüttelte den Kopf. Er saß am Holztisch und starrte die Zutaten für eine klare Gemüsesuppe an. Die Hälfte davon stammte aus dem eigenen Garten, war eilig herausgerupft worden, an den Karotten klebte noch Erde, was Hanna wider alle bisherigen Lebensgewohnheiten mit ungewohntem Stolz erfüllte.

In unserer rustikalen Küche mit einem bunten Haufen Gemüse vor uns, müssen wir aussehen wie auf einem alten Gemälde, dachte Hanna. Aus welcher Epoche dieses Gemälde stammen könnte, hätte sie allerdings nicht zu sagen gewußt, denn auch von Malerei hatte Hanna keine Ahnung. Ihre Wohnräume waren bis dato ausschließlich von Postern gepflastert gewesen, die sie im Möbelmitnahmemarkt, schon fertig gerahmt und manchmal sogar passend zu irgenwelchen Einrichtungsgegenständen, gekauft hatte. Was die Poster darstellten, war ihr ziemlich gleichgültig gewesen, und sollte es bei dieser Art von Kaufhauskunst überhaupt einen Urheber geben, so kannte sie niemals seinen Namen. Um Museen und Galerien hatte sie bislang ebenfalls erfolgreich weite Bögen gemacht, es sei denn, es war Popart oder ähnlich Angesagtes, und hinterher schloß sich eine heiße Atelierfete mit Cocktails und Musik an.

»Viel war es sowieso nicht, was Monsieur Giraud mir erzählt hat. Der Tote hieß Klaus-Peter Fischer. Er stammte aus Frankfurt, war gerade mal 41 Jahre alt!«

»Das ist wirklich kein Alter, um zu sterben!«

»Nein. Er war übrigens schon eine Weile hier in Sessenheim gewesen. Mit Unterbrechungen seit etwa drei Monaten!«

»Warum?« wunderte sich Lucien. »Was wollte er denn hier? Wollte er vielleicht ein Ferienhaus kaufen?«

»Das ist der Polizei entweder nicht bekannt, oder sie sagen es mir nicht!«

»Wo hat er denn gewohnt? Im Hotel? Das wäre aber teuer!«

»Nein, bei einer Sessenheimer Familie, den Schluchters!«

»Schluchter? Hm, *non!* Die kenne ich nicht. Haben die etwa eine Pension? Hier in Sessenheim? Das sich das lohnen soll!«

Hanna betrachtete ihn nachdenklich. »Nein, keine Pension. Eine Art Bauernhof haben die, aber nebenerwerblich natürlich, in der Rue Friederike Brion. Hinter der Kirche Richtung Feldesrand. Noch Kerndorf, aber eben doch schon ländlich-sittlich. Sie haben Hühner und Schweine. Und die Familie betreibt eine Art Holzhandel, außerdem die Verwaltung des Campingplatzes im Sommer. Dort hat er gewohnt. Bei diesen Leuten.«

»Hm!«

Hanna begann das Gemüse zu säubern. Und während sie Karotten von Erdbollen befreite, Petersilie schnitt und wusch, den Sellerie abschabte und den Lauch in Ringe schnitzelte, fühlte sie eine kleine Welle des Überdrusses. Es war ja ganz nett und schön, das Kochen und das Anbauen und Ernten, nur jetzt genau in diesem Moment hatte sie Lust auf etwas ganz anderes. Abenteuerlust und der Wunsch nach Menschen und nach Lichtern regte sich in ihr.

»Lucien, laß uns ausgehen!«

Lucien, der im Kühlschrank nach tiefgefrorener Brühe suchte, hielt inne. »Ins Restaurant? Nein, wir haben doch alles hier ...«

»Manchmal habe ich das Gefühl, daß du ein Geizhals bist, Lucien. Dabei trägst du die teuersten Kleider, fährst einen BMW und liebäugelst schon mit dem nächsten, größeren Modell ... aber ausgehen willst du nicht!«

»Was ist denn liebäugeln?« fragte Lucien verlegen.

»Flirten!«

»Flirten? Ich flirte mit einem BMW?«

»Na, in Gedanken.«

»Wie heißt es in eurem Lied: Die Gedanken sind frei!«

Hanna seufzte. Kannte den jeder verdammte Elsässer das deutsche Kulturgut besser als sie?

»Nein!« sagte Hanna, »ich will ausgehen. Richtig ausgehen. Nicht hier in eine Dorfkneipe. Ich möchte in die Stadt.«

»Nach Hagenau?«

»Ich sagte, in die Stadt!« erwiderte Hanna gereizt.

»Also gut, fahren wir nach Straßburg. Obwohl ich es ein wenig ... nun wie sagt man ... extravagant finde!«

»Ich will auch nicht nach Straßburg. Ich möchte...« Auf einmal wußte Hanna, was sie eigentlich wollte. »Ich möchte nach Deutschland!«

Lucien starrte sie an, als habe sie von ihm verlangt, mit ihr nach Afrika zu reisen.

»Über die Grenze? Warum denn das?«

Hanna zuckte hilflos mit den Schultern. »Ich weiß es nicht. Nenn es Heimweh!«

Lucien überlegte.

»Wenn du nicht mitfährst, fahr ich alleine!«

»Ich habe aber kaum Geld...« Lucien wühlte noch eine Weile unentschlossen in seinen Sachen herum, riß schließlich mit erkennbarem Widerstreben und mürrisch die Jacke vom Haken im Flur, und bestens gelaunt schwang sich Hanna auf den schwarzen, von der Sonne angewärmten Sitz des BMW ... Zum erstenmal, seit sie in Sessenheim lebten, fuhr Hanna wieder in die »andere« Richtung, sprich nicht in Richtung Hagenau oder einen der benachbarten Orte, sondern zurück zur Grenze.

Wie es wohl hier im Winter aussehen mag, dachte sie. Jetzt ist alles grün und schön, die Felder gelb wie im Märchenbuch, die Bäume voll und rund von Blättern wie in einem kitschigen Gemälde, aber wie wird es hier sein, wenn nasser Regen auf die erdigen Flächen fällt? Und was mache ich dann, wenn es nichts im Garten zu rupfen und zu zupfen gibt, wenn draußen graue Wolken die einzigen Spaziergänger sein werden? Was werde ich dann den ganzen Tag lang machen?

Soweit Hanna wußte, hatte sich sogar Goethe nur im Sommer hier aufgehalten, als die Leute auf dem Feld arbeiteten, das Korn gelb stand und die Sonne ihn und seine Geliebte beleuchtete. An einem grauen Oktobertag wäre ihm vielleicht sein Friederikchen auch nicht gar so schön vorgekommen. Blondes Haar sieht hübsch aus, wenn die Sonne sich darin fängt, und wie ein Wischmopp, wenn es im November darauf nieselt.

An der Grenze winkte man sie durch. Offenbar sahen sie beide zumindest vertrauenerweckend aus.

Hanna fühlte sich, als betrete sie ein vertrautes Zimmer. Ihr Kinderzimmer vielleicht. Merkwürdig. Sie müßte lächeln. Was so ein paar altbekannte Straßenrandmarkierungen und die Gestaltung der Ortsschilder ausmachten. Gestaltung? Hanna sah scharf hin. Es war nicht die Gestaltung allein. Da war noch mehr!

Dann kicherte sie leise, um Lucien nicht zu verletzen.

Es war nicht die Gestaltung. Sie waren ganz einfach und schlicht sauber, die Schilder.

Der vergnügungssüchtigen Hanna stand der Sinn nach Baden-Baden, und dorthin fuhr Luciens BMW langsam und beinahe ebenso mürrisch wie sein Besitzer. Sie überquerten den Rhein, der sich unterhalb der Grenzbrücke verbreiterte und aus seiner Schleuse mehrere große Schiffe in die Freiheit schickte, so daß man beinahe das Gefühl hatte, am Meer zu sein. Hanna ließ das Fenster herunter, schnupperte und fand, daß es auch wie am Meer roch. Rechts und links des Rheins blinkten Fahrräder durch die Wiesen. Auf einem See, wohl ein Altrheinarm, glitten Surfbretter.

»Das würde mir auch Spaß machen!« bemerkte Lucien. »Lieber aber segeln. Bei uns zu Hause segelt jedes Kind. Ich muß mich nach einer Adresse erkundigen.«

»Ist das nicht teuer?«

Lucien zuckte die Achseln. »Hanna, wenn man immer wartet, bis man sich etwas leisten kann, wird man kein Vergnügen mehr daran haben, wenn man es sich leisten kann. Als Opa möchte ich kein Segelboot mehr haben!«

»Werde erst mal Vater!« bemerkte Hanna leichthin. Beinahe trat Lucien auf die Bremse. »Hanna!!!«

»Was?« Sie wandte den Kopf, sah seinen besorgten Ausdruck. »Was? Ach so ... nein, nein, ich bin nicht schwanger, mach dir keine Sorgen ...«

»Gott sei Dank, ein Kind könnten wir uns jetzt nicht leisten!«

»Aber ein Boot!«

Lucien sagte nichts dazu.

»Manchmal ...« sagte Hanna leise, »fühle ich mich schon ein bißchen einsam, da in dem Haus, allein. Vielleicht haben die Mullers recht. Wir sollten wenigstens einen Hund haben. Oder eine Katze!«

»Vielleicht ...«

»Weißt du was? Geh doch einfach mal ins Tierheim, das gibt es doch bestimmt bei euch auch und sieh nach, ob es eine kleine Katze gibt, die keiner will ...«

Lucien nickte. Offenbar schien ihm dieser Gedanke zumindest erfreulicher als der an ein Kind.

Rechts ging es nun nach Iffezheim, geradeaus nach Baden-Baden.

»Ein Vorteil hat es, Franzose in Baden-Baden zu sein!« bemerkte Lucien, inzwischen besser gelaunt. »Ich weiß von meinem deutschen Kollegen in der Bank, daß sie hier Politessen haben, die scharf sind wie ... wie sagt man das bei euch?«

»Oh!« seufzte Hanna, »da gibt es viele Ausdrücke, und doch sind es niemals genug!«

»Nun, und exakt diese Politessen mussen tatenlos an unseren Autos mit der 67 vorübergehen. Sie stecken, das habe ich auch erfahren, kleine Hinweisschilder an die Scheibe, Hinweise, wo man straffrei parken kann.«

»Irgendwann wird es ein europäisches Abkommen geben!« prophezeite Hanna düster. »Sie werden einen gigantischen Riesencomputer erfinden, der in Brüssel steht oder in Straßburg und der in die Strafe in der jeweiligen Landeswährung ausdruckt. Ich glaube, zwischen Österreich und Deutschland gibt es so ein Abkommen bereits! Zumindest mußte ich mal eine Knolle aus Bregenz bezahlen!«

»Knoll?«

»Knoll-e. Ein anderes Wort für Strafzettel! Im Rheinland nennen sie es Protokoll, aber es ist überall dasselbe. Eklig und kostet Geld!«

Zwischen einem anderen BMW größeren Typs und einem Mercedes- Kabrio in teurem Silber fühlte sich Luciens Dreier BMW – zumindest den Blicken seines Besitzers nach zu schließen – zwar zu Hause, aber nicht unbedingt wohl.

Doch was half es. Man ließ das Stiefkind zurück und

eroberte Baden-Baden. Das heißt, man sah sich das an, was man theoretisch erobern könnte, wenn man mehr von dem Zeug hätte, was tagtäglich durch Luciens Hände floß.

Teure Geschäfte. Geschäfte, von denen man nicht mehr genau zu sagen wußte, was sie überhaupt verkauften. Da lag ein Hut neben einer Flasche Parfüm im Schaufenster, alles zu dreistelligen Summen.

»Eigenartige Geschäfte!« sagte Hanna. »Bei uns in Frankfurt gibt es ja auch solche, aber nicht nur! Da gibt's auch was für kleine Leute!«

»Abschreibungsobjekte!« sagte Lucien kurz, doch Hanna bemerkte gerührt, daß sein Blick zumindest interessiert auf einem gestreiften Seidenhemd für 298,- ruhte.

Flanierende Passanten blieben stehen, um in die Scheiben der Läden zu starren. Hanna sah sich um. Anders als in Hagenau wirkte alles leicht und gelöst, wie in ewiger Sonne. Überall sattgrüne Palmen, die in blitzsauberen Töpfen gediehen, Bänke, die zum Sitzen und nicht wie im Elsaß drüben zum Abwischen einluden, bestens gekleidete Leute, die samt und sonders aussahen, als würden Wirtschaftsflauten und Arbeitslosigkeit sie nicht tangieren, süße Kinderchen mit rund abgeschleckten Eisportionen und nette saubere Hunde an teuren Leinen. Dazwischen ein paar junge Amis in Jeans und die unvermeidlichen Japaner, die aussahen als sei ihnen der Fotoapparat an der Hand festgewachsen.

Baden-Baden mochte ja auch seine düsteren Viertel haben, aber man sah sie nicht. Entlang einer mit alten Kastanienbäumen gesäumten Allee, die an ein »Miniparis« erinnerte, spazierten Lucien und Hanna in einer warmen Abendsonne, die sich zum Schlafengehen anschickte und wie zum Abschied noch mal durch die Blätter blickte.

Lucien bestand darauf, einen Cocktail im Steigenberger zu trinken, obwohl Hanna eigentlich lieber etwas Zünftiges gemacht hätte. Der Sinn stand ihr gar nicht nach »internationalem Flair«, überhaupt nicht nach »Flair«, sie wollte einfach nur Deutschland erleben.

War Goethe eigentlich jemals in Baden-Baden gewesen? Erinnern konnte sie sich nicht nach den wenigen Abschnitten, die sie gelesen hatte, aber sie nahm sich vor, das nachzuprüfen.

Lucien zuliebe betrat sie die heiligen Hallen des Steigenberger Europäischer Hof.

»Hier hätte ich gerne einmal ein Zimmer. Nur für eine Nacht. Gegenüber der Spielbank!« sagte Lucien. »Die Zimmer sind wie ein Palast!«

»Woher weißt du denn das? Hast du eine kleine Freundin unter den Zimmermädels?«

Lucien sah empört aus. »Wir hatten einmal einen Kunden. Er war Deutscher, hat aber viel im Elsaß investiert. Einmal habe ich ihn besucht, hier im Hotel. Wir haben dann da vorne in der Bar noch einen Cocktail getrunken.«

Auf hochflorigem Orientteppich, ganz bestimmt keine Kaufhausware, vorbei an flachen Lesetischen mit ausgewählten internationalen Zeitschriften, steuerte Lucien die Bar im Hintergrund an. Gedämpfte Pianomusik durch Sessel, die ein wenig wie aus den Siebzigern wirkten. Dann die Bar als Anziehungspunkt. Mahagoni, Spiegel, Schälchen mit Erdnüssen, zwei edle Bierhähne und Flaschen über Flaschen.

»Guten Tag!« Mit Nicken grüßte Lucien den Barmixer, einen Herrn mittleren Alters mit weisen Augen über tiefen Ringen und der ungesunden Hautfarbe jener, die in der Nacht arbeiten müssen.

Der Barmann nickte nur knapp zurück, nicht aus Unhöflichkeit, sondern weil ihm das Schweigen, das Zuhören wahrscheinlich bereits in Fleisch und Blut übergegangen war.

Lucien und Hanna setzten sich an einen der Tische.

Außer ihnen war nur ein paar Herren in der Bar, die sich – bewaffnet mit Timeplanern – um eine blonde ordinär wirkende Frau mit lippenstiftgefärbtem Mund gruppierten, Erdnüsse futterten und Pils aus schmalen Gläsern tranken.

Der Barmann beobachtete sie zwar, unternahm aber, gut geschult wie er war, nichts, bis sie richtig saßen, die Füße irgendwie untergebracht und die Karte studiert hatten.

»Was darf ich bringen?«

»Hanna, du mußt hier den Prince of Wales trinken.«

Der Barmann lächelte und nickte wieder. »Es ist der Beste, den ich jemals irgendwo bekommen habe, nicht wahr?«

Der Barmann zuckte diskret die Achseln.

»Aber ...« Hanna, die mit ihren Interviewpartnern früher häufig in feinen bis feinsten Hotels gesessen hatte, deutete nun doch erschrocken auf den Preis.

»Hanna!« Lucien wandte sich dem Barmann zu. »Zweimal den Prinzen!«

Und lehnte sich behaglich zurück. Lucien schmückte seinen romeohaft schönen Körper auch in der Freizeit in Markenjeans, und seine T-Shirts hatten alle oben in Brusttaschenhöhe etwas eingestickt. Hanna akzeptierte mit liebevollem Unverständnis, daß er das Schöne liebte, wenn es teuer war. Warum er sich dann allerdings in sie verliebt hatte, blieb wohl sein Geheimnis.

»Bitte sehr!«

Der Prinz kam im Silberbecher, er sah weitaus attraktiver aus als sein lebendes Vorbild, zumindest hatte er, wie Hanna launig bemerkte, keine abstehenden Ohren.

Und er schmeckte auch köstlich. Sehr köstlich sogar. Fruchtig, nach Champagner und nach einer Menge undefinierbarer Sachen aus der Hexenküche internationaler Hotelbars, die der jeweilige Barkeeper vermutlich sowieso mit ins Grab nahm.

Am besten war der Fruchtspieß, der frech und schräg, bestückt mit Orangenscheiben und kleinen Cocktailkirschchen, aus dem Becher ragte. Hanna war sehr behutsam mit diesem Spieß. Immer lange Pausen, um sich umzusehen, dann ein paar winzige Schlucke, dann wieder eine Frucht.

»Du bist ja schon fertig?« Hanna warf einen erstaunten Blick in Luciens Glas. »Wie hast du denn das gemacht?«

»Bei zwei Sachen kann ich nicht widerstehen!« sagte Lucien. »Bei einer schönen Frau und einem Prince of Wales!«

Hanna lachte zwar, tief drin ärgerte sie sich aber auch ein wenig.

Warum hatte er nicht gesagt, bei dir und einem Prinz of Wales?

War sie eine schöne Frau? Sie glaubte es nicht, wenn sie die Gruppe junger Frauen betrachtete, die da gerade in die Bar schwärmten. Lachend, duftend, das Haar keck schüttelnd, die runden Apfelpos schwenkend.

Lucien warf ihnen keinen einzigen Blick zu. Man konnte ihm also nichts vorwerfen.

Trotzdem, als sie später schließlich ihre Rechnung bezahlt hatten, dem Pianisten ein Abschiedswort gegeben hatten und draußen standen in einer milden Luft, war Hanna aus irgendeinem Grund traurig.

9. KAPITEL

Falschheit nur und Verstellung ist im Umgang der Menschen

Am Morgen nach dem Ausflug nach Baden-Baden lag Hanna grüblerisch im Bett, noch lange nachdem Lucien schon gegangen war. Sie hatte einfach keine Lust aufzustehen.

Wozu auch?

Niemand wartete auf sie, nicht einmal die bösartige Petra Woll, die ihr jetzt schon als angenehme Anregung erschienen wäre, trommelte in Erwartung eines Artikels mit den spitzen Fingern auf ihren Yuppieschreibtisch.

Wieder einmal dachte sie über das Leben nach, und allmählich beschlich sie das ungute Gefühl, sie denke möglicherweise zu oft über ihr Leben nach.

»In meinem Alter«, sagte sie zu sich, »sollte man das Leben leben – nicht nur daran denken!«

Neben ihrem Bett lag immer noch ziemlich jungfräulich, aber dennoch nicht ganz unberührt, das Buch ihres Landsmanns mit dem großen Namen, und Hanna begann nachlässig darin zu blättern. Eigentlich lustlos. Obwohl manche Gedichte ihr jetzt besser gefielen als damals, als sie noch Kind gewesen war, fragte sie sich doch, ob die Leute früher eigentlich auch nur Gedichte und Dramen gelesen hatten, weil ihnen schlichtweg langweilig gewesen war? Hätte es überhaupt einen Goethe gegeben, einen Schiller, einen Shakespeare, wenn es Fernsehen gegeben hätte oder berufstätige Frauen oder Tennisclubs?

Und da es all das nicht gab in ihrem neuen Leben – der Fernseher sprach nur Französisch, seit irgend etwas am Einschaltknopf defekt war, und Lucien wartete geduldig mit der Anschaffung eines neuen, bis irgendein modisches Supermodell auf dem Markt war. Las sie nur deshalb Goethe?

Hanna war sich unsicher.

Ihrer selbst und ihrer Werte unsicher.

Wie eine Feder sprang sie aus dem Bett und holte sich einen der amerikanischen Frauenromane, die normalerweise zu ihrer entspannenden Lektüre zählten. »Manhattan Girl« hieß er, war aus der Feder einer Autorin geflossen, welche laut Klappentext monatelang aus den Bestsellerlisten nicht mehr wegzudenken gewesen war. Die Dame selbst war auf dem Buchrücken abgebildet: eine glatte schöne Erscheinung mit siegesgewissem Lächeln und weichen Zügen.

Hanna kam es ganz plötzlich vor, als habe sie in ihrem Leben schon viel zu viele solcher pseudomoderner Frauenbücher gelesen, die allesamt von Frauen handelten, denen man im wirklichen Leben niemals begegnete.

Beinahe mit Lust griff sie nach ihrem Goethe und begann zu lesen. Von Straßburg, von seinen Ausflügen ins Elsaß und ins Saarland, von seinem allerersten Ritt nach Sessenheim, davon, wie freundlich er in die Familie des Pfarrers aufgenommen worden war, wie dann urplötzlich ein Stern am ländlichen Himmel aufging und die liebliche Friederike hereinkam, wie peinlich es ihm dann war, in schäbiger Kleidung als armer Student sich eingeführt zu haben, und von seinem Handel mit dem Wirtssohn George, dem er die Kleider abschwatzte und beinahe noch das Mädchen ausspannte. Dann das Liebesidyll: die Pfänderspiele, das Singen, Spaziergänge, das heitere Flirten, die Sehnsucht, die ihm die Zeit dazwischen in Straßburg erträglich gemacht hatte. Liebe, Sommer, Sonne.

Hanna seufzte. Das kam ihr bekannt vor, erinnerte sie an manche sommerliche Schwimmbadromanze, die im Winter unter dem Schnee begraben wurde.

Sie las weiter. Nun, es war nicht Winter. Goethe mochte von Friederike angetan gewesen sein, aber offenbar nur in einem ganz bestimmten Zusammenhang: zwischen Pfarrhaus, Scheune und Wiese. Zum Tändeln, Flirten, Lachen, sich Produzieren. In Straßburg, da war sie ihm beinahe peinlich. Hanna vermochte sich bestens in die arme Friederike hineinzuversetzen bei der Lektüre von Goethes eher grausamen Worten, als es mit dem Amusement nicht mehr zum besten stand: *»die reichen Hilfsquellen, die auf dem Lande so ergiebig sind, versiegten bald in der Stadt ... Die beiden Schwestern waren die einzigen in der Gesellschaft, welche sich deutsch trugen ...«*

Also, dachte Hanna, die beiden Schwestern aus Sessenheim, sie waren nicht so schick wie die in Straßburg, und Goethe hat sich seiner kleinen Liaison bald geschämt. Und wie gönnerhaft er auftrat! Eigentlich mochte sie ihn gar nicht, diesen Landsmann. Ein eingebildeter Fatzke war er gewesen, so als habe er damals schon gewußt, daß künftige Generationen ihn als Genie preisen würden. *»... Ich sagte ihr, wie sehr ich mich freue, sie unverändert und auch in diesen Umgebungen frei wie ein Vogel auf den Zweigen zu finden. Sie war artig genug, zu erwidern, daß ich ja da sei, sie wolle weder hinaus noch herein, wenn ich bei ihr wäre. Endlich sah ich sie abfahren, und es fiel mir wie ein Stein vom Herzen ...«*

Aha, dachte Hanna. Sie mögen ja wohl eine Straße nach ihr benannt haben hier in Sessenheim und sie mögen bis heute davon zehren, aber richtig geliebt, richtig geliebt hat er sie nicht, seine Friederike. Ich glaube, er war ein Hallodri.

Und über diesen Gedanken schlief Hanna ganz einfach noch mal ein.

Als sie wieder auf die Uhr sah, war es schon halb elf, und sie fühlte sich, wie man sich eben fühlt, wenn man zu lange im Bett gelegen hat, ohne krank zu sein. Unausgefüllt, viel zu fit fürs Bett und doch wieder auf eine ungute Weise müde, matt, lustlos.

In solchem Zustand, hatte Hanna nicht nur gelesen, sondern auch von betroffenen Freundinnen gehört, blieben Leute dann ganz einfach den ganzen Tag im Bett.

Wenn sie das einmal machten, nannte man es faul. Machten sie es öfters, nannte man es depressiv und verschrieb ihnen Mittel dagegen.

Doch diese Frauen hatten wahrscheinlich überwiegend gegen die mehr oder minder graue Wand des Nachbarhauses gestarrt. In Sessenheim, im Sommer, in einem alten Bauernhäuschen depressiv zu werden, war doch eigentlich unmöglich – die karierten Vorhänge vor Hannas Fenster bauschten sich ganz leicht in einem Wind, der nicht nur den Duft aus dem Garten sondern auch einen ganz dezenten Geruch von Bauernhof in den Raum wehte. In seinem Gefolge tanzte ein Schmetterling ins Zimmer, sah sich in allen Ecken um und ließ sich schließlich auf der Lampe nieder. Der unvermeidliche Hund bellte wieder von ferne, und Hanna erinnerte sich plötzlich, daß es doch einen Grund gab aufzustehen. Sie mußte unbedingt nachsehen, ob diese fette alte Katze wieder da war, die sich gestern im Hof gesonnt hatte und dann doch rasch aufgesprungen war, als sie sich ihr genähert hatte.

»Schau mal, Lucien!« hatte sie gesagt, »eine Katze! Wem die wohl gehört. Wir könnten sie adoptieren!«

»Katze?« hatte Lucien aus dem Badezimmer gerufen. »Gut gegen die Mäuse, aber schlecht für uns. Verscharren ihr Geschäft im Garten und locken Kater an. Und häßlich ist sie noch dazu!«

Dann hatte er noch einen letzten Blick auf das schwarze Wesen geworfen. »Mon Dieu, die ist wirklich häßlich! Und schon alt! Laß sie laufen!« Und er machte »schsch«. Die Katze hatte sich getrollt, über die Straße, durch einen Zaun. Weg.

Heute war sie auch nicht zu sehen.

Hanna lief auf nackten Füßen auf der warmen Holztreppe nach unten in die Küche, reckte sich, streckte sich und machte den Rest des rabenschwarzen Kaffees heiß, der noch am Boden der Kaffeekanne klebte.

»Ich könnte ...« Hanna beugte sich vor, und gab ihrer warmen Kaffeetasse einen Nasenstüber. »mal bei diesen Schluchters vorbeigehen. Ja, das könnte ich theoretisch mal machen.«

Oben im Schlafzimmer legte Hanna die Queen-CD ein, genoß den offensichtlichen Antagonismus von Elsaßidyll und einer in jeder Hinsicht abgefahrenen Rockband, entschied sich gegen Jeans und für einen kurzen dunkelblauen Rock, ein weißes T-shirt und bunte Turnschuhe.

Sie schloß noch aus alter Frankfurter Gewohnheit das Küchenfenster und trat hinaus auf die stille Straße.

Es war so still, daß man fast die Hummeln von der gegenüberliegenden Seite der Straße surren hörte. Die Häuser würden aller Erfahrung nach erst am Nachmittag zum Leben erwachen, wenn alle nach Hause kamen und um sechs Uhr Kaffee gekocht würde.

Gegenüber stand ein von häßlichem altem Bauschutt umgebenes Häuschen. Ein junges deutsches Paar hatte am Wochenende angefangen zu renovieren. Außer einem verwirrten Hallo waren noch keine Worte ausgetauscht worden, doch Hanna hoffte auf ein wenig Kontakt. Die junge Frau war nur wenig jünger als sie, hübsch, mit dunklem Haar und dunklen Augen, und er sah ebenfalls sehr sympathisch aus. Ein kleiner blondlockiger Athlet in Jeans. Kinder hatten sie offenbar noch keine, und sie schienen auch beide zu arbeiten, denn die kalkigen Fenster gähnten dunkel und geschlossen auf die stille Rue hinaus.

Hanna lief ihren üblichen Weg ins Zentrum, den Geräuschen nach, die entfernt an Stadt erinnerten, an Leben, an Treiben, an Alltag. Ewig würde sie nicht ohne feste Arbeit im Elsaß leben können, soviel stand fest.

Rund um die Mairie und die Post sowie das Nobelrestaurant Boeuf herrschte das übliche Treiben.

In einer Telefonzelle vor der Post schlug Hanna die Adresse der Schluchters nach. Sie hielt die Luft an, denn in der schmuddeligen Zelle roch es nach Schweiß, Rauch und billigem Parfüm. Noch zaghafter war sie beim Berühren des Telefonregisters. Die Seiten des französischen Telefonbuchs waren so dünn, daß man beinahe fürchten mußte, sie beim Umblättern zu zerreissen.

Schluchter, Josef. 432453. Adresse: Rue Friederike Brion. Das hatte sie schon gewußt, aber die Hausnummer stand ungünstigerweise nicht dabei. Bestand die Rue Friederike Brion nun nur aus einem Haus, oder wollten Schluchters aus irgendwelchen Gründen verhindern, daß man sie aufspürte?

Hanna beschloß, sich vor Ort umzusehen.

Zunächst orientierte sie sich mit Hilfe des Stadtplans beim Goethe-Museum. Er war alt und schmutzig und abgeblättert. Das Netz der Straßen von Sessenheim bestand nur aus einigen wenigen kurzen, gebogenen Geweben, leicht überschaubar. Hanna orientierte sich an der Kirche, denn der obligatorische rote Punkt, der dem Besucher zeigte, »Hier bist du!« (auf französisch nicht viel origineller: *vouz êtes ici*) war ebenfalls längst abgegriffen und von Sonne und Licht und Wind ausgebleicht und deshalb kaum noch von anderen rötlichen Flecken auf der Karte zu unterscheiden.

Die Rue Friederike Brion befand sich unweit des roten Punktes, gegenüber der Kirche und nur wenige Schritte von Hannas Standort. Winzige Häuschen kuschelten sich fast wie Reihenhäuschen aneinander, zur Straße hin waren große hölzerne Hoftore zu sehen. Der Geruch nach Pferdeäpfeln und Kuhdung hing in der Luft. Die Fenster der Häuschen waren winzig, wahrscheinlich waren sie sehr alt, denn früher hatte man sich nicht mit großen Panoramascheiben belastet, die nur Wärmeverlust bedeuteten.

Ein Kind trödelte vorbei. Es hatte einen muffigen Gesichtsausdruck und schleifte eine Art Turnbeutel hinter sich her.

Hanna grüßte das Kind, es grüßte nach Kinderart ganz unbefangen zurück.

»Sprichst du Deutsch?« fragte Hanna ihre Standardfrage. Das Kind nickte erstaunt.

»Warum bist du denn nicht in der Schule?« fragte Hanna etwas tantenhaft in dem Bemühen ein Gespräch anzuzetteln.

»Krank!« sagte das Kind nur muffig.

»Du Arme!«

Schweigen.

»Weißt du zufällig, wo die Schluchters wohnen? Familie Schluchter?«

»Da vorne!« sagte das Kind und deutete ans Ende der Straße.

»Danke sehr und ... gute Besserung!«

Das Haus der Schluchters war ein Fachwerkhäuschen, allerdings nicht renoviert: ein wenig schief, das Weiß zwischen den dicken, roh zugehauenen Brettern war schmuddelig, vielleicht zwischendurch immer mal überpinselt.

Auch hier ein feindseliges Tor, dahinter das im Elsaß schon obligatorische Hundegebell. Hanna stand in sicherer Entfernung, versuchte durch die halb offenen Lamellen des Tores in den Hof zu schielen, konnte aber kaum etwas erkennen.

Sie traute sich nicht rein.

»Suchen Sie jemanden?«

Hinter ihr stand eine junge Frau mit Einkaufstüten.

Sie war wohl dem kleinen Renault entstiegen, der gerade einige Meter weiter gehalten hatte.

»Ich ...« Hanna fühlte sich von dem frenetischen Bellen hinter der Bretterwand sogar beim Sprechen eingeschüchtert. »Ich wollte eigentlich zu Schluchters, zu Josef Schluchter, aber es ist sicher niemand zu Hause!«

Die junge Frau lächelte. »Bin ich niemand? Mein Name ist Nicole Schluchter. Josef Schluchter ist mein Vater! Sind Sie auch von der Presse?«

Hanna wußte nicht recht, was sie darauf sagen sollte. Eigentlich hatte sie ja keinen direkten Auftrag und wenn jemand diese Frage stellte, meinte er meistens etwas ganz anderes. Meinte die Tagespresse. Heute wird man interviewt, und morgen ist man schon im Blatt, mit verlegenem Lächeln und in Schwarz-Weiß.

»Ja! Ja doch!« sagte sie schließlich doch zögernd. »Ich arbeite als freie Mitarbeiterin für LIFESTYLE, ein Frankfurter Magazin.«

»Frankfurt!« sagte die junge Frau nur, und es hörte sich in Hannas Ohren in etwa so an, wie sie damals »Südfrankreich!« gesagt haben mußte.

»Ja, Frankfurt!« bekräftigte Hanna. »Ganz genau!«

Die junge Frau setzte ihre Plastiktüten ab.

»Sie kommen vom Einkaufen. Da will ich Sie nicht stören!«

»Nein, nein lassen Sie nur! Es geht sicher um Herrn Fischer. Seit das passiert ist, haben schon mehrere Reporter hier angerufen. Sogar einer aus Paris!«

Donnerwetter, dachte Hanna. Das ist wahrscheinlich für die hier das absolut Höchste. Paris!

Die junge Frau schloß die Hoftür auf. Hanna, die schon ihre einschlägigen Erfahrungen gemacht hatte, folgte etwas ängstlich.

»Haben Sie keinen Hund?«

Erstaunter Blick. »Nein, nicht mehr. Wir hatten einen. Arsene. Er lag eigentlich immer nur an der Kette.

Meine Oma hat sich um ihn gekümmert. Dann ist erst er gestorben, darauf sie!«

Nicole zuckte die Achseln. »Wir haben dann keinen mehr angeschafft!! Katzen reichen uns! Ich weiß gar nicht genau, wie viele wir haben!«

Hanna dachte an ihre diversen Frankfurter Freundinnen und ihre geheiligten, mit komplizierten Namen beehrten Katzen, die, wenn sie dereinst das Zeitliche segneten, in kleine Särge verpackt auf dem Tierfriedhof weiterverehrt wurden. Diese Nicole, dachte Hanna, hat bestimmt genügend Kinder zu betreuen, kann sich nicht um Katzen kümmern. Es ist eben eine andere Welt als die der coolen Singles ...

»Wie viele Kinder haben Sie?« fragte Hanna deshalb der Vollständigkeit halber und versuchte es irgendwie humorig klingen zu lassen.

»Ich?« Nicole schüttelte das blonde Haar. »Keine. Ich bin überhaupt nicht verheiratet!«

Hanna lachte unsicher. »Hat ja auch noch Zeit. Also gut, wenn Sie wirklich ein paar Minuten Zeit haben, komme ich mit hinein! Darf ich?«

Sie bot ihre Hilfe bei den Plastiktüten an, Nicole aber lehnte ab. So hatte sie Zeit, sich im Inneren des Hofes umzuschauen. Er war durch hohe Mauern aus gelblichem Stein vom Nachbargrundstück abgegrenzt. Diverse Pflanzen rankten sich daran hoch, im Hintergrund war irgendwelches Gestrüpp. Dort standen auch die Mülltonnen und tatsächlich die verwaiste Hundehütte von Arsene.

Rechts stand das Wohnhaus, dessen nach außen zur Straße hin eher klein wirkende Fassade ein schachtelartig in den Hof hineingebautes größeres Gebäude verbarg. Durch eine Art hölzernen Gang in der Höhe des ersten Stocks war es zudem mit einem winzigen Anbau verbunden, der wie eine Spielzeugausgabe des Vorderhauses wirkte.

Der Hof war nicht übermäßig gepflegt, ein uralter

Traktor, schmutzig und lehmbespritzt, stand unter einer Holzveranda, im Hintergrund ragte allerlei Gartengerät. Ganz hinten gab ein kleines Gatter den Blick ins Grüne frei, vermutlich eine Art Gartengrundstück.

Nicole schaffte es trotz ihrer sechs Tüten die Tür aufzuschließen, ein enger Gang, rechts zwei geschlossene Türen, links eine Küche – eingerichtet wie in deutschen Bauersfamilien in den sechziger Jahren. Furnierte Holzmöbel, Schleiflack, ein älterer Schrank, mit hellblauer Farbe übermalt. Eine Spülmaschine auch, natürlich, allerdings ein großes und sperriges Modell, wahrscheinlich mit hohem Wasserverbrauch. Hanna war enttäuscht: Was auch immer hier alt und original gewesen sein mochte – es ist nicht mehr da! Sie selbst gehörte zu jenen, die die Trödlermärkte in Frankfurt heimgesucht hatten, allerdings nicht aus Interesse an Antiquitäten oder literarischen oder kunsthistorischen Trouvaillen, sondern vielmehr, weil sie gelegentlich zwischen allerlei Plunder nach schrillen Partyklamotten suchte. Möglichst mit Silberzeug bestickt, das war im Geschäft unsäglich teuer, schimmerte aber im Diskolicht unbeschreiblich verführerisch.

Zum ersten Mal in ihrem Leben überlegte sie, wo all das Zeug, das auf den Trödelmärkten landete, eigentlich herkommen mochte.

»Möchten Sie eine Tasse Kaffee?« fragte die junge Frau erschöpft, nachdem sie die Tüten in eine Ecke gestellt hatte, wo sie – wie es seit jeher die nervtötende Eigenschaft allzu dünner Plastiktüten ist – in sich zusammensanken und durch Umfallen im Zeitlupentempo einen Teil ihres Inhaltes preisgaben.

Hanna faßte ihre Gesprächspartnerin scharf ins Auge. Nicht nur erschöpft sah sie aus – irgendwie geradezu fertig. Ein bitterer Zug lag um ihren Mund.

Hanna betrachtete dieses verbitterte Gesicht und hatte plötzlich das Gefühl, es schon einmal irgendwo gesehen zu haben. Sie durchforstete die wenigen Kontakte, die es ihr bisher gelungen war, in Sessenheim und Umgebung aufzubauen, doch es fiel ihr niemand ein: »Du wirst alt, mein Mädchen!« mahnte sie sich im Stillen. »Richtig alt und vergeßlich.«

»Ich mache uns eine Tasse Kaffee!« beschloß Nicole Schluchter und machte sich neben dem riesigen Kühlschrank an einer blaugrünen Kaffeemaschine aus den sechziger Jahren zu schaffen.

Hanna traute es sich nicht zu sagen, aber gar so scharf war sie nicht auf den französischen Kaffee. Er war schwärzer als schwarz, wie Schlamm, und manchmal schmeckte er auch so.

Doch das wäre gegenüber einer Französin grob unhöflich gewesen.

Sie wappnete sich, setzte ein höfliches Lächeln auf und nippte den ersten Schluck.

»Das ist ja deutscher Kaffee!« Erstaunt nahm sie einen zweiten Schluck.

»Ja!« sagte Nicole und lächelte beinahe ein wenig verlegen. »Ich hoffe, es ist Ihnen recht. Ich mag den französischen Kaffee nicht. Ich finde, er schmeckt irgendwie ...«

Sie suchte nach einem Wort. Dann fiel es ihr ein.

»Modrig!«

Hanna setzte die Tasse ab und lachte nickend.

Und Nicole setzte ebenfalls die Tasse ab, für einen Moment verschwand die Traurigkeit, und sie lachte ebenfalls.

Hanna hob die Tasse. »Prost!« sagte sie.

Nicole zögerte, dann tat sie es ihr gleich.

»Prost!«

Und Hanna hatte in Sessenheim so etwas eine Freundin gefunden.

10. KAPITEL

Mit dieser Welt ist's keineswege richtig …

»Wir waren sechs Geschwister!« erzählte Nicole, wobei ihre kleinen Fingerchen die Kaffeetasse auf eine beinahe kindliche Weise umklammerten. Hanna konnte nicht recht ergründen, ob Stolz oder leichtes Bedauern in dieser Feststellung lag.

»Wo sind die anderen alle? Das Haus ist für so viele sicher zu klein!«

Nicole zuckte die Achseln, lächelte anmutig und sagte: »Wir haben hier alle gelebt, als Kinder. Zuerst war es eng, später haben wir den Schopf ausgebaut für die Größeren, und die haben dann dort gewohnt, bis sie weggingen. Jetzt sind beinahe alle schon längst verheiratet! Die meisten haben eigene Kinder. Meine Schwester Suzanne lebt in Paris.«

Sie zögerte einen Moment. »Nicht direkt in Paris. Bei Paris!«

Hanna dachte an ihre Morgenlektüre. Ob sie sich wohl dort auch »deutsch trägt« und wegen ihrer Provinzialität jemandem peinlich ist?

»Meine Nichte in Seltz macht sogar nächstes Jahr ihr Baccalaureat! Sie sind eben alle weg! Hier mit meinen Eltern leben jetzt also nur noch ich und mein Bruder!«

»Und Sie beide sind nicht vergeben?« Hanna lachte dabei verschmitzt, um die Frage nicht klingen zu lassen wie »Und ihr beide seid also sitzengeblieben?«

»Nun …« Nicole sah ihr gerade in die Augen. »Bei mir hat sich das endgültig Passende …« Es schien Hanna als schlucke sie, »noch nicht ergeben, obwohl … und mein

Bruder ist eigentlich verlobt. Marie-Ange ist zur Zeit als Praktikantin in Clermont-Ferrand. Meine Eltern haben da Bekannte. Sie will Galvanic-Ingenieurin werden.«

»Galvanic-Ingenieurin?«

»*Quelque* ...« begann Nicole auf französisch, verbesserte sich dann aber selbst langsam und deutlich; »etwas mit Reifen. In Clermont-Ferrand sitzt Michelin. Die Reifenfirma! Zu Weihnachten kommt sie zurück. Ich denke, die beiden heiraten dann!«

Hanna nickte wieder.

»Was sind Sie denn von Beruf, Nicole?«

»Grundschullehrerin«, sagte sie.

»Und was macht ihr Bruder?«

Ein Schatten legte sich über Nicoles Gesicht.

»Er macht den Rest von unserer Landwirtschaft ...«

»Kann man denn davon leben?«

Viel Ahnung hatte Hanna nicht von der Landwirtschaft und ihren wunderlichen Gesetzmäßigkeiten. Sie schrieb für ein Stadtmagazin, ihre Themen passierten nachts oder abends, zwischen Mauern, in Szenekneipen, Galerien, gelegentlich vor Kaufhaustoren und in Werkshallen. Nie jedoch führten ihre Recherchen sie aufs Land, etwa nach Mittel- oder Oberhessen, wo es noch sanfte, weite Felder gab, lehmige Wege und graue große Bauerngehöfte, denen allerdings im Gegensatz zu den Gütern im Elsaß wenig Romantisches anhaftete.

»Nein, das ist sehr schwierig!« erwiderte Nicole kurz. Sie zögerte eine Sekunde, sagte dann leise und beinahe bedauernd: »Deshalb arbeitet er noch als Aufsicht beim Campingplatz.«

»Campingplatz? Es gibt hier einen Campingplatz?«

Hanna hoffte, daß ihre Frage durch das unverhohlene Erstaunen nicht beleidigend geklungen hatte, aber sie vermochte sich beim besten Willen nicht vorzustellen, was ein Mensch hier längerfristig auf einem Zeltplatz zu suchen hätte.

»Er ist neben den Tennisplätzen, alles *municipal*. Nun,

im Winter ist dort natürlich kaum etwas los – nur ein paar Schulklasssen, meist aus dem Département Haut-Rhin, aber im Sommer kommen schon Touristen, viele auch aus Deutschland, aber manche sogar aus England und Amerika. Dort hat er viele Freunde!«

»Ihr Bruder?« fragte Hanna angenehm überrascht und revidierte beinahe ihr insgeheim gefaßtes Urteil von der Provinzialität der Elsässer.

Nicole nahm einen letzten Schluck Kaffee und sah erstaunt über den Rand ihrer dickwandigen Tasse hinweg. »Georges? Nein. Er – Johann Wolfgang!«

Hanna, die auf Bon jederzeit Jovi, auf Rod jederzeit Stewart und sogar auf Namen wie Lenny jederzeit Kravitz antworten konnte, fragte verdattert: »Auch ein Bruder?« Doch der entsetzte Ausdruck in Nicoles Augen wies ihr den richtigen Weg.

»Ach, Goethe!« sagte sie in genau dem gleichen Moment, in dem auch Nicole nur mit leichter Entrüstung sagte:

»Nein, Goethe!«

Und beide lachten. Mitten in das Gelächter – und auf einmal kam es Hanna so vor, als habe sie seit Urzeiten nicht mehr so ausgelassen gelacht – öffnete sich die Tür. Ein vierschrötiger Mann, stiernackig, blond und mit roten Backen, stand in der Tür und fragte unfreundlich auf elsässisch: »Und, was wollen Sie hier?«

Hanna erschrak, Nicole hörte auf zu lachen, stand auf und sagte: »Das ist er?«

Hanna faßte sich wieder. Eine Frankfurterin bringt so ein Bauernbub so schnell nicht zum Fürchten.

»Wer – Goethe?« fragte sie deshalb verschmitzt.

»Aber nein!« Nicole kicherte wie ein ertapptes Schulmädchen. »Mein Bruder Georg!«

Und Hanna fiel auf, daß sie das Georg deutsch und nicht französisch aussprach. Also kein romantischer Georges, sondern nur ein alemannischer Georg.

»Hallo!« sagte sie trotzdem entgegenkommend.

»Was wollen Sie hier?« wiederholte er seine Frage.

»Hanna schreibt für eine Zeitschrift in Frankfurt!« erklärte Nicole besänftigend. »Weiter sind wir allerdings bis jetzt nicht gekommen!«

»Wir sprechen nicht mit Journalisten, die nur aus Sensationslust ins Elsaß kommen!« sagte Georg.

»Ich bin nicht nur aus Sensationslust ins Elsaß gekommen!« verteidigte sich Hanna. »Ich lebe hier!«

Ein Hauch von Verachtung legte sich über Georgs grobe Züge. »Ach, Sie gehören zu den Deutschen, die es hier so angenehm billig finden und schon immer ein reizendes Bauernhäuschen haben wollten, es sich aber drüben nicht leisten können ...«

Hanna lachte kühl auf.

»Ich habe ein reizendes Bauernhäuschen, da haben Sie recht. Aber ich könnte es mir weder hier noch dort leisten – es gehört mir nicht, es gehört der Bank, für die mein zukünftiger Mann arbeitet.«

Georg schien etwas besänftigt. Er schenkte sich mit einer ungelenken Bewegung Kaffee ein.

»Ein Elsässer!«

»Nein! Aus Marseille!«

»Ein Franzose!« sagte Georg ausdruckslos.

Hanna reichte es jetzt allmählich.

»Was dagegen?« fragte sie leicht aggressiv.

»Oh nein!« entgegenete Georg ironisch. »Wem wir unser Land ausverkaufen, ist eigentlich egal.«

»Georg!« ermahnte ihn Nicole leise, und Hanna dachte, daß sie diese Mahnung wohl schon öfters ausgesprochen haben mußte.

»Wissen Sie ...« sagte Hanna und stellte ihre Kaffeetasse auf die Spüle, »mir ist das eigentlich so egal. Ich kaufe Ihr sogenanntes Land nicht, und ob es die Franzosen kaufen, weiß ich nicht. Offenbar haben Sie ein etwas verqueres Bild von den Deutschen. Die sind nämlich beileibe nicht alle reich, also ich beispielsweise bin es nicht, ganz im Gegenteil. Ich bin freie Journalistin, und für die gibt es kein Grundgehalt, die können theoretisch zur Sozialhilfe gehen, wenn sie es nicht schaffen, einen Artikel zu verkaufen, und genau das habe ich versucht. Ich lebe hier weit weg von zu Hause, ich kenne niemanden, ich habe keine Arbeit, und jetzt passiert hier etwas, und durch Zufall würde sich auch daheim jemand dafür interessieren, und ihr mit euren Sturköpfen macht mir die Chance kaputt!«

Nicole hatte ihr mit aufgerissenen Augen zugehört, Georg scheinbar unbewegt.

»Raus!« schrie er jetzt. »Wie können Sie es wagen, hier in mein Haus zu kommen und unsere Leute zu beleidigen! Verlassen Sie sofort unser ...«

»Guten Tag, was ist denn des f'r e G'schrei, des hört me ja bis rus uf d'rue!« sagte jemand von der Tür. Hanna drehte sich um. Allmählich kam sie sich vor wie in einem Bauernschwank, wo dauernd jemand zur Tür hineinkommt, wieder geht, wo sich komische Verwechslungen zum Schluß in allgemeinen Verbeugungen auf der Bühne auflösen. Allem Anschein nach war soeben die Bäuerin auf die Bühne gekommen: eine rundliche, ältere kleine Frau.

»Guten Tag!« sagte Hanna schüchtern.

»Guten Tag! Und wer sind Sie?« entgegenete die Frau durchaus freundlich.

Nicole und Georg starrten sie schweigend an.

»Mein Name ist Hanna Kupferschmitt. Ich komme aus Frankfurt, lebe aber im Elsaß, und ich mache eine Zeitungsreportage über den Tod von Hans-Peter Fischer. Da er bei Ihnen gewohnt hat, bin ich als erstes zu Ihnen gekommen. Ich dachte, Sie könnten mir etwas über ihn erzählen!«

Hanna bewegte sich, während sie dies sagte, vorsichtig von Georg weg. Wie er auf ihre Worte reagierte, wußte sie ja schon – weiß der Himmel, zu welcher Steigerung seine Mutter fähig war.

»Aber sicher helfen wir Ihnen!« Frau Schluchter

stellte ihre Tasche, rot und aus Kaufhausplastik, auf einen Schemel, von dem die beige Farbe abblätterte. »wir werden Ihnen alles erzählen, was wir über Herrn Fischer wissen ...« Georg machte eine Bewegung, aber sie kümmerte sich sichtlich nicht darum. »vorausgesetzt ...«

»Ja?« hakte Hanna nach.

»Vorausgesetzt – wir bekommen etwas dafür!«

»Was?«

Frau Schluchter legte die Frage falsch aus.

»Über die genaue Summe könnten wir ja noch sprechen!« sagte sie.

»Tja ...« Hanna sah sich um. Nicole sah peinlich berührt aus, Georg verzog keine Miene. »Da müßte ich erst mit der Redaktion Rücksprache halten, aber normalerweise geht das nicht. Meistens sprechen die Leute auch ohne Geld mit uns.«

»Wie das bei Ihnen drüben gemacht wird, ist Ihre Sache!« schlug sich Georg plötzlich auf die Seite seiner Mutter. »Bei uns ist es anders. Vielleicht können Sie uns auf diese Weise wenigstens einen Teil dessen wiedergeben, was Sie uns gestohlen haben! Überlegen Sie es sich!«

»Was habe ich Ihnen denn gestohlen?«

»Meine Jugend haben Sie mir gestohlen!« sagte die Bäuerin ganz ruhig. »Als die Deutschen 1940 endgültig hier festsaßen, wurde ich evakuiert, wie so viele damals hier aus dem Elsaß. Ich kam ins Haute-Vienne, bei Limoges, auch wie viele von uns. Unterwegs habe ich mein erstes Baby verloren.«

»Oh, das tut mir sehr leid!« sagte Hanna. Seltsam. So viele Filme hatte sie gesehen über die Nazis, Dokumentationen, Berichte. So viele Hiergebliebene, Wiedergekehrte, Traurige, Trotzige und Versteinerte hatte sie in Frankfurt interviewt, so viele entsetzliche Schicksale gehört – und sie hatte sich immer abgeschirmt, versucht, ans Heute und ans Jetzt zu denken, hatte sich gezwungen mit zusammengebissenen Zähnen zu denken: »Nicht so schlimm, alles vorbei!« Und jetzt holte dies alles sie ein und traf sie mitten ins Herz.

Die Frau sah sie an, in den tausend Linien in ihrem Altfrauengesicht lag Spott. »Ach, das macht gar nicht viel. Ich war erst sechzehn und habe ja noch mehrere Kinder gehabt!«

Nicole und Georg schwiegen. Georg starrte auf seine Hände, Nicole auf ihre Fußspitzen. Offenbar kannten sie die Geschichte.

»Und das Kind wäre sowieso ohne Vater aufgewachen. Sein Vater wurde eingezogen, mußte für die Deutschen in Rußland kämpfen. Sechs Wochen später war er dann tot!«

Hanna wußte nicht, was sie sagen sollte.

»Ja ...«, sagte Georg, »das paßt nicht in ihr idyllisches Bild vom Elsaß mit Töpferei und Weinreben, was?«

»Sie wissen genausogut wie ich, daß ich nicht für die Greuel von damals verantwortlich bin. Oder prangere ich Sie etwa wegen des Algerienkrieges an? Ich liebe das Elsaß, es ist schön, und ich versuche, Geld zu verdienen, damit ich hierbleiben kann.«

»Von mir aus brauchen Sie nicht hierzubleiben. Gehen Sie nach Frankfurt zurück, da passen Sie hin!«

»Georg!« sagte Nicole ruhig.

»Es bleibt dabei«, sagte die Alte, »wenn Sie uns bezahlen, erzählen wir Ihnen ein bißchen von Hans-Peter Fischer. Sonst nicht. Hier gibt es nichts umsonst!«

* * *

Hanna hatte gehofft, Schlange Petra würde nicht abheben.

»Petra Woll?«

Soviel zum Prinzip Hoffnung, dachte Hanna.

»Hallo, Petra, ich bin's. Die Hanna!« Es knackte in der deutsch-französischen Leitung.

»Ach, hallo Hanna!«

Der Gefrierschrank war geöffnet. Das eiskalte Büffet war angerichtet.

Eine teure Pause breitete sich aus, und weil Hanna nun mal am zahlenden Ende der Leitung saß, verlor sie den Kampf ums erste Wort.

»Du, Petra ... geht's euch gut?«

»Danke. Was gibt's?«

»Du, es geht noch mal um diese Recherche, weißt du, diese Sache mit dem ermordeten Deutschen, hier bei uns in Sessenheim, wir hatten doch mal darüber gesprochen!«

»Ja, und? Bist du fertig?« Petra hätte kaum weniger interessiert sein können, ein unsichtbares Gähnen schwebte in der Leitung.

»Noch nicht hundertprozentig. Eigentlich im Gegenteil. Es gibt ... nun, es gibt da so eine Familie, eine sehr interessante Familie, die haben allerlei erlebt, glaube ich, und nun ... ich denke, die hätten 'ne ganze Menge zu erzählen. Interessante Dinge, auch über das Verhältnis, das Spannungsverhältnis Elsaß – Deutschland.«

»Du, Hanna, entschuldige, wir haben gleich Konferenz, worum genau geht's?«

Hanna haßte Petra. Sie haßte das Elsaß, die Schluchters, momentan sogar Lucien und nicht zuletzt sich selbst.

»Sie wollen Geld dafür, daß sie was erzählen!«

»Geld? Irgendwelche Leute aus dem Elsaß, irgendwelche Bauerntölpel? Jetzt hör mir mal gut zu, Hanna: Du hast einen einigermaßen sicheren Job als Freie bei uns. Deinen alten Job hast du aufgegeben, weil du mit einem smarten Gallier eine ländliche Idylle zwischen Weinbergen eröffnen wolltest. Gut und schön. Normalerweise ist das das Ende. Wir aber haben gesagt, gut, wenn sie je interessante Themen aus dieser Ecke bringt – warum nicht, wir sehen uns das an. Eine Weile lang hören wir nichts von Madame, auch gut, dann ruft sie an, bietet einen Mord an, in Sessenheim. Warum nicht? Wir werden es uns ansehen, wenn es fertig ist. Aber eines, liebe Hanna, werden wir gewiß nicht tun – nämlich für eine Geschichte, die kein Mensch angefordert hat, auch nur einen Sou zahlen, hast du verstanden?«

»Ja!« sagte Hanna, »ich habe verstanden. In drei Wochen hast du meine Geschichte auf dem Schreibtisch. So oder so. Und – Petra?«

»Ja!«

»Es gibt keine Sous mehr. Inzwischen zahlt man mit mit Francs und Centimes.«

* * *

Hanna hatte aufgelegt und starrte in ihren nachmittäglichen Garten hinaus. Bevor die Schleier des Abends alles ein bißchen weicher zeichnen würden, holte die Sonne noch einmal aus zu voller Kraft und tauchte Blumen und Beete in grelles, scharfes Licht. Auf der Mauer gegenüber saß ein Vogel, sein Gefieder gegen die Sonne eine schwarze Linie.

In der Straße war es lebendig. Viele kamen von der Arbeit heim. Hunde begrüßten Herrchen und Frauchen, Türen knallten, man hörte Gelächter und das Geklapper von Gartengeräten.

Hanna seufzte. Aus war es mit der Geschichte. Ohne die Schluchters kam sie nicht weiter.

Sie zuckte mit den Achseln. Dann eben nicht. Sie würde noch einen Spaziergang machen. Zu viel mehr schien ihr Leben sowieso nicht mehr zu taugen.

Im Dorf war jetzt viel los. Autos fuhren in rascher Folge vorbei, der Parkplatz vor dem Au Boeuf war schon so voll, daß man vermutlich auch drinnen keinen Platz mehr bekam.

Kinder kletterten aus Schulbussen, Firmenbusse hielten an, Leute strebten in alle Richtungen.

Hanna stand vor dem erdrückenden Bild des Dichterfürsten auf seinem Gaul und dachte an die leuchtenden Augen des Frankfurters, den sie genau an dieser Stelle getroffen hatte.

Der junge Mann war glücklich gewesen. Und jetzt war er tot.

Hanna spürte ein Prickeln. Es war jenes Prickeln, das vielleicht als wichtigste Voraussetzung für den Boulevardjournalisten anzusehen ist.

Es war jenes Prickeln in der Nase, wenn man eine gute Story riecht.

Hanna beschloß, ihr Bankkonto zu plündern. Wie in dem Wahn, in dem sie als Teenager ihre Sparbüchse aufgerissen hatte, um sich das Geld für den Traumpulli zu beschaffen, ging sie zum Geldautomaten, hob 3000 Franc ab und eilte zu den Schluchters. Inzwischen senkte sich die Dämmerung über den Ort und verzauberte die Häuser rechts und links, verwandelte sie in Hutzelhäuschen aus dem Märchen, tauchte ihre tagsüber billigen bunten Farben in das Licht der Brüder-Grimm-Romantik. Alles duftete, und alles zwitscherte. Am Ende der Straße, hinter dem Haus der Schluchters, lockte ein Feldweg.

Hanna klingelte bei Schluchters, das Hoftor öffnete sich, sie standen alle im Hof.

»Guten Abend, hier bin ich wieder. Sprechen Sie mit mir ... wenn ich ... hier, 3000 Franc, reicht das?«

Nicole machte eine Bewegung, Georg lachte, die Mutter sah verstockt aus. In der Mitte stand ein vierschrötiger Mann, ebenso grob wie sein Sohn, nur etwas dunkler und schon sehr alt. Er lehnte sich schwer auf einen Stock und schnaufte.

»Ich habe gehört, was passiert ist!« sagte er und sah zu seiner Frau hinüber. »Aber wir nehmen kein Geld von den Deutschen«, sagte er. »Doch wir sprechen trotzdem mit Ihnen. Vielleicht werden Sie eines Tages hier Kinder haben, und die sollen dieses Land lieben. Kommen Sie herein, Wein ist schon gekühlt. Möchten Sie etwas essen? Wir haben Käse!«

Gemeinsam aß man an Münsterkäse und Weißbrot von hübschen irdenen Platten, die auf dem Holztisch standen. Dennoch wollte das Gespräch nicht recht in Gang kommen. Irgendwo schlug eine altmodische Uhr. Hanna dachte, daß Lucien – wenn er pünktlich wäre – bald nach Hause kommen müßte und sich wundern würde, wo sie bliebe.

»Herr Fischer hat also bei Ihnen gewohnt?« begann sie und fühlte sich gar nicht wohl in ihrer Haut. Vielleicht hätte sie zuvor Stunden bei dem glatten Monsieur Giraud nehmen sollen.

Georg nickte. Sein Vater säbelte sich bedächtig ein Stück Brot ab. Frau Schluchter blickte auf dem Tisch herum, seufzte, stand mühsam auf, humpelte zum Kühlschrank, holte winzig kleine, längliche Radieschen heraus und wusch sie.

»Er war lange bei uns. Niemand war bisher so lang bei uns! Drei Wochen und zuvor schon mal vier!«

»Fünf!« sagte Nicole. »Also gut – fünf!« sagte Georg ironisch.

»Nehmen Sie öfter für eine so lange Gäste Zeit auf?« fragte Hanna.

»Nein!« knurrte der Vater, der sich inzwischen als Albert Schluchter vorgestellt hatte. »Meistens bleiben sie eine Nacht. Manchmal, wenn es Jugendliche sind, die kein Geld haben, auch mal zwei oder drei.«

»Deutsche?« Hanna nippte von dem köstlichen Wein.

Georg lachte schon wieder. Nicole schüttelte den Kopf.

»Zu uns kommen Leute, die eigentlich auf den Campingplatz wollen, wenn es zu kalt ist oder es regnet oder nichts mehr frei ist. Dann fragen sie nach Privatunterkunft. Aber meistens sind es Franzosen, so gut wie keine Deutschen!«

Die Mutter schüttelte den Kopf.

»Nicht komfortabel genug bei uns. Wir haben ja nur zwei winzig kleine Gästezimmer, dazwischen ein Bad, nicht mal eine Dusche. Das ist unter dem Standard...«

»Die meisten Deutschen ...« sagte Georg fast ausdruckslos, »fahren durchs Elsaß mit einem Reiseführer in der Hand, und nur Hotels oder Restaurants mit mindestens drei Sternen werden betreten. Wie das Au Boeuf!«

Er spuckte das Wort beinahe heraus.

»Wie kam dann Herr Fischer zu Ihnen?«

»Der? Der suchte nach einer Unterkunft für längere Zeit. Er wollte länger hierbleiben. Da wäre ein Hotel zu teuer geworden. Mein Mann war gerade zufällig auf der Mairie, als er sich nach einer Privatunterkunft erkundigt hat, die am Ortsrand liegt, damit er Spaziergänge machen kann und seine Ruhe hat. Es sollte nicht zu teuer sein, möglichst in einem alten Nebengebäude und ruhig. Das traf ja beinahe alles auf unser Haus zu! Er ist dann gleich mit zu uns gekommen, hat sich kurz umgesehen, ein bißchen überlegt, und dann hat er das Zimmer genommen.« Der Vater schüttelte den schweren Kopf und bemerkte beinahe heiter: »Wir waren ja froh, ihn hier zu haben. Es ist für die Frau besser, wenn die Gäste nicht dauernd wechseln – weniger Wäsche ... Wir haben uns jedenfalls gewundert, daß er so lange geblieben ist, in so einem einfachen Quartier.«

»Etwas muß ihn doch gehalten haben!« bemerkte Hanna leichthin, doch da geschah etwas Merkwürdiges. Nach diesem harmlosen kleinen Sätzchen verfielen alle in Schweigen. Und alle richteten sie ihre Blicke auf Nicole ...

* * *

»Ich habe mich nochmals mit ihnen verabredet. Für morgen mittag. Ich wollte dich nicht länger warten lassen. Du hast dir doch sicher Sorgen gemacht«, sagte Hanna zu Lucien, der eigentlich nicht übermäßig besorgt aussah.

»Aber Hanna, *ma petite*, du hast doch vor mir auch schon gelebt, alleine sogar und in Frankfurt, wo es nun wirklich viel gefährlicher ist als hier. Warum sollte ich mir in Sessenheim Sorgen machen? Was könnte dir passieren?«

Ja, dachte Hanna und pickte nur noch von dem Salat, vollgestopft wie sie sich fühlte. Warum eigentlich? Aber trotzdem hätte sie sich gefreut, wenn er sich Sorgen gemacht hätte.

»Außerdem«, sagte Lucien strahlend, »habe ich dir etwas Wunderbares mitgebracht. Es ist im Wohnzimmer!«

»Etwas mitgebracht? Eine neue Lampe? Eine CD? Eine deutsche Zeitung?« Hanna stürmte ins Wohnzimmer, und da saß sie: eine Prinzessin. Graublau. Schimmernd, klein, graziös mit orangefarbenen Augen. Eine Katze. Sie putzte sich nicht, sie saß nur da wie gegossen.

»Ist die schön, Lucien!«

»Tja, da staunst du, was?«

»Wunderbar. Aber wie kommt sie bloß zu dieser wunderbaren Farbe!«

»Zufall!« bemerkte Lucien. »Auf diesen Dörfern bilden sich manchmal ganz eigene Farben heraus.«

Hanna beugte sich hinunter und verbarg ihr Gesicht in dem weichen Fell.

Die Prinzessin miaute dezent und streckte einen eleganten Kopf nach vorne. »Sie möchte gestreichelt werden!« sagte Hanna versonnen.

Lucien lachte, miaute fast ebenso dezent und streckte ebenfalls seinen schönen weichen Kopf nach vorne.

»Gott sei Dank habe ich zwei Hände!« sagte Hanna.

11. KAPITEL

JEDER WANDLE FÜR SICH UND WISSE NICHTS VON DEM ANDERN

Lucien konnte zu Hannas Bedauern nicht mitkommen am Samstagnachmittag. Er hatte sich mit einem Kollegen in Schweighouse bei Hagenau zum Squash verabredet, denn: Sport fehle ihm zusehends, bekannte er zu Hannas Überraschung.

Daheim in Marseille, da sei er ja regelmäßig ins nahegelegene Cassis gefahren, zum Surfen, Bootsfahren, Tauchen, Schnorcheln und Tennisspielen.

Hanna seufzte einmal mehr und freute sich bereits auf den ersten Urlaub im Süden, ihre Hochzeitsreise im Herbst.

»Tennis kannst du übrigens durchaus auch in Sessenheim spielen!« fiel ihr dann plötzlich ein. »Es gibt tatsächlich einen Tennisplatz hier! Wußte ich gar nicht!«

Lucien lachte und warf seine dunklen Wellen zurück. »Ein städtischer Platz muß das wohl sein. Chérie, das ist vollig anders als bei euch in Deutschland. Da ist auch eine städtische Anlage gepflegt und ordentlich, aber hier in Frankreich sehen diese Dinge ziemlich kläglich aus. Verlässigt!«

Hanna verbesserte ihn nicht. Bevor sie keinen Französischkurs gemacht hatte, würde sie ihn nicht mehr verbessern.

»Na ja, aber die körperliche Bewegung kann man doch auch auf so einem Platz haben!«

»Ah, chérie, du weißt nicht, was du redest. Tennis – das ist doch nicht nur Klick-Klack, Hin und Her, das ist auch das Leben drumherum. Etwas trinken, anderen zusehen, nette Leute treffen, auf dem Gras in der Sonne liegen ... all das!«

»Oh, mein Luxusgeschöpf! Du hättest Bankräuber werden sollen und nicht Bankangestellter.«

Die graue Prinzessin putzte sich gerade anmutig von ihrer letzten Milchmahlzeit sauber, ihre Tatzen bewegten sich über den gewundenen Körper, als folgten sie einer geheimen Choreographie. Was war eigentlich am Küssen so toll, fragte sie sich vermutlich. Es war doch viel netter, sich gegenseitig zu beschnuppern – da konnte man wesentlich mehr über den wahren Charakter des anderen erfahren.

»Weißt du ...«, fragte Hanna, »wie Goethe einmal eine Katze charakterisiert hat?«

»Oh, nein, woher?«

»Als heruntergekommene Prinzessin aus dem Löwengeschlecht. Ich finde, eine Prinzessin ist sie, aus dem Löwengeschlecht wahrscheinlich auch, aber heruntergekommen – da hat er sich ausnahmsweise mal getäuscht. Daß so etwas Wunderbares im Tierheim sitzt und keinen Pfennig, pardon, keinen Franc kostet, kann man kaum glauben.«

»Goethe hat auch nicht alles richtig gemacht«, sagte Lucien. »Ich habe während meiner Ausbildung mal eine Biographie über ihn gelesen, und eigentlich mochte ich ihn nicht, am Ende dieser Biographie, aber eines muß man ihm lassen ...«

Hanna wartete.

»Würde er heute noch leben, wäre er Multimillionär. Denk allein an all die Taschenbuchausgaben seiner Werke! Außerdem war er, glaube ich, ein ganz guter Geschäftsmann.«

»Wobei wir wieder beim Thema wären!« sagte Hanna. »Bevor ich zu den Schluchters gehe, fahre ich nach Hagenau und kauf mir was Anständiges zum Anziehen!«

Die Prinzessin verdrehte die kupferfarbenen Augen. Sie brauchte nichts, sie trug immer dasselbe schimmernde graue Kleid, und es stand ihr immer gleich gut.

Hanna räumte alles in der Küche auf, hängte ihre Kleider auf Bügel, wischte einmal kurz feucht mit dem Lappen über die knarrenden Dielen. Holzboden war ja wunderschön, in Frankfurt träumte ein jeder davon, aber man sah nun mal jedes Staubkörnchen über die glatten hellen Flächen huschen.

Während sie das modern gekachelte, englisch anmutende Bad durchwischte, dachte sie an Herrn Fischer.

Monatelang also hatte er bei dieser Familie gewohnt. Wie, das würde sie heute mittag wissen und sehen. Aber warum, das würde sie nicht erfahren. Das hatte sie im Gefühl.

Vielleicht hatte er sich in das Mädchen verliebt, in Nicole. Die beiden hätten doch aber gewiß nicht zueinander gepaßt. Obwohl sie Lehrerin war, hatte sie doch eindeutig etwas Ländliches und Schlichtes an sich. Und er? Er hatte doch eher einen weltmännischen Eindruck auf sie gemacht.

Hanna wühlte nach einem passenden Pullover, fand aber nichts, was ihr wirklich gefiel. Dies bestärkte sie in ihrem Beschluß, sich etwas zu kaufen. Geld hatte sie ja jetzt genug. Sie würde den Schluchters auch eine Kleinigkeit mitbringen. In Hagenau würde sie nach Passendem Ausschau halten.

Ganz kurz blätterte sie nochmal in ihrem Goethe. Hatte er auch Hagenau erwähnt? Heute würde sie sich noch ein paar Gedichte von ihm besorgen. Vielleicht gab es eine deutsche Buchhandlung im Städtchen. Sie suchte, fand endlich die Eintragung. Aha, da war er mal wieder auf einen Turm gestiegen, von einer Burg. Die Burg bei Bitsch. »Kenne ich nicht!« murmelte Hanna. »Und was schreibt er da so?«

»Von dem Turm übersag man abermals das ganze Elsaß, und des Münsters deutliche Spitze bezeichnete die Lage von Straßburg. Zunächst jedoch verbreitete sich der große Hagenauer Forst, und die Türme dieser Stadt ragten ganz deutlich hervor. Dorthin wurde ich gezogen.«

»So!« sagte Hanna. »Und dorthin zieh ich jetzt auch!«

Sie blätterte weiter und las: *»hatte ich mich abergläubisch genug, in Acht genommen, irgendein Mädchen zu küssen, weil ich solches auf eine unerhörte geistige Weise zu beschädigen fürchtete. Ich überwand daher jede Lüsternheit durch die sich der Jüngling gedrungen fühlt ...«*

»Na!« sagte Hanna und klappte das Buch zu, »da wärst du wohl der erste, der seine Lüsternheit nur durch schöne Gedichte zu überwinden vermag!«

Sessenheim lag im samstäglichen Mittagsschlaf. Ab und zu durchkreuzte ein deutsches Auto den Ort, die Insassen entweder zufrieden und satt von einem üppigen Mahl oder auf der Suche nach jenen sagenhaften französischen Supermärkten, die samstags durchgehend bis sieben Uhr geöffnet hatten, etwas wovon der deutsche Konsument nur träumen konnte.

Mit lässiger Handbewegung grüßte sie den gemalten Freund Goethe, und doch gab es ihr wieder einen Stich, weil sie in Gedanken erneut den jungen Fischer neben seinem Pferd stehen sah. Hanna verdrängte die Erinnerung an den Toten und versuchte, sich auf Hagenau zu freuen.

Bis zur Abzweigung Hagenau mußte sie ein Stück über die neuausgebaute Schnellstraße fahren. Ihre Laune stieg. Rechts und links breiteten sich flache Felder und kleine wilde Wäldchen aus, ein Baggersee lockte mit seinem fast unnatürlich türkisfarbenem Wasser zu verbotenem Bad.

Paris 499 km, verkündete ein Schild. Hagenau 17 und Straßburg 39. Paris! Paris! Hanna war einmal in Paris gewesen. Es hatte graue dichte Schnüre geregnet, ein kalter kleiner Wind war um die Ecken und durch die Straßen geweht. Sie erinnerte sich an wärmende Cafés und die unendlichen Säle des Louvre. Eigentlich würde sie jetzt tausendmal lieber nach Paris fahren als in das spießige Hagenau mit seinen zehn Geschäftchen.

Und als die Ausfahrt Hagenau kam, da fuhr sie einfach weiter geradeaus, folgte dem dicken gelben Laster vor ihr, der ungerührt voranbrummte, rollte die graue Straßenschiene weiter, ohne Ziel. Obwohl es dann vor ihr lag, das Ziel. Straßburg, wie zu Goethes Zeiten schon von weitem an der Spitze des Münsters zu erkennen.

Hanna rollte auf die Stadt zu.

Und verliebte sich ein zweites Mal.

In Straßburg.

Noch nie zuvor war sie in Straßburg gewesen. Zwei oder dreimal war sie mit dem Auto auf der Flucht vor bundesdeutschem Stau rund um Freiburg oder vor dem berüchtigten Grenzübergang Basel daran vorbeigekommen.

»Da ist das Münster!« hatte ihr damaliger Freund gesagt und auf eine mächtige graue Erhebung gedeutet.

»Geschenkt!« hatte sie damals gesagt. »Ein Haufen alter Steine, aufgetürmt und immer die gleichen bunten Fenster. Interessiert mich nicht!«

Jetzt stand Hanna vor diesem Steinhaufen und verrenkte sich den Hals, um die Spitze zu erkennen, die irgendwo in der Unendlichkeit eines blauen Himmels zu einem graublauen Punkt verschwamm.

Von den mächtigen Portalen sahen Hunderte und Aberhunderte von ernsten Heiligengesichtern auf die herunter, beobachteten ihren Eintritt in das riesige Gewölbe.

Die Fenster blendeten fast das Auge, in den Kerzenhaltern flackerten Lichter.

Der Altar war in tiefes Dunkel gehüllt, nur das Kreuz stach ab von der Farbenpracht der Fenster.

Hanna besichtigte die Seitenschiffe, umrundete die mächtigen Säulen, starrte hinauf in einen fast unendlich scheinenden Raum.

Es war banal, aber sie konnte sich plötzlich vorstellen, daß man hier Hilfe finden konnte bei Problemen, die zu groß schienen, um sie mit dem eigenen kleinen Hirn zu lösen.

Sie trat wieder in die Nähe des Altars und überlegte, worum sie bitten konnte.

»Lieber Gott!« murmelte sie unhörbar, beinahe verlegen. »Also, wenn es dir nicht zu gering ist, mein Anliegen – vielleicht könnte meine Reportage erfolgreich werden und ich etwas Geld verdienen und weitere Aufträge bekommen.«

Hanna glaubte nicht an Gott. Aber sie hatte auch nicht mehr an die große Liebe geglaubt, und sie war ihr trotzdem wiederfahren ...

Der Mann, der mit gesenktem Kopf neben ihr gestanden hatte, drehte sich zum Gehen. Hanna glaubte auch eigentlich nicht an Zufälle, und doch stand ihr im Halbdunkel des Straßburger Münsters ein solcher direkt gegenüber.

»Monsieur Giraud!« sagte sie verblüfft. »Was machen Sie denn hier?«

Er schien weniger erstaunt, sie zu sehen. Allerdings war er auch ein Flic, und Polizisten sind – das ist vermutlich international – nicht so leicht zu erstaunen.

»Nun, dies ist eine Kirche, nicht wahr? Und auch wenn es so aussieht, so ist sie doch nicht nur für Touristen gebaut.«

Hanna lächelte. »Haben Sie gebetet?«

»Das geht Sie überhaupt nichts an!« erwiderte er.

Aber Hanna gab sich noch nicht geschlagen. »Haben Sie etwa gebetet, daß Sie und nur Sie allein den Mordfall Fischer aufklären können?«

»Da müßte ich eine Menge beten, wenn ich wegen so etwas jedesmal hierher kommen wollte!«

»Geschehen so viele Morde hier in der Gegend?«

»Nein, überhaupt nicht. Es gibt Verbrechen, die mit dem Wohlstand jener zu tun haben, die durch unsere Region fahren. Beispielsweise würde ich Ihnen nicht empfehlen, nachts von Straßburg aus über die Schnellstraße zurück nach Sessenheim zu fahren. Dort hat man bereits mehrmals Autos unter Vorspiegelung von Verletzungen oder ähnlichem angehalten und die Insassen rausgezerrt, zusammengeschlagen und beraubt.«

»Was, mitten auf einer öffentlichen Straße?«

Giraud zuckte die Achseln.

»Tja, diese Schnellstraße ist ein unnatürlicher Verkehrsweg, wenn man so will. Die alte Straße von Straßburg nach Sessenheim, die schon Monsieur Goethe benutzt haben dürfte, führt durch die Dörfer. Dort wird einem so etwas schwerlich passieren.«

»Wie lange Goethe wohl gebraucht hat, von Sessenheim nach Straßburg?« entgegnete Hanna angriffslustig. »Zu seinen Lebzeiten hätte ich nicht einfach mal so zum Einkaufen hierher fahren können.«

Giraud sah Hanna amüsiert an. »Und? Wäre das eine Tragödie gewesen? Ich möchte nicht wissen, wie viele Kleider Sie bereits im Schrank haben!«

»Ich wüßte nicht, was Sie das anginge!« fauchte Hanna. Giraud lächelte. Hanna seufzte. Eigentlich war sie froh, ihn getroffen zu haben. Zwar war er ihr unsympathisch, aber er sprach Deutsch, und er war ein Mensch. In ihrem Sessenheimer Alltag hatte sie es nur mit einer elsässichen Katze und einem Papier-Goethe zu tun, der zwar zu allem und jedem etwas zu sagen hatte, der aber aus verständlichen Gründen herzlich wenig auf sein Gegenüber einging – wenn er das überhaupt je getan haben sollte.

»Ach, hören wir auf, zu streiten. Erzählen Sie mir lieber etwas über dieses gigantische Bauwerk hier!«

»Über was bitte?«

»Über die Kathedrale?«

»Es ist ein Münster. Kennen Sie wenigstens den Unterschied?«

»Nein, aber Sie brauchen es mir nicht zu erklären – ich werde es nachlesen!«

»Wie Sie meinen. Dreihundert Jahre haben die gebaut an der Kirche, vom 12. bis zum 15. Jahrhundert, und was das damals bedeutet hat, können wir uns nicht mehr vorstellen. Alleine die Steine herbeizuschaffen und zu behauen ... Oben, da, in schwindelnder Höhe, haben sie Holzbretter herunterhängen lassen, mit den Arbeitern, die an den Verschalungen tätig waren. Ich möchte nicht wissen, wie viele arme Teufel da heruntergestürzt sind. Es geht die Sage, man habe ihre zertrümmerten Knochen mit eingebaut, und sie seufzten noch heute manchmal nachts aus den Steinen!«

Hanna schauderte.

»Der gesamte Bau ist über hundert Meter lang, mehr als vierzig Meter breit und bestimmt dreißig Meter hoch. Es gibt hier sage und schreibe 235 Skulpturen. Die Westfassade ist von einem Landsmann von ihnen, von Meister Erwin aus Steinbach bei Baden-Baden. Euer Goethe hat das Münster geliebt. Und gehaßt, am Anfang. Mit seiner Hilfe hat er nämlich seine Höhenangst besiegt. Vom sogenannten Münsterturm aus konnte er bis tief in die Vogesen sehen und natürlich auch den Schwarzwald. Es hat in ihm Gottesfurcht geweckt, das Münster zu Straßburg. Es ist eines der bedeutendsten Denkmäler Europas!«

»Was die Kunsthistoriker sagen, ist mir ganz egal« sagte Hanna. »Ich weiß nur eins ...« Giraud sah sie an, so als warte er nur auf etwas, dem er widersprechen könnte. »Mir gefällt es, euer Münster! Und Monsieur, jetzt würde ich gerne eine Tasse Kaffee mit ihnen trinken.«

Hanna fühlte sich fast wie in Frankfurt. Sie saßen an einem kleinen runden Tisch auf dem Gehweg, und Menschen aller Nationalitäten liefen vorbei. Fasziniert beobachtete Hanna eine Familie, die sich mit viel würdevoller Lebendigkeit an einem längeren Tisch für viele Personen niederließ. Der Vater sah aus wie ein französischer Filmschauspieler, mit schwarzgrauem, schräg über die Stirn hängendem Pony, die Mutter – fast verbot sich dieses Wort – war eine aufrechte schlanke Schönheit mit schwarzen Haaren und einem stolzen Gesicht wie auf alten ägyptischen oder nubischen Darstellungen. Dazu eine Tochter, die heller, noch zarter und vielleicht noch schöner war. Die ganze Familie war äußerst elegant und teuer gekleidet, geschmackvoll und dem Anlaß entsprechend.

Hanna beobachtete die Familie und runzelte die Stirn.

»Jetzt weiß ich es!« sagte sie.

»Was?« fragte Giraud amüsiert. »Wer der Mörder von Fischer ist?«

»Nein. Wo der Unterschied zu Frankfurt oder Mannheim oder Köln ist. Französische Städte sind auf selbstverständlichere Weise international.«

Giraud grinste. »Fragen Sie mal einen Pariser, ob Straßburg international ist, und er wird sich halbtot lachen. Straßburg, das ist Provinz. Wüste.«

»Lag da Bitterkeit in Ihrer Stimme?« fragte Hanna.

»Aber woher denn?« sagte er und stand abrupt auf. »Kommen Sie, wir schauen uns die Weltstadt noch rasch an!«

Fachwerk, unglaubliche Idylle am Fluß, wo hängende Zweige über trägem Wasser Erkerchen und Butzenscheiben verdeckten, schmale mittelalterliche Wohnhäuser mit den typischen hohen aufgesetzten Schindeldächern, wo drei Luken übereinander Hunderten von in der Sommerluft girrenden Tauben und Möwen vom nahen Rhein Heimat boten. Weinstuben in dunklen Ecken, winzige Geschäfte mit Leckereien, Brükken, Schleusen, holpriges Pflaster, rankendes Efeu und tropfende lila Glyzinien.

»Es ist wunderbar!« sagte Hanna beinahe andächtig. »Wissen Sie was – hier würde ich gerne leben!«

»Ja?« fragte Giraud schlicht. »Das freut mich!«

In einer winzigen Konditorei genehmigten sie sich noch ein Stück Apfeltorte und Kaffee aus einer Tasse von der Größe einer Suppenschüssel.

»Ich gehe heute nachmittag übrigens zu den Schluchters!« bemerkte Hanna.

Giraud nickte. »Und? Was versprechen Sie sich davon? Diese Leute haben – soviel kann ich Ihnen verraten – nach unseren Erkenntnissen nichts mit dem Mord zu tun!«

»Warum hat er so lange dort gewohnt?«

Giraud zuckte die Achseln. »Es wird ihm dort gefallen haben!«

»Aber was hat er in Sessenheim gemacht?«

Giraud tat, als überlege er, aber Hanna glaubte ihm nicht. »Er hat sich für die Kultur unserer Region interessiert. Nun, ich kann es Ihnen sagen, Sie werden es sowieso erfahren, und es ist ja eigentlich auch kein Geheimnis: Er wollte wohl einen Reiseführer über das Elsaß schreiben. Eine Art Kunstreiseführer – einen literarischen Reiseführer, mit Gedichten, Rezepten, Liedtexten, solchen Dingen eben!«

Etwas in Girauds Stimme ließ Hanna aufhorchen.

»Seien Sie ehrlich und vergessen Sie einmal, daß Sie Polizist sind! Sie glauben das nicht!«

Giraud seufzte.

»Nein, ich glaube es nicht!«

»Und was glauben Sie?«

Er winkte der Kellnerin zum Zahlen. Sie kam, hübsch gekleidet in eine traditionelle Tracht. Hanna war es immer peinlich, wenn jemand anders für sie bezahlte, sie wußte nicht einmal genau warum, und so wandte sie den Kopf, um die Endsumme nicht zu sehen. Durch die Butzenscheiben hatte sie nur einen milchigen Blick auf die Gasse draußen, deshalb war sie auch ganz sicher, daß sie sich täuschte, als sie plötzlich meinte, Lucien gesehen zu haben. Und doch war es eine grünblaue Lederjacke gewesen, genau wie seine, und es war sein Gang.

Sie sprang auf, ohne es wirklich zu wollen, und eilte ein paar Schritte und eine Stufe nach oben auf die kleine Straße. Doch zu spät. Kein Lucien weit und breit. Und die schlanke Frau mit den rötlich blonden Locken, die gerade plaudernd um die Ecke verschwand, hatte nun wirklich keinerlei Ähnlichkeit mit Lucien ...

Gedankenverloren kehrte Hanna ins Café zurück.

»Ich dachte, ich hätte jemanden gesehen. Jemanden aus Frankfurt!« sagte sie mit leiser Stimme.

Giraud beobachtete sie.

»Wo Sie das nun gerade sagen: Eigentlich ist das nichts für Ihre Ohren, aber meine ganz private Meinung ist, daß Monsieur Fischer Opfer einer Frankfurter Bande von Schiebern oder Drogenhändlern geworden ist. Irgendein Racheakt, denn sein Geld war ja noch da. Man wollte etwas anderes. Und diese Art von Verbrechen paßt nicht ins Elsaß!«

»Vorurteile haben Sie wohl gar nicht. Waren Sie im Zuge Ihrer Ermittlungen denn mal in Frankfurt?«

Giraud schaute trotz seiner scharfen Gesichtszüge ein wenig wie ertappt.

»Nein, wir haben per Fax und Telefon mit den Frankfurter Kollegen zusammengearbeitet!«

»Aha. Am besten fahren Sie mal an den Main und überzeugen sich, daß es dort nicht nur Kriminelle gibt!«

»Bon. Wenn Sie mir die Stadt zeigen!«

»Warum nicht?« lachte Hanna, und dann wunderte sie sich: weil sie gar nicht mehr beunruhigt an den Mann dachte, der Lucien so ähnlich gesehen hatte, und weil sie sich darauf freute, das nächste Mal nach Frankfurt zu fahren ...

12. KAPITEL

KEINER BESCHEIDET SICH GERNE MIT DEM TEILE, DER IHM GEBÜHRT

Der Empfang, den ihr die Familie Schluchter bereitete, war alles andere herzlich. Wenn man überhaupt von Empfang sprechen konnte. Bedachte sie, wie freundlich Goethe in den elsässischen Familien aufgenommen worden war, konnte sie nur feststellen, daß sich die Zeiten geändert hatten. Aber schließlich hatte Goethe dem Pfarrer Brion auch versprochen, ihn bei der Planung eines neuen Pfarrhauses zu helfen. Dann allerdings hatte er keine Lust und keine Zeit mehr dazu gehabt und hatte den Auftrag an jemand anderen weitergegeben. Gedrückt hatte er sich gerne, der Gute ...

Die Schluchters, besonders der nach wie vor finster wirkende und Hanna zutiefst unsympathische Georg, taten fast so, als hätten sie vergessen, daß sie kommen wollte. Alle schienen sie auf einmal irgend etwas zu tun zu haben.

Der alte Schluchter reparierte etwas an dem Treppenaufgang zu dem winzigen Häuschen, in dem Fischer wohl gewohnt hatte. Madame Schluchter werkelte intensiv in der Küche, in Schüsseln und Tiegeln, ihre Ärmel waren hochgekrempelt, kräftige, rötliche Arme quollen daraus hervor. Georg selbst nickte kurz zur Begrüßung und begab sich dann mit einer Holzkiste in den hinteren Teil des Innenhofes, von wo Hanna Hühner hörte.

Hanna ärgerte sich.

Schließlich hatte sie – ohnehin verspätet – auf den Kauf jeglicher Kleidungsstücke in Straßburg aus Zeitgründen verzichtet und nicht einmal einen Blick in die verlockend schicken Schaufenster geworfen, die beinahe an Paris erinnerten, sondern war direkt nach Sessenheim gefahren, ganz abgesehen davon, daß sie sich durchaus noch länger mit Giraud hätte unterhalten können.

»Hätten Sie jetzt etwas Zeit? Ist Nicole da?« rief sie in die Küche, deren Fenster zum Hof hin seitlich offenstand.

»Kommen Sie doch rein!« rief Madame Schluchter munter und einigermaßen freundlich. »Wir beißen nicht. Nicole kommt gleich. Sie wollte sich doch etwas Neues zum Anziehen kaufen.«

»In Hagenau?«

»Nein, da ist alles so teuer. In Straßburg!«

Aha, dachte Hanna verbittert. Da haben wir's. Sie ist in Straßburg zum Shoppen, und ich schlage mich hier mit ihrer bissigen Verwandtschaft herum. Warum mache ich all das eigentlich? Warum liege ich nicht in der Sonne in meinem Innenhof und lasse mir von meiner Katze die Fußsohlen abschlecken.

Dennoch nahm sie am Küchentisch Platz, sich unbehaglich umschauend. Es roch säuerlich nach Kohl.

Wie eifersüchtige Buben kamen Georg und Monsieur Schluchter in die Küche, um mit Hanna zu reden. Nacheinander wuschen sich die Männer die Hände, und Monsieur öffnete eine schlanke Flasche Wein ohne Aufschrift. Routiniert stellte Madame Gläser auf den Tisch.

»Ja, ewig haben wir nicht Zeit!« sagte Georg. »Was wollten Sie noch wissen?«

»Haben Sie Herrn Fischer in der Zeit, als er bei Ihnen gewohnt hat, näher kennengelernt? Hat er beispielsweise mittags oder abends mit Ihnen gegessen?«

Madame Schluchter antwortete: »Gefrühstückt hat er da drüben in unserem kleinen Raum, es sind nur drei Tische drin. Mehr Zimmer haben wir ja auch nicht, wissen Sie, da habe ich ab und zu mit ihm gesprochen. Er hat morgens immer die Zeitung von uns bekommen.«

»Ja, das hat er. Der einzige, der je bei uns gewohnt hat, der sie gelesen hat!« knurrte Monsieur Schluchter. »Ein wahres Wunder!«

»Mittags essen wir zu unterschiedlichen Zeiten, und abends, da ist er meist ins Restaurant gegangen, aber es kam schon vor, wenn es warm war, daß wir zusammen gegessen haben! War sowieso ein dünnes Bürschle, hat nicht viel gegessen!«

Daußen klappte eine Autotür, Schlüssel klimperten, die Tür ging, und Nicole kam herein, eine Tüte in der Hand. Sie sah auf eine nachdenkliche Weise entschlossen aus und wirkte dabei frisch und hübsch. Ihr Anblick, ihr Hereinkommen erinnerte Hanna an etwas, irgendeine ihr vertraute Situation, aber sie konnte sie nicht fangen, so schnell und intensiv sie auch in ihrer Erinnerung forschte.

Schnelle Worte und Fragen, Antworten und Bemerkungen flogen zwischen Bruder und Schwester hin und her, in so starkem Elsässerditsch, daß Hanna nicht ein Wort verstand.

Offenbar wollte man etwas vor ihr verheimlichen, und Hanna ärgerte sich.

»Was hat Herr Fischer denn den ganzen Tag über in Sessenheim gemacht?«

Georg zuckte die Achseln.

»Rumgelaufen, sonst eigentlich nichts!«

»Das stimmt nicht!« sagte Nicole. »Er wollte eine Arbeit schreiben. Einen Führer zum Elsaß mit Landschaftsbeschreibungen von Dichtern und von bedeutenden Leuten wie etwa Albert Schweitzer.«

»Schweitzer?« fragte Hanna verblüfft. »Was hat denn der mit dem Elsaß zu tun?«

»Er war Elsässer!« erwiderte Georg eiskalt. »Zufällig war er Elsässer!«

»Das wußte ich nicht!« seufzte Hanna. »Wirklich nicht, tut mir leid!«

Schweigen. Es kam Hanna vor, als würde ihr absichtlich nicht nachgeschenkt.

Aber jetzt war ihr auch schon alles egal.

»Zurück zu Herrn Fischer. Hatte er denn schon einen Verlag? Irgendeinen Auftrag für das Projekt?«

»Das wissen wir nicht!« erwiderte die Mutter fest. »Von einem Verlag hat er nichts gesagt!«

»Und was hatte er da alles schon so zusammengetragen? Ich meine, kam er gut voran?«

»Ich denke schon. Er hat sich jedenfalls nicht beklagt.«

»Und warum ist er ausgerechnet nach Sessenheim gekommen? Wäre er nicht in Hagenau oder in Straßburg besser dran gewesen, mit Bibliotheken und so weiter?«

Monsieur Schluchter zuckte gutmütig die Achseln. »Es gefiel ihm hier eben! «

»Und außerdem war Goethe schließlich mal hier« sagte Hanna. »Nicht wahr?«

»Schon!« sagte Monsieur Schluchter. »Es waren viele junge Herren wie der Goethe hier, damals. Bei den Brions gingen sie geradezu aus und ein. Na ja, der Goethe hat sie sitzenlassen, im Sitzenlassen war er sowieso groß. Ernstes hatte er nicht im Sinn, seine Kräfte ausprobieren, ins Bett, aber dann nichts wie weg in die Stadt nach Deutschland. Später kam noch einer, der Lenz, der hinter der Friederike her war. Aber heute gibt es das Pfarrhaus nicht mehr. Dem Fischer hat's halt hier gefallen, und es war billig.«

»Das tut alles nichts zur Sache. Was sollen die alten Geschichten!« unterbrach Georg unwirsch.

»Wissen Sie etwas über Herrn Fischers Lebensumstände in Frankfurt? War er verheiratet? Hatte er Familie?«

»Nein!« sagte Nicole bestimmt. »Er war allein! Seine Eltern hatten eine Tankstelle, irgendwo bei Frankfurt im Norden glaube ich. Verheiratet war er nicht.«

Aha, dachte Hanna. Das weißt du wohl ganz genau. Bist ja schließlich auch nicht verheiratet.

»Und sein Studium? Hatte er ein Studium abgeschlossen?«

»Von einem Studium wissen wir nichts!« erklärte Georg barsch. »Er hat seine Miete regelmäßig bezahlt, und er hat nicht weiter gestört. Alles andere interessiert uns nicht!«

»Er hat wochenlang bei Ihnen gelebt, und trotzdem interessiert das alles Sie nicht? Jetzt wo er tot ist? Jedenfalls ist er doch nachts umgebracht worden. Um Mitternacht. Ging er denn öfters so spät noch aus dem Haus?«

»Woher sollen wir das wissen?« fragte Madame. »Nachts schlafen wir. Wir arbeiten am Tag. Alle. Und nachts, da schlafen wir.«

Hanna versuchte verzweifelt, ein paar letzte Fragen zu stellen.

»Hatte er Freunde? Kam ihn öfters jemand besuchen?«

»Nein. Nie!« sagte Georg und stand auf. »War's das jetzt?«

»Wo sind denn all die Unterlagen, die er so zusammengetragen hat?«

Achselzucken.

»Die Gendarmerie hat alles mitgenommen. Wahrscheinlich haben sie die Sachen dann nach Frankfurt geschickt oder eben in den Ort, wo seine Eltern lebten.«

Hanna notierte sich, daß sie Giraud nach der Heimatadresse fragen müßte.

»Dürfte ich mir sein Zimmer mal ansehen? Oder ist es schon wieder vermietet?«

»Nein!« knurrte Monsiur Schluchter. »Es war ja bis gestern nachmittag versiegelt. Die Spurensicherung war hier. Da werden Sie nichts mehr finden.«

Hanna war erstaunt.

»Ich will auch nichts finden, wissen Sie. Ich will nur ein Gefühl für die Atmosphäre des Raumes bekommen.«

»Atmosphäre!« Georg lachte höhnisch. »Also gut, gehen wir unsere elsässische Atmosphäre einsaugen!«

Die gesamte Familie, ohne Nicole, die wie erstarrt am Tisch sitzenblieb, wanderte im Gänsemarsch über den mit unebenen Steinen gepflasterten Hof.

»Wie alt ist das Anwesen hier eigentlich?«

»Etwas über hundert Jahre«, sagte Georg.

Gemeinsam stieg man die enge Treppe aus knarrenden Dielen zum ersten Stock hinauf, wo drei kleine niedere Türen mit den Ziffern eins bis drei die Zimmer verbargen.

»Da!« Madame schloß auf. »Da hat er gewohnt.«

Das Zimmer war winzig, mit schrägen Wänden und einigen Balken, die die Decke stützten. Bett, Nachtschrank, Kleiderschrank, eine Art Waschtisch mit Marmorplatte, Spiegel, ein Tisch mit Stuhl davor. Kleiderhaken, Waschbecken und noch ein Stuhl mit Korbsitzfläche. Am Boden ein verblaßter Flickerlteppich, vor dem Bett ein schmuddelig wirkender Läufer.

»Es ist nichts mehr von ihm übrig!« sagte Georg, und Hanna bildete sich ein, Triumph in seiner Stimme zu hören. »Alles weggeschafft!«

»Und saubergemacht ist auch schon!« vermeldete Madame.

Hanna nickte. Wie kamen diese Privatdetektive, Polizisten oder investigativen Reporter in amerikanischen Filmen eigentlich immer dazu, in einem aufgeräumten, leeren und saubergemachten Zimmer doch noch was zu finden. Wie? Sie bücken sich ganz einfach, und da liegt irgend etwas.

Probeweise bückte sich Hanna, sah unter das Bett, aber da war absolut nichts.

Nicht mal Staub. Wie hatte sie angesichts einer properen Hausfrau wie Madame Schluchter daran zweifeln können.

Gemeinsam ging man nach der Besichtigung des Zimmers wieder zurück in die Küche.

Nicole saß noch unten am Tisch, so, wie sie sie verlassen hatten. Hanna fiel auf, daß sie mindestens noch ein Glas Wein getrunken haben mußte, die Flasche war leer.

»Gut, ich gehe dann«, sagte sie und spürte kein Bedauern auf Seiten ihrer Gastgeber, wenn man Schluchters überhaupt so bezeichnen mochte. »Darf ich wiederkommen, wenn ich eine Frage habe?«

Georg zuckte die Achseln.

»Von mir aus. Aber bei uns werden Sie nichts finden. Wir haben ihn nicht umgebracht ...« Er lachte höhnisch, »wir mögen doch unsere Touristen. Wir lieben sie geradezu!«

»Den Eindruck habe ich nicht!« sagte Hanna. »Wissen Sie, einen gewissen Nationalismus kann ich verstehen, bei den Bretonen oder meinetwegen in Großbritannien bei den Iren, aber es gibt doch im Elsaß keinen wirklichen Grund, so feindselig zu sein.«

»Ach nein? Spielball der Interessen, heute Kolonie der Deutschen? Sehen Sie hier irgendwo eine große Fabrik, wo wir arbeiten könnten, außer einer riesigen Chemiefabrik bei Straßburg, die den Rhein verpestet und in Deutschland keine Genehmigung bekommen hat?«

Und dann begann dieser eigenartige klötzerne Mensch ein Gedicht zu deklamieren, und das war gewiß nicht von Goethe:

Em Elsass isch güet lawa
Drum kummese alli so garn ze uns
D'r Schwitzer Lölli und d'Schwowe
Han alles um e sunscht
Sie käufe unsre Alterdum
Bringe unsri Kueche um
Se käufe d'Hieser im ganze Tal
Oder bäue Bunker s'esch ne egal
Se bäue Fabrike verbote bi ihne
Und d'Elsässer schaffe drewe

Er verstummte. Hanna starrte ihn hilflos an. »Ich verstehe das nicht«, sagte sie nur, » es ist ein so freundlicher Landstrich. Die Häuser, die Leute, die karierten Vorhänge, so einladend ... und so französisch!«

»Oh!« sagte Georg, »das wollen sie doch haben, die Touristen. Ein großes Freilichtmuseum sind wir, und wir wissen, wie wir uns zu kleiden haben, damit wir da hineinpassen.«

Und er zitierte nochmal, während Nicole verlegen wegsah,

Großvatter geh nüs mach d'Schluppkapp uf's Ohr
Worsch photographiert des kommt noch mol so...

»Georg!« sagte Nicole.

»Warum vermieten Sie dann auch Zimmer?« fragte Hanna aggressiv. »Sie leben ja auch von den Touristen?«

»Weil wir nicht wüßten, von was wir sonst unser Haus erhalten sollten!« sagte Georg. »Und jetzt entschuldigen Sie uns – ich habe zu tun!«

Hanna ging, Madame Schluchter begleitete sie zum Hoftor.

»Haben Sie zur Zeit noch andere Gäste?« erkundigte sich Hanna, nicht weil es sie wirklich interessierte, sondern nur um die aggressive Atmosphäre zu entgiften.

»Ja, ein alter Herr aus München, der gerne nach Baden in die Spielbank geht, und eine junge Frau aus Paris. Der alte Herr fährt nächste Woche, wie lange sie bleibt, weiß ich nicht. Ich glaube, sie sucht eine Stelle hier in der Nähe. Ich weiß nicht warum!«

Oh, je, dachte Hanna, ich glaube, du weißt überhaupt herzlich wenig.

Das Hoftor fiel hinter ihr zu.

Hanna sah auf die Uhr.

Halb sechs. Es war nicht mehr so heiß, die Luft hatte schon den würzigen Duft des beginnenden Abends. Im Hintergrund lockten sommerlich die Felder und Wäldchen, die Rheinauen und die staubigen Wege. In den Gärten ringsum wetteiferten Salatköpfe, reiche Blumen, Kräuter und Obstbäume. Hanna schnupperte. Es roch wie in ihrer Kindheit.

Eine halbe Stunde Spaziergang würde sie sich noch gönnen. Sie wanderte den Weg entlang, überquerte eine Fahrstraße, ging weiter in Richtung Rheinauen. Die Schatten der Bäume bildeten Muster auf den Weg, ab und zu schossen sportlich schwitzende Radler vorbei.

An den Rheinauen nahm die Zahl der Radfahrer noch zu, die meisten waren Deutsche. Sie hatten rote Gesichter, waren verschwitzt und wirkten angestrengt.

Hanna lächelte und setzte sich auf eine Bank, neben der kein Abfalleimer stand und die deshalb auch nicht von Mücken und Wespen umschwirrt war.

Der Altrhein lag finster und beinahe reglos vor ihr, an seinen Ufern, die dicht bewachsen waren, zirpte und girrte es aus tausend Kehlen.

»Bleiben Sie ruhig sitzen!« sagte jemand aus dem Gebüsch hinter ihr in stark elsässich gefärbtem Deutsch, »ich war nur mal hinter dem Baum ...«

»Ich kann mich auch woanders hinsetzen!« sagte Hanna und wandte verlegen den Blick von dem kleinen älteren Herrn mit Schnurrbart und Baskenmütze, der in aller Gemütsruhe noch den letzten Knopf an seiner grauen, viel zu langen und viel zu weiten Hose schloß.

»Hier ist es gut. Keine Wespen!« sagte der Mann. »Bleiben Sie ruhig! Sie waren bei den Schluchters. Wegen dem Fischer?«

Hanna sah ihn erstaunt an.

Er zuckte die Achseln.«Ich bin der Karl Niederthaler. Ich wohne gegenüber mit meiner Schwester. Ich kann alles sehen, wenn ich will!«

»Und da haben Sie mich gesehen?«

Hanna glaubte nicht an ihr Glück. Karl Niederthaler

hatte vielleicht in der Mordnacht gesehen, was mit Fischer passiert war. In ihren Visionen sah sie ihre Reportage schon auf der Titelseite. Die Überschrift: »Der einzige Zeuge!«

»Ja. Sie!«

»Und den Fischer? Haben Sie den auch öfters gesehen?«

Der Alte nickte bedächtig. *»Naturellement. Parlez-vouz français?«*

»Ich?« Hanna war überrascht von der Wendung, die das Gespräch genommen hatte. *»Un peu.* Warum?«

»Ich habe es gelernt, auf der Abendschule. Nach dem Krieg. Aufgewachsen bin ich mit Elsässerditsch und Deutsch. Meine Mutter konnte nichts anderes. Aber nach dem Krieg ... also, eine feine Sprache ist das, das Französische. Paßt doch gut zu uns ins Elsaß. Ich finde, es ist eine feine Sprache. »

»Sie sind also gern Franzose?«

»Natürlich. Ist doch besser als Preuße, und allein könnten wir hier im Elsaß doch nicht überleben. Wir haben ja nichts. Nur Straßburg und den Wein. Irgendwas waren wir ja immer, jetzt sind wir Franzosen, und ich find das gut. Aber manche finden es nicht gut.« Er kicherte. »Vor Jahren, da haben sie die Frundi Elsäss gegründet, so ein paar Liedermacher und Dichter. Aber was soll das? Die Elsässer sind Bauern, und die Bauern sterben aus, und damit auch unsere Sprache. Es gibt nur noch alte Bauern. Und wenn es keine Bauern mehr gibt, dann leben wir auch nicht mehr so wie früher. Man muß sich eben anpassen!«

Er holte eine Pfeife heraus und zündete sie umständlich an.

»Um auf Herrn Fischer zurückzukommen ...« sagte Hanna.

Das Lachen des Alten hörte sich an wie raschelndes Papier. »Die Gendarmerie hat mich schon befragt. Dabei habe ich nur guten Tag und Adieu zu ihm gesagt, vor seinem Tod hatte ich ihn tagelang nicht gesehen, war ein komischer Mensch, ruhig, hat viel gelesen glaube ich, Gedichte. Seltsam. Keine Frauen. Vielleicht war er ...« Der Mann sog an seiner Pfeife und kniff ein blaues Äuglein zu, »anderer Fluß oder wie sagt man bei eich? Schwül.«

»Homosexuell?«

»Na ja, doch ein paar Mal war ein Besuch da, auch aus Frankfurt, auch so eine magere Person, blond und blaß und auch ein Mann mit einem Schweizer Auto ...«

Karl Hinterthal lachte wieder auf die gleiche Weise.

»Besuch? Und was haben die beiden gemacht.«

»Weiß ich nicht. In die Wohnstube bei Schluchters kann ich leider nicht sehen.«

»Ach, sie waren in der Wohnstube bei Schluchters?«

Der Alte klopfte ärgerlich an seiner Pfeife. »*Mais oui.* Gehört sich doch so bei einem Gast. Ich hab ja gedacht, der Fischer, das gibt mal einen schönen Schwiegersohn für die Simone. Schließlich ist die Nicole noch daheim, aber dann ... als das Mädlein kam!«

Hanna machte den Mund auf, wollte weiterfragen, da sprang er auf. »Oh, *mon dieu!* Ich muß gehen. Schnell. Es gibt Mistkratzerle heut abend, das muß ins Rohr. Meine Schwester kann nicht mehr alles alleine machen und unsere Tochter kommt und hilft. Adieu.«

»Adieu!« sagte Hanna und starrte nunmehr alleine hinaus auf den stummen Rhein. Eine Ente schwamm ans Ufer.

Hanna erinnerte sich an die Prinzessin und schließlich auch an Lucien, stand auf und ging zurück.

»Schluchters ...«, sagte sie zu sich selbst, »haben also gelogen. Er hatte Besuch. Fragt sich, wie oft sie noch gelogen haben?«

* * *

»Da interpretierst Du etwas hinein!« sagte Lucien. Er war gerade der Dusche entstiegen, und Prinzessin saß staunend vor ihm. Sein Haar, feucht noch lockiger, glänzte in ebenholzfarbenem Schwarz, seine Züge waren entspannter als im Alltag, der Sport hatte ihm sichtlich gutgetan. »Diese Schluchters sind einfache Leute. Da darfst du nicht jedes Wort auf die ... *comment est-ce qu'on dit?* Waage legen!«

»Du kennst sie nicht. So einfach sind die nun auch wieder nicht. Nicole ist immerhin Lehrerin. Aber wer war der Besucher? Ist vielleicht doch etwas dran, an dem was Giraud sagt?«

»Giraud?«

»Der Polizist aus Hagenau. Ich habe ihn heute getroffen, zufällig.«

»Hat er Dienst gehabt? Warst du in Hagenau in der Nähe der Polizei?« Lucien warf sich in seine kuschelweiche Freizeitkleidung und schlenderte in Richtung Küche, um dort seiner zweiten Lieblingsbeschäftigung, dem Kochen, nachzugehen.

»Nein, ach das habe ich Dir ja noch nicht erzählt. Ich war gar nicht in Hagenau. Plötzlich hatte ich eine Riesenlust nach Straßburg zu fahren, und das habe ich dann auch gemacht!«

»Nach Straßburg???« Lucien wandte sich sehr rasch und erstaunt um. »Du warst in Straßburg? Warum?«

»Warum denn nicht? Es war herrlich. Wir müssen mal abends hinfahren. Es ist eine wunderbare Stadt. Beinahe wie Paris!«

»Oh, *ma petite!*« Lucien beugte sich vor und küßte sie auf die Nasenspitze, »Du kennst Paris nicht, sonst würde dir so ein Vergleich niemals in den Sinn kommen!«

Abends kochten sie Zanderfilet, tranken Wein, sahen deutsches Fernsehen. Am folgenden Sonntag schliefen sie aus und ließen es sich einfach gutgehen. Lucien studierte mit beinahe jungenhafter Begeisterung ein Buch von einem amerikanischen Manager, der als Bankangestellter begonnen hatte und heute Präsident eines Turnschuhimperiums in Taiwan war. Hanna begann mit einer Modezeitschrift – entdeckte nichts Neues – und las dann in der neuesten Ausgabe von LIFESTYLE. Sie freute sich, allerdings nun mit gemischten Gefühlen, jeden Samstag auf das Klappern am Briefkasten, das die Ankunft eines Heftes ankündigte, doch heute fand sie nichts, was sie interessierte.

»Kochen für zwei. Tips für einen romantischen Abend zu Hause«. »Frankfurt von unten. Das Kanalsystem und seine heimlichen Bewohner«. »Szene – im August. Wohin im Summer in the City«. »Sexoskop für Frankfurter Steinböcke«. »Das Würstchen aus Frankfurt – Fränkforter in New York inzwischen Kult«. »Am Abgrund! – Hintergrund einer Frankfurter Drogenkarriere. Die 16jährige Alice berichtet.«

Dann noch Tips aus den Museen, Kinohits im August, Kabarett – die Mundduscne gastiert im Odeon, Disco: Die geheime Macht der DJs.

Hanna blätterte, las an, brach ab. Irgendwann, Prinzessin lag schnurrend auf ihrem Bauch, schlief sie sogar ein.

Als sie nach ein paar Minuten wieder aufwachte, griff sie automatisch nach links, fand aber nicht die Zeitschrift, die nach rechts gefallen war, sondern ihre Finger berührten ein Buch.

Dieser Goethe! Automatisch hatte sie ihn mit in den Garten genommen.

Lucien, entspannt durch Wärme und Sonne und Sonntagsruhe, war ebenfalls eingeschlafen, seine Züge gelöst, sein weicher Mund lächelnd.

Hanna öffnete ihren Goethe und las, wie er das Münster bestiegen hatte: *»Und so sah ich denn von der Plattform die schöne Gegend vor mir, in welcher ich eine Zeitlang wohnen und hausen durfte: die ansehnliche Stadt, die weitumherliegenden, mit herrlichen dichten Bäumen besetzten und durchflochtenen Auen, diesen auffallenden Reichtum der Vegetation ... herabgestiegen von der Höhe verweilte ich* *noch eine Zeitlang vor dem Angesicht des ehrwürdigen Gebäudes ...«* Ja, dachte Hanna, es ist wirklich ehrwürdig. Sie las weiter, verfolgte die Berichte über Goethes Tischgenossen, seinen gemächlichen Universitätalltag und über die Straßburger. Hanna mußte lächeln: *»Die Straßburger sind leidenschaftliche Spaziergänger, und sie haben wohl recht, es zu sein. Man mag seine Schritte hinwenden, wo man will, so findet man teils natürliche, teils in alten und neuern Zeiten künstlich angelegte Lustörter, einen wie den anderen besucht und von einem heiteren lustigen Völkchen genossen.«*

Hanna überlegte, was aus Goethes Sicht wohl »Lustörter« gewesen sein mochten. Heute wären es Kinos und Fitneßstudios, aber was war es früher gewesen? Sie las weiter und fand bestätigt, daß weder alte aber schon gar nicht der junge Goethe ein Kostverächter gewesen war: *»Was aber hier den Anblick einer großen Masse Spazierender noch erfreulicher machte als an anderen Orten, war die verschiedene Tracht des weiblichen Geschlechts ...«* Amüsiert verfolgte Hanna des späteren Geheimrats Beschreibung von aufgesteckten Zöpfen oder kurzen Rökken, der städtischeren französischen Kleidung ... Hannas Augen flogen über die Seiten, es war wirklich interessant. Und laut lachen mußte sie, als sie las, man habe Goethe empfohlen, stets feinlederne Unterstrümpfe zu tragen, *»um mich gegen die Rheinschnaken zu sichern, welche sich an schönen Sommerabenden über die Auen und Gärten zu verbreiten pflegen.«*

Hanna schlummerte wieder ein. Und wie es sich für eine gute Journalistin gehört, kamen ihr im Halbschlaf die besten Ideen ...

* * *

Am Montag mußte Lucien dienstlich nach Lyon. Hanna maulte ein wenig. »Kommst du spät?«

»Nicht nach acht. Paß auf dich auf.«

Er zog eines seiner auffallend karierten Jacketts an, pfiff dabei, strich sich durch die Locken und entschwand nicht ohne einen Kuß auf die Spitze von Hannas Nase, die beleidigt unter der Bettdecke hervorstach.

Doch Hanna blieb nicht viel Zeit zum Beleidigtsein. Ein unüberhörbares Schnurren ertönte vom anderen Ende der Bettdecke, ein graues Dreieck, mit runden ausgeschlafenen Katzenaugen, in denen eindeutig »lieb mich und zwar jetzt« geschrieben stand. Hanna lachte, streckte die Hand aus, »Komm, du kleine Nervensäge. Hat dir Papa deine Milch noch nicht gegeben?«

Doch, da zitterte ein winziger Kondensmilchtropfen am Schnurrbarthaar der Schönen in Grau.

»Also, paß auf. Heute gehe ich zum Pfarrer. Denn wohin würde ich mich wenden, wenn ich ein Buch schreiben würde, über die Kultur und die Lebensart einer Region?« Prinzessin starrte sie aufmerksam an. »Richtig, *ma petite!* An den Pfarrer! Und genau dahin werde ich heute gehen!«

Sie verspürte Abenteuerlust und Optimismus, doch nach dem Duschen stand Hanna vor der Frage, die sie aber aus Pietät nur flüsterte: »Was zum Teufel zieht man bloß an, wenn man einen Pfarrer besucht?«

Pfarrer Berger war das vermutlich ziemlich egal. Er sah aus, als würde er es kaum bemerken, wenn jemand in einem Narrenkostüm vor ihm säße. Alles an ihm war wirr und zerstreut.

Sein Haus, das ausgewiesene Pfarrhaus gegenüber der mächtigen Kirche, von der es allerdings durch die Fahrstraße getrennt war, verfügte beispielsweise mitnichten über den Vorzug einer Klingel.

Hanna überwand ihre Angst vor großen Hunden, schlich mehrmals um das Haus, übrigens kein typisches Elsässerhäuschen, sondern ein praktisches quadratisches Ding in scheußlichem Sienabraun.

Schließlich klopfte sie an eine Tür, von der sie annahm, es sei die Eingangstür. »Ich komme sofort, einen

Moment!« ertönte eine weibliche Stimme von drinnen. Türen klapperten, Schritte, eine Frau mit Schürze und offenem Haar öffnete, auf dem Arm einen fetten schwarzen Kater. »Pardon, aber er will seine Medizin nicht nehmen. Der Tierarzt hat gesagt, zweimal am Tag ein paar Tropfen.«

»Ach? Ja, ich habe auch eine Katze!« sagte Hanna verwirrt. »Was fehlt ihm?«

»Prostata!« erwiderte die Frau sachlich, und dann so als habe sie sich gerade vorgestellt: »Und Sie? Wollen Sie ins *musée*? Da hinten ist die Scheune. Sie brauchen nur reingehen.«

»Die Scheune?«

»Wollen Sie nicht in die Goethe-Scheune?«

»Ich wollte fragen, ob ich ganz kurz mit dem Pfarrer sprechen könnte!«

»Mit meinem Mann?« Sie sah auf die Uhr. »Ich weiß nicht, ob er Zeit hat. Es hängt davon ab, ob er die Predigt schon fertig hat. Heute mittag ist ein *enterrement*!«

»Ach so!« erwiderte Hanna höflich, ohne eine Spur von Ahnung, daß dies das französische Wort für »Beerdigung« war. »Wie schön!«

Die Pfarrersfrau sah sie etwas erstaunt an. »Ich frage ihn!«

Sie lief über ziemlich häßlichen, an vielen Stellen schon ausgerissenen Linoleumboden ins Hintere des zugigen Hauses, öffnete eine Tür, schloß sie wieder, kehrte zurück.

»Kurz hätte er Zeit, aber um zwölf essen wir. Gehen Sie doch erst in die Scheune!«

Hanna wandte sich dem halb verfallenen Gemäuer zu, sah hinein in eine unaufgeräumte, modrige Scheune, las den verwitterten Text, das dies die Scheune sei, die Goethe besucht habe, lief dann am Pfarrhaus vorbei in Richtung Kirche, die von einer schönen Rasenfläche umgeben war. An der südlichen Außenwand waren, durch einen Pfeil gekennzeichnet, die Grabplatten der beiden Brion-Eltern eingemauert. Hanna beugte sich vor.

»Hier schläft in seinem Erlöser der Hochehrwürdige und hochgelehrte Johann Jakob Brion, treueifriger Lehrer hiesigen Kirchspiels. Seines Alters 70 Jahr und 6 Monath«

Hanna las weiter die Worte darunter

Stehe still und weine,
Christ und Menschenfreund,
hier ruhen die Gebeine
eines Mannes, der vereint
Tugend pries und Tugend übte,
Gott in seinem Leben liebte.

Soviel Tugend! dachte Hanna.

Nachdenklich ging sie ins Pfarrhaus zurück, wo sie diesmal willkommen war.

Der Pfarrfrau folgte sie – kleine Dankesbemerkungen murmelnd – schließlich in ein großes häßliches Zimmer, vollgestopft mit Büchern, Akten, Bildern, Bastelutensilien und einem Pfarrer Berger, der vor einem altmodischen Telefon hockte, in das er hineinschrie. »*C'est ça,* ich komme um drei, und es niemals ... *Non, c'est une question d'administration.* Nein, ich versteh', aber es geht nicht anders, *vouz-comprenez?*«

Hanna setzte sich ganz vorne auf einen Stuhl, der schäbig aussah und knarrte, ohne dabei den Ruhm des Antiken zu tragen. Er war nur einfach schäbig und billig wie der Rest der Einrichtung.

»Ah oui. Et vouz?« Pfarrer Berger war vielleicht um die Fünfzig, hatte sandfarbenes kurzes Haar, das kräftige rötliche Gesicht, das man in der Region öfters fand, und einen intelligenten Mund.

»Hätten Sie fünf Minuten Zeit für mich. Ich bin ... Deutsche!«

Pfarrer Berger lachte, »Ich wüßte nicht, was das eine

mit dem anderen zu tun hätte. Außerdem wird es bestimmt länger dauern. Wer einen eilig fünf Minuten sprechen will, hat meistens eine Frage oder ein Problem, das länger dauert! Sonst käme er nicht unangemeldet.«

»Das tut mir leid!« sagte Hanna. »Darf ich mich vorstellen? Mein Name ist Hanna Kupferschmitt. Ich bin Journalistin aus Frankfurt und interessiere mich für Herrn Fischer, den Mann, der vor ein paar Tagen umgebracht wurde!«

Pfarrer Bergers Augen wurden wachsam, er nickte nur. »Gut. Und?«

»Ich war bei den Schluchters, die mir sagten, daß er eine Art literarischen Reiseführer über das Elsaß schreiben wollte. Ich könnte mir denken, daß er auch bei Ihnen war!«

Pfarrer Berger sah sie lange an. Dann stand er auf, trat ans Fenster, sah hinaus. »Ja!« sagte er schließlich, »er war hier!«

»Und er hat Ihnen Fragen gestellt.«

»Hat er!«

»Fragen über Dichter und Maler, die die Region besucht haben?«

»Genau!« sagte Pfarrer Berger. »Das stimmt. Aber er hat gelogen.«

Hanna seufzte. Giraud hatte also recht. Das Bücherschreiben war nur ein Vorwand gewesen. Fischer war anderen – düsteren Geschäften nachgegangen, Drogengeschäften vielleicht.

»Ja?« fragte sie und konnte nicht verhindern, daß es irgendwie niedergeschlagen klang. »er hatte also keine Ahnung, er hat nicht für ein Buch recherchiert?«

Pfarrer Berger kniff verlegen die Lippen zusammen. »Das kann ich nicht beurteilen. Möglicherweise wollte er ein Buch schreiben. Er war gebildet, kannte sich aus. Aber er hat sich nicht für Dichter interessiert. Er wollte nur von einem wissen.«

»Von wem?« fragte Hanna, aber sie ahnte die Antwort schon.

»Von Goethe!«

»Von Goethe?«

Der Pfarrer lächelte. »Nun, gar so erstaunlich ist das nun wieder nicht. Die meisten Menschen, die in dieses Pfarrhaus kommen, interessieren sich für Goethe. Sie wollen die Scheune sehen, gehen rund um die Kirche, laufen von hier nach Dalhunden und zurück – ein Weg, den Friederike und Wolfgang gegangen sind. Sie möchten wissen, wo der Friederikenhügel ist – er ist übrigens am Ausgang der Stadt Richtung Stadtmatten und man kann ihn noch deutlich erkennen. Im Sommer gibt es sogar einen Verkaufskiosk dort. Es kommen Deutschlehrer, Germanisten, Rentner, Reisegruppen oder einfach nur Interessierte.«

»Seit der Öffnung gibt es sicherlich auch viele Besucher aus der ehemaligen DDR, vielleicht aus der Weimarer Gegend?«

Der Pfarrer schüttelte den Kopf. »*C'est étrange.* Das hat mich auch gewundert, *mais non*. Kaum jemand von da. Aber, wo Sie gerade Weimar erwähnen, meinen Sie, ich sollte diesen Eintrag des Pfarrers von 1850 über die Moral der Friederike Brion mal zur Goethe-Gesellschaft nach Weimar schicken? Glauben Sie, es interessiert dort? Ich glaube, das Dokument ist noch unbekannt.«

»Aber sicher!« sagte Hanna, die allerdings noch nie etwas von der Existenz dieser Gesellschaft gehört hatte. »Auf Neues sind die bestimmt scharf, jede Wette!« Dann besann sie sich, mit wem sie sprach und verbesserte sich. »Ich könnte mir denken, man interessiert sich sehr für Neues dort!«

Der Pfarrer nickte inmitten seines Chaos beinahe schüchtern.

»Ehrlich gesagt, ich hätte nicht gedacht, daß es überhaupt noch etwas Neues über Goethe zu entdecken gibt!« bemerkte Hanna. »Das muß doch alles tausendmal ausgeforscht sein.«

»Das ist es!« erwiderte der Pfarrer und sah auf seine altmodische Armbanduhr mit den groben Zeigern. » Es ist bald Zeit zum Essen. Möchten Sie jetzt noch die Scheune sehen?«

»Die habe ich schon gesehen. Aber da ist noch ein anderes Häuschen gegenüber ...«

»Das ist das Goethe-Memorial! Warten Sie, ich gehe rasch mit ihnen hinein.«

Drinnen – eine Enttäuschung. Vergilbte Erinnerungen an französische Dichter und Politiker zur Goethezeit, an die Verhältnisse in Frankreich in jenen Jahren, alte Theaterspielpläne. Vor dem Memorial eine Büste von Goethe mit der Inschrift: *Goethe en Alsace, 2 avril 1770 – 14 aout 1771 Herder, Shakespeare, Rousseau, Diderot, La cathedrale, la terre et le ciel, Friederike Brion. L'éveil du genie.*

»Das Erwachen des Genies!« sagte der Pfarrer neben ihr.

Dann deutete er auf eine andere Inschrift direkt daneben. »Das hat Napoleon über ihn gesagt, als er ihm begegnete, 1808 in Erfurt. *Voilà un homme!*«

»Was bedeutet das?« murmelte Hanna.

Der Pfarrer sah sie nur an, und es schien ihr, als sei sie ihm sehr wichtig, diese schlichte Übersetzung: »Er war ein Mann!« sagte er nur.

13. KAPITEL

Grausam erweiset sich Amor an mir …

Aus Hannas Gesprächsprotokoll mit Pfarrer Alfonse Berger in Sessenheim:

»Um halb sechs war ich wieder zu Hause. Bin noch kurz bei Schluchters in der Rue Friederike Brion vorbeigegangen, nur so aus Interesse, es ist ja nicht weit vom Pfarrhaus. Friederike Brion! Ich habe den Pfarrer gefragt: Es gibt keine Nachkommen der Brions mehr in Sessenheim. Friederike. Schlank und hager, blond und mit hellen Augen, wenn man den Bildern, die der Pfarrer mir gezeigt hat, traut, ist sie ohne Nachkommen gestorben, die anderen alle in andere Orte verzogen; irgendein Nachkomme eines Geschwisterkindes lebe noch in Deutschland, man habe keinen Kontakt zu ihm oder ihr. Weil ich also keine anderen Ziele in Sessenheim kenne, bin ich bei den Schluchters vorbeigeschlendert, aber es war kein Mensch zu Hause. Der alte Herr von gestern hat zwar wieder aus dem Fenster gesehen, mich auch wiedererkannt und freundlich gegrüßt, aber lange haben wir nicht miteinander geredet. Eigentlich sind sie zurückhaltend, die Elsässer. Keiner zu Hause, hat er gesagt. Sie seien bei einer Beerdigung, der deutsche Tourist sei abgereist und die Pariserin früh heute morgen aus dem Haus gegangen. Vielleicht auch abgereist. Deshalb habe jetzt Gelegenheit zur Gesprächsnotiz. Ach, bin ich professionell! Petra Woll würde sich wundern. Meine Artikel für LIFESTYLE waren meist so schnell geschossen, rasch und oberflächlich recherchiert, daß es sich kaum gelohnt hat, etwas ordentlich aufzuschreiben.

Also, meine Erinnerungen an den guten Pfarrer:

Pfarrer Berger ist ein lebhafter engagierter Mann. Verheiratet, zwei Töchter. Elsässer aus der Gegend von Wissembourg, seit zwölf Jahren in Sessenheim. Die evangelische Kirche stammt in Bauteilen noch aus dem 12., überwiegend aus dem 14., einiges aus dem 20. Jahrhundert. Das Pfarrhaus steht neben der Goethe-Scheune. Brions Pfarrhaus ist vor 1830 abgerissen worden, vollkommen baufällig, das jetzige Pfarrhaus steht auf dem Nachbargrundstück und ist aus dieser Zeit. Auf dem Gelände des ehemaligen Brion-Hauses stehen heute eine Scheuer und ein Wirtschaftsgebäude. Die Scheuer ist noch aus der Goethezeit. Hier hat er sich angeblich mit Friederike zu Schäferstündchen getroffen, aber Pfarrer Berger glaubt nicht, daß sie wirklich etwas miteinander hatten. Pfänderspiele, Ausflüge, Neckereien, ja, aber in dieser Zeit waren Mädchen aus bürgerlichen Familien doch ständig unter Kontrolle. Das Risiko, schwanger zu werden und auf Lebenszeit geächtet zu sein, war viel zu groß. Ich habe mich intensiv mit Friederike und dem Deutschen beschäftigt, aber ich kann nur sagen: Schwärmerei – ja, eine Affäre – nein. Goethe selbst hat sich dazu nur nebulös geäußert, wußte vielleicht selbst nicht genau, was er wollte. Vielleicht waren seine Absichten Friederike betreffend ehrlich, vielleicht nicht. Immerhin hat er ihr ein Band geschickt – das war damals große Mode – gestickte Bänder zu schenken, auf dem stand:

Mädchen, das wie ich empfindet,
reich mir deine liebe Hand!
und das Band, das uns verbindet,
sei kein schwaches Rosenband!

Pfarrer Berger verfügt über den Bericht eines Nachfolgepfarrers von Brion, der auf Anfrage seiner Vorgesetzten über den Zustand der Gemeinde nur das Beste schrieb und auch von den Brions, an die man sich damals im Ort noch lebhaft erinnerte. Ausdrücklich hob dieser die hohe Moral von Friederike hervor.

Auf meine Frage, ob es bei ihm noch unbekannte Zeugnisse von Friederike gebe, in denen sie sich über die das Verhältnis geäußert habe, verneint der Pfarrer: »Das hat mich der Herr Fischer auch gefragt!«

Als Original habe er nur einen Brief (zeigte ihn mir) an der Wand, in dem Friederike ihrem Patenkind ein gutes neues Jahr wünscht.

Er suchte dann aus einem Aktenordner, in dem er verschiedene Schriften aufbewahrt, ein Brief hervor, in dem Goethe an seine *»liebe, neue Freundinn«* schrieb. Er habe sie so lieb, hat er behauptet, und hoffe, sie werde ihm wieder gut sein. In einem anderen Brief spricht er von *»niedlichen und Muthwilligen Lustbarkeiten«* (der Pfarrer mußte mir die seltsame Schreibweise dieser Worte buchstabieren!), und er wolle gar nicht geheilt werden vom *»Herzewehe«* sondern *»offt an die denken«*. Na ja, er mag sie ja lieb gehabt haben, aber trotzdem hat er sie sitzengelassen und jahrelang nicht besucht, selbst wenn er in der Gegend war. Worte kosteten einen wie ihn ja nichts.

Er selbst war jedenfalls überhaupt nicht begeistert davon, daß sich später, noch zu seinen Lebzeiten, allerlei Forscher nach Sessenheim aufmachten, um ihm und Friederike nachzuspüren. In der ihm offenbar eigenen bräsigen Art, die man später manchmal *»die eines verwöhnten Kindes« genannt hat, hat er selbst gesagt: »Wie ich meinen Aufenthalt in Straßburg und der Umgegend darzustellen gewußt, hat allgemeinen Beifall gefunden (...). Diese gute Wirkung muß aber durch eingestreute unzusammenhängende Wirklichkeiten gestört werden.«*

Es war Goethe sehr wichtig, wie er wirkte, wie andere über ihn dachten, und deshalb stellte er auch sein Leben dementsprechend dar.

Habe mir dann die Scheune angesehen, wo Goethe ihr laut eigenen Angaben (der Prahlhans) *»viel hundert Küsse«* gegeben habe. Die Scheune ist ziemlich verfallen. Schwer vorzustellen, daß sie vor zweihundert Jahren als Liebesnest gedient haben soll. So nahe am Haus. Ich muß mir unbedingt den Friederikenhügel ansehen. Seltsam, wie sehr mich die Sache mit Goethe schon gepackt hat. Ich bin dann nach Hause gegangen und habe nachgelesen, was Goethe in *Dichtung und Wahrheit* über Friederike gesagt hat, obwohl ich schon bezweifle, daß er immer die Wahrheit gesagt hat.

»Ich aber kannte keinen Schmerz noch Verdruß in ihrer Nähe...« Und später: *»Ich war grenzenlos glücklich an Friederikens Seite; gesprächig, lustig, geistreich, vorlaut und doch durch Gefühl, Achtung und Anhänglichkeit gemäßigt.«*

Aha, ein gemäßigtes Gefühl also. Gemäßigt durch Achtung und Anhänglichkeit!

Voilà un homme, hat der Pfarrer gesagt ...

Hanna las Lucien am Abend ihr Protokoll vor.

»Was sagst du dazu?«

Lucien streckte sich müde aus und betrachtete den feinen Cognac, der satt in seinem Glas schwenkte.

»Nun, sehr neu ist das alles nicht. Ich weiß nicht, was Herrn Fischer daran interessiert haben könnte!«

»Weißt du ...«, sagte Hanna nachdenklich und kraulte Prinzessin zwischen ihren merkwürdig kleinen Ohren, »ich hatte auch mal so einen Freund, Will Seeberger hieß er. Kennengelernt hatte ich ihn bei einem Open Air Konzert, aber eigentlich war er gar kein Rockfan, sondern bevorzugte Klassik, er hatte die Karte geschenkt bekommen. Und der hat sich total in mich verliebt. Dabei haben wir nicht zueinander gepaßt, auch nicht äußerlich. Er war klein, hatte rabenschwarze Haare, die ihm in einem Kranz um den Kopf wuchsen, außerdem trug er eine Brille. Na ja, aber er war höflich und nett, alles in allem. Jedenfalls war es bei ihm genauso. Nie hat er mich geküßt oder mir an den Busen gegriffen, weil er zuviel Respekt vor mir hatte. Stell dir das vor. Später habe ich erfahren, daß er gleichzeitig ein Verhältnis mit einer älteren Frau hatte, geschieden, schon zwei Kinder, total verhärmt ...«

Lucien sah ungeduldig auf die Uhr. »Hanna, ich höre nicht so gerne von deinen verflossenen Liebhabern, das mußt du schon verstehen. Stell lieber die Nachrichten an!«

»He!« sagte Hanna, stand mit nackten Füßen auf und lief über das sommerlich warme Parkett zu dem kleinen Apparat, » so kenne ich dich ja gar nicht. Eifersüchtig?«

»Entschuldige!« sagte Lucien und trank den letzten Rest Cognac, »ich bin nur müde. Ich glaube, ich gehe ins Bett. Gute Nacht, mein Schatz!«

»Gute Nacht, aber Lucien ...?«

»Ja?« Er drehte sich an der Tür um, den Griff in der Hand.

»Dein Respekt für mich ist aber nicht so groß, daß du nicht ab und zu mal mit mir schläfst, oder?«

Er schmunzelte wie nur Lucien schmunzeln konnte, wenn auch müde und schwach: »Daran soll's nicht fehlen!«

Hanna rief ihm nach: »Ich könnte vielleicht darauf verzichten, wenn du mir als Kompensation so schöne Gedichte schreibst wie Goethe seiner Friederike. Und die verkaufen wir dann und werden reich!«

»Reich ist nicht schlecht!« Lucien lächelte.

Prinzessin miaute. Hanna ließ sie hinaus und folgte ihr in den Hof. »Du paßt aber auf dich auf, nicht wahr?«

Gegenüber klappte Madame Muller gerade ihre altmodischen Fensterläden zu, ein Glimmen am Zaungatter zur Straße verriet die Anwesenheit von Monsieur Muller.

Er beobachtete nickend, wie Prinzessin ihren eleganten Weg über die Straße nahm.

»Guten Abend, Monsieur Muller!« grüßte Hanna. Er winkte freundlich und zog an seiner Zigarre. »Daß sie die hinauslassen, wundert mich!« sagte er, um klares Deutsch bemüht.

»Wieso?«

»So eine Katze, die kostet viel Geld!«

Hanna lachte. »Wieso denn das?«

»Unsre Tochter in Metz hat so eine. Sie hat keine Kinder, wie Sie, deshalb hat sie jetzt das Kätzchen. Das ist auch so eine ...«

»Eine was?«

»Eine Chartreux nennt man sie. Eine Rassekatze. Ich weiß nicht, wie sie auf deutsch heißen, diese Katzen, aber ich weiß, daß sie sehr teuer war. Ich meine, die Tochter hat von 3000 Franc gesprochen.«

Hanna lachte. »Da täuschen Sie sich, Monsieur Muller. Die hat keinen Pfennig, pardon, keinen Franc gekostet. Sie ist aus dem Tierheim!«

»Mon Dieu!« sagte Monsieur Muller, »so ein junges, schönes und wertvolles Tier ins Heim, wer macht denn so was?«

»Es gibt seltsame Menschen!«

»Gute Nacht!«

Nachdenklich ging Hanna ins Haus.

Am nächsten Tag war Hanna depressiv. Das erste Mal, seit sie in Frankreich lebte, war schlechtes Wetter. Alles war grau, und es war überraschend kühl.

Und ganz plötzlich, wie als habe jemand einen Schalter umgelegt, erschien das, was vorher romantisch und beinahe südlich gewirkt hatte, jetzt schäbig und ärmlich.

Hanna betrachtete Prinzessins Fell, das jetzt ebenfalls stein- oder schiefergrau und nicht mehr glänzend silbergrau zu schimmern schien. Wenn man sie genau ansah – sie sah tatsächlich wertvoll aus, die Kleine.

Sie wußte, sie mußte einkaufen gehen. Es fehlte an

Butter, Eiern, an Brot und nicht zuletzt an Katzenfutter, denn ob die zugelaufene Schöne Mäuse fing oder eher nicht, wußte niemand.

Also, auf in den Supermarkt. Hanna hatte niemals verstehen könne, weshalb junge Mütter immer jammern mußten, wie eintönig ihr Alltag war und wie langweilig. Wie oft, wenn sie frierend irgendwo auf einen Interviewtermin wartete, hatte sie sich gewünscht – heimlich allerdings – nichts anderes an diesem Tag zu tun zu haben als einzukaufen, ein bißchen zu putzen, mit den Kindern zu spielen und zu kochen.

Doch jetzt – angesichts der Vorstellung einmal mehr den Wagen, den sie zuvor mit zehn Franc ausgelöst hatte, durch die gleichen unfreundlich und lieblos dekorierten Gänge zu schieben wie gestern, dem Supermarktband mit den Sonderangeboten zu lauschen, deren Text sie nicht verstand – empfand sie plötzlich ebenfalls Langeweile und etwas, von dem sie vermutete, daß es der klassische Frust war.

Und schon früher – zumindest seit sie einen Führerschein besaß – hatte es ein Mittel gegeben, das ihr geholfen hatte: rein ins Auto, Autoradio dröhnend laut, Popmusik, Fenster einen Spalt offen und einfach ein bißchen rausfahren.

Hanna verabschiedete sich von Prinzessin durch einen angedeuteten Kuß auf die kleine dunkelgraue Nasenspitze und verließ Sessenheim. Diesmal nicht in Richtung Hagenau, auch der Versuchung Straßburg wollte sie widerstehen, sie lenkte die Fahrt nach Norden. Hinter Sessenheim, in Richtung Stattmatten, warf sie einen kurzen Blick nach rechts auf den kleinen nackten Hügel, der wie eine weibliche Brust aus dem flachen Grünland und den auslaufenden Gärten der umliegenden Häuschen herausragte. Er sollte prähistorisch sein, aber für Hanna sah er nur aus wie ein ganz gewöhnlicher Hügel.

Sie passierte ein, zwei Orte, fuhr durch Roeschwoog

mit seinen riesigen protzigen Speiserestaurants, dann entlang einer von dichten, prachtvollen Pappeln gesäumten Fahrstraße in kleinen Windungen nach Roppenheim, dem ersten Ort nach (oder vielmehr »vor« verbesserte sich Hanna streng) der Grenze.

Rechts ging es ab nach Deutschland, links in einer Schleife auf die Schnellstraße nach Straßburg und rechts in die Orte Seltz und später Weißenburg. An der Kreuzung stand – etwas zurückgesetzt, eigentlich schon fast auf dem Feld – eine winzige Kirche, so wie man sie manchmal im alpenländischen Raum findet. Hanna, trotz ihrer Skepsis gegenüber allem Religiösen, fühlte sich zu dem Kirchlein hingezogen und beschloß, es sich anzuschauen. Sie parkte das Auto vor einem Restaurant und einer kleinen Keramikwerkstatt an der Kreuzung und lief die paar Schritte, obwohl es nieselte.

Vergebens rüttelte sie am Portal. Ihr Mißmut verstärkte sich, beinahe hätte sie losgeheult. Ihre Reportage bewegte sich keinen Schritt weiter, an die Schluchtersippe würde sie in hundert Jahren nicht herankommen, die waren wie eine mittelalterliche Steinmauer, Giraud meldete sich auch nicht – wie auch? –, Lucien hatte wenig Zeit und schien sich im Grunde kaum für den Mord zu interessieren, ihr Geld wurde weniger, die Langeweile lastete wie Blei auf ihren Schultern.

Hanna schlich zurück zum Auto. Auf der Straße glitten Autos vorüber, die Wirtin des Restaurants, das der Zahl der Autos nach zu schließen schwach besetzt war, knallte ein Fenster zu, und die Tür des Keramikladens öffnete sich.

Hanna neigte sich, um ihre Autotür aufzuschließen, und sah aus den Augenwinkeln, daß es Nicole war, die das kleine Geschäft verließ. Nicole Schluchter. Sie stieg gewandt in ihr Miniauto, wendete so schwungvoll und mutig, wie es hierzulande üblich war und brauste davon.

Hanna schloß ihr Auto wieder zu und betrat den Laden.

Ein kleiner heller Raum – Tische, Bretter und Regale zeigten die Werke des Töpfers: Schüsseln, Becher, Krüge, Lampen, Vasen, Kerzenhalter. Alles in steinigem Graublau, manches modern, das meiste traditionell mit Blumen und Ornamenten, doch trotz allem nicht wirklich gefällig. Es ist, das war Hannas allererstes Gefühl, eine klobige Keramik. Gerade und alles andere als verspielt waren die Formen, die Schalen mächtig und massiv.

»Sie wünschen?« fragte ein bäriger Mann, der aus dem Hintergrund – offenbar seiner Werkstatt – in den Verkaufsraum trat. Er trug eine Schürze, die lehmbeschmiert war, und ein Bröckchen Lehm hing auch in seinen hellbraunen Haaren.

Eine Mischung zwischen einem selbsternannten Künstler und einem schlichten Arbeiter, dachte Hanna.

»Soll es ein Geschenk sein? Ein Souvenir? Für Sie selbst?« Fast mit Routine kamen die Fragen, aber Hanna, normalerweise nicht mit übertriebener Sensibilität gesegnet, vermochte sich gut vorzustellen, wie oft er wohl diese Fragen im Alltag stellte.

»Darf ich mich umsehen?« erkundigte sie sich. Er nickte ein wenig argwöhnisch und blieb im Hintergrund seines Ladens stehen.

Da war ein kleiner Aschenbecher, graublau mit dünnem geschlängeltem Ziermuster. In Soufflenheim und in den Supermärkten hatte sie andere Muster gesehen, andere Farben, bunte, freundliche. Doch sie hielt ihm stumm den Aschenbecher hin. Beinahe mechanisch sagte er: »Neun Mark fünfzig! Es ist Gres-Bleu – eine traditionelle Form im Elsaß!«

Hanna kramte in ihrem Geldbeutel und fragte: »Kann ich auch mit Francs bezahlen?«

Er zuckte die Achseln. »Dreißig Francs!«

Hanna reichte ihm die alten, zerknitterten Scheine, mit

den unbekannten scharfen Gesichtern darauf. Eigentlich wollte sie jetzt sich raffiniert an die Frage herantasten, ob er Nicole kannte, aber sie spürte, daß sie – auch angesichts des nach wie vor abweisenden Blicks – irgendwie keine Kraft und keine Lust dazu hatte.

»Sie kennen Nicole Schluchter?« platzte es dann ganz direkt aus ihr heraus. »Ich habe eben gesehen, wie sie ihren Laden verließ!«

Der Bär zeigte kein Erstaunen, kaum Gemütsbewegung, auch keinen Widerstand zu antworten.

»Ich kenne sie gut. Wir waren mal verlobt!«

Hanna lachte verlegen, drehte den nutzlosen Aschenbecher nervös in der Hand.

»Ach, ja? Nun, ich kenne sie flüchtig. Sie wohnt im selben Ort, und wir haben uns schon mal nett unterhalten. Und jetzt ... sind Sie nicht mehr verlobt?«

»Ach, hören Sie auf!« sagte der Töpfer grob. »Ich weiß, wer Sie sind. Sie brauchen sich nicht zu verstellen. Sie sind die Journalistin aus Deutschland, und von mir aus brauchen Sie auch den Aschenbecher nicht zu kaufen. Warum auch? Die Geschäfte gehen gut, es ist bald wieder Töpfermarkt in Betschdorf, was glauben Sie, was dann los ist. Dann stehen sie Schlange drüben am Bankschalter, am Rhein, an der Grenze.«

Hanna stellte vorsichtig den Aschenbecher ab.

»Ich weiß nicht, was Sie plötzlich haben. Sie haben einen wunderbaren Beruf, Sie sind kreativ!«

»Kreativ«, sagte der Töpfer, »wäre ich, wenn ich machen könnte, was ich will. Da, ich zeige Ihnen etwas!« Und von hinten, einem versteckten Platz, nahm er eine wunderbare bizarre Form heraus, die ein Weinstock hätte sein können oder eine knorrige Wurzel. »Ein Weinkühler, etwas Modernes, nichts mit Trauben am Rand, keine touristische Massenware. Zwölf Stunden brenne ich es, aber davor habe ich wochenlang immer wieder daran gearbeitet, entworfen, geformt, dekoriert, vorgebrannt, bemalt«

»Es ist wunderschön!«

Der Töpfer stellte es liebevoll zurück, »Niemand will es. Das wäre elsässische Töpferkunst. Aber das kauft keiner, zumindest nicht zu einem angemessenen Preis. Denn was die Touristen bei uns kaufen, muß durchschnittlich sein und vor allem billig. Billiger als drüben vor allem!«

Er seufzte, fuhr sich mit einer lehmigen Hand durchs Haar.

»Ja, Nicole und ich waren verlobt, aber dann hat sie ein Verhältnis mit Herrn Fischer angefangen, und ich habe Schluß gemacht. So einfach ist das! Und jetzt nehmen Sie Ihren Aschenbecher und gehen Sie. Ich muß arbeiten.«

»Eine Sekunde!« sagte Hanna flehentlich. »Beantworten Sie mir doch noch ein, zwei Fragen. Hören Sie, ich bin nicht viel besser dran als Sie. Sie sehen sich als Lohntöpfer für die Deutschen, ich schreibe für Lohn und um mein Leben. Wenn ich nichts verkaufe, bekomme ich kein Geld.«

»Sie haben doch einen Mann, habe ich gehört. Sogar bei der Bank!« sagte der Töpfer abfällig.

»Ja«, erwiderte Hanna und wunderte sich plötzlich selbst über ihre Worte, »aber ich möchte nicht abhängig sein!«

Er nickte und sah sie freundlicher an.

»Was wollen Sie denn wissen?«

»Herr Fischer. Haben Sie ihn gekannt?«

»Zwei, dreimal werde ich ihn gesehen haben. Er war auch einmal hier, hat gefragt, wie lange meine Familie schon im Dorf wohnt und was meine Eltern, Vater, Großvater, Mutter und Großmutter gearbeitet haben. Und als ich gesagt habe, sie waren Feldarbeiter und Mägde, war er ganz angetan. Wollte wissen, wie das früher war, als Arbeiter oder als Magd, aber woher soll ich das wissen? Nichts, worauf man stolz ist. Ich fand ihn unsympathisch, den Monsieur Fischer. Ich glaube, er war hinter etwas her!«

»Hinter was denn?«

Der Töpfer zuckte mit den Achseln. »Antiquitäten! Er wollte alte Speicher angucken. Er wollte Antiquitäten, da bin ich mir sicher. Das wollen sie nämlich meistens. Ich mochte ihn nicht, und mehr kann ich Ihnen nicht sagen.«

Als Hanna, den Aschenbecher in der Hand, das Atelier verließ, fragte sie sich, ob der verschmähte Töpfer den Mann aus Frankfurt vielleicht umgebracht hatte ...

Hanna, die eigentlich vorgehabt hatte, zum Einkaufen in das relativ große Seltz zu fahren, bog um und trödelte zurück nach Sessenheim.

Nicole war also mit dem Töpfer – Wie hieß er gleich? Sie warf einen kurzen Blick auf die Visitenkarte, die so gefällig neben dem Eingang in einer Schale gelegen hatte – Albert, mit Albert war sie also befreundet gewesen. Vielleicht war sogar von Hochzeit oder Verlobung die Rede gewesen. Und dann ...

Hatte sie sich in Hans-Peter Fischer, den Logiergast aus Frankfurt, verliebt, und Albert hatte das Nachsehen gehabt.

Hanna runzelte die Stirn. Woran, ja woran erinnerte sie dieser einfache Plot eigentlich? Sie sah die blonde heitere und hübsche Gestalt von Nicole vor sich, adrett und kompakt.

Hanna blieb stehen, die Erkenntnis traf sie inmitten der milder gewordenen Regenlüftchen, die über die gelbgrün schimmernden Felder streiften wie ein kurzer Windstoß.

Goethe!

Goethe war aus Frankfurt gekommen. Er hatte sich in ein Sessenheimer Mädchen verliebt und sie sich in ihn – nach allem, was der Alte im Au Boeuf und was der Pfarrer gesagt hatten. *»Ich verließ sie in einem Moment, da es ihr am wehesten tat ...«*

Auch Nicole war verliebt gewesen, in einen charmanten Frankfurter, doch ihr Geliebter hatte keine Zeit mehr gehabt, sie zu verlassen. Er war umgebracht worden. Unvermittelt tauchten Georgs harte Züge vor ihr auf. Hatte er verhindern wollen, daß seine Schwester das gleiche Schicksal erlitte wie Friederike zweihundert Jahre zuvor?

Hanna biß die Lippen zusammen. Zieh euch warm an in der Redaktion, dachte sie, das gibt eine verdammt gute Reportage ...

Und Hanna wußte, daß sie jetzt mit Nicole sprechen mußte.

Und obwohl sie ahnte, daß es eigentlich sinnlos und unvernünftig war, fuhr sie zu den Schluchters, und es schien, als habe sie noch einmal Glück an diesem grauen Morgen. Nicoles Auto stand vor der Tür, direkt neben einem deutschen Golf mit Kindersitz und einem kleinen Flitzer mit 75er Nummer, die von jedem Elsässer als Pariser Nummer geachtet wurde.

»Die Leute aus Paris ...«, hatte der Pfarrer gesagt, »gelten, obwohl man sie nicht mag, dennoch als Urbild der städtischen Kultur. Sie sprechen das einzigartige Französisch, sie haben all die großen Galerien, Museen, die Geschäfte, die Zeitungen. Sie prägen das Leben und die Mode, die Eßkultur und die Politik für ganz Frankreich. Ich glaube, es gibt nichts Vergleichbares in Deutschland!«

Die deutsche Familie, er schlank mit Brille und Bart, sie alternativ angehaucht mit rötlichem Haar, auf dem Arm ein lockiges Kleinkind, kam gerade aus dem Holztor, das sich dann langsam schloß.

»Hopp, hopp!« Der Mann, etwa vierzig, ließ das Kleinkind auf seinem Arm springen.

»Ach, guten Tag«, sagte die Frau in Hannas Richtung, »ist das Ihr Auto? Sie sind aus Frankfurt? Wir sind aus Mainz. Mein Mann arbeitet beim Fernsehen!«

Sie sprach den Satz aus, als hätte sie ihn schon tausendmal abgespult, und tausendmal hatte sie wohl schon die Bewunderung genossen, für den Medienmenschen, mit dem sie verheiratet war, mit dem sie sogar eine Familie hatte und in dessen interessantem Glanz sie sich sonnte.

»Ach!«

»Wir wollten Urlaub machen, mit der Kleinen, im Elsaß. Es ist herrlich hier, aber ehrlich gesagt: Von diesem Quartier würde ich abraten. Kein Komfort!«

»Wie sind Sie überhaupt auf diese Unterkunft gekommen?« fragte Hanna, obwohl sie das Trio höchst unsympathisch fand.

»Bei der Touristeninformation hat man uns gesagt, dies sei eines der ältesten noch erhaltenen Bauernhäuser in Familienbesitz in Sessenheim, sehr romantisch und gastfreundlich.«

Der Mann schnaubte und hängte seine Yuppie-Lederjacke von der linken auf die rechte Schulter. »Aber auch Romantik kann gepflegt sein, oder etwa nicht?!« verkündete er als der Weisheit letzter Schluß.

»Na ja, viel Spaß, schönen Urlaub noch, wir fahren weiter nach Soufflenheim. Dort gibt es all diese originalen Töpfereien, da finden wir bestimmt nette Hotels!« sagte die Frau.

In ihrem Golf brausten sie davon.

Hanna verspürte zum erstenmal so etwas wie Solidarität mit Georg Schluchter.

Sie klingelte, ohne Rückfrage surrte es, und schon stand sie wieder im Innenhof der Schluchters. Nicole, in einem karierten Sommerkleid, einen Salatkopf und ein Messer in der Hand, ein Lächeln auf dem Gesicht, grüßte knapp.

»Bonjour!« sagte sie und betonte wie im Elsässischen üblich die ersten Silbe. »Was möchten Sie denn schon wieder!«

»Ich würde gerne mit Ihnen sprechen. Mit Ihnen allein, Nicole.«

»Qui est la, Nicole? C'est pour moi?«

Die Dame, die dies fragte, war sehr schlank, fast dünn. Sie war auf städtische Weise elegant, blond mit rötlichen Strähnen, hatte schillernde türkisfarbene Augen, die weitaus das Schönste an ihr waren, und die von einem großen Zinken von Nase ablenkten, der ihr etwas Tapirhaftes gab. Dennoch war sie wahrscheinlich in Männeraugen attraktiv, dachte Hanna nicht direkt neidisch, aber doch kritisch.

»Das ist Madame Renault!« sagte Nicole hilflos – vielleicht, weil sie spürte, daß die beiden Frauen sich nicht mochten. »Sie wohnt vorübergehend hier. Sie arbeitet für eine Drogerienkette, die in Hagenau eine Filiale aufmachen will.«

Nicole sah Hanna an.

»Sie wollten mit mir reden? Eigentlich habe ich wenig Zeit. Ich wollte auch später mit Romielle nach Straßburg fahren!«

Romielle! dachte Hanna, was für ein extravaganter Name. Romielle, die aufgrund der Erwähnung Straßburg offenbar den Zusammenhang hergestellt hatte, lächelte freundlich in Nicoles Richtung. Hanna fühlte sich verunsichert und fremd.

»Nicole!« sagte sie nun fast verzweifelt, »ich habe einfach noch eine Frage. Kommen Sie ganz kurz mit mir? Vielleicht gehen wir ein paar Meter in Richtung Tennisplätze. Es hat aufgehört zu regnen.«

Nicole überlegte kurz. »Also gut! Aber wirklich nur kurz!«

Nicole hängte sich eine babyblaue Strickjacke in Gitterstrickmuster um, und gemeinsam verließen sie Haus und Hof, kühl von der Dame mit dem seltsamen Namen und dem langen blonden Haar verabschiedet.

»Ja, es ist wahr!« Nicole zog die Strickjacke enger um die Schultern, als sie an den fast baufälligen, halb leerstehenden Gehöften vorbeiliefen. Neben ihnen wiegten sich Weiden in sanftem Wind und verloren dabei ein paar erste Blätter. Der Herbst kommt bald, dachte Hanna und erschrak bei dem Gedanken.

»Ich habe ihn geliebt, den Hans-Peter! Wir wollten uns bald verloben und vielleicht an Weihnachten heiraten.«

Kein Zweifel, bei der Art, wie sie seinen Namen aussprach.

»Haben Sie eine Idee, Nicole, wer ihn umgebracht haben könnte? Jemand, der Ihnen beiden das Glück nicht gönnte?«

Nicole blieb stehen, durch den Wind teilte sich ihr Haar auf dem Kopf, so mußte Friederike mit den Zöpfen ausgesehen haben.

»Ich weiß es nicht ...«

Ein Reiter kam ihnen entgegen, das Pferd schnaubte kurz, tänzelte dann weiter. »Etwa Albert? Nein, der doch nicht. Albert ist gutmütig, und er hatte sich schon damit abgefunden, daß es mit uns ... Ich glaube, er hat auch schon eine neue Freundin.«

»Ich dachte nicht an Albert. Gibt es vielleicht Leute, die nicht mit ansehen wollen, daß ein Deutscher ...«

Nicole verstand erst nach einer Weile. »Georg?! Mein eigener Bruder? Frau Kupferschmitt, Sie müssen verrückt sein. Ich höre mir das nicht länger an, verstehen Sie? Wieso verdächtigen Sie uns alle? Was geht Sie das alles eigentlich an? Es ist wieder typisch. Wegen einer Reportage, wegen einer billigen Sensation sollen die Dinge genau so sein, wie ihr sie wollt. Alles wollt ihr haben, alles wissen, uns alles nehmen – ich nenne das Ausbeuterei, und nur weil Georg das auch so nennt, ist er noch lange kein Mörder. Allein der Gedanke ist grotesk. Und jetzt gehen Sie bitte! Lassen Sie mich allein.«

Sie drehte sich um und verschwand wütend in Richtung Dorf.

»Du bist eine tolle Detektivin, eine Superjournalistin!« schrie Hanna sich selbst an. »Ganz super! Und wie sensibel du mit wichtigen Zeugen sprichst! Am besten bewirbst du dich auch als Kassiererin im Supermarkt, in Deutschland. Mit etwas anderem wirst du dein Geld kaum verdienen können!«

Doch es sollte noch dicker kommen.

Zu Hause wartete schon Lucien. Neben ihm, mit versteinertem Gesicht, stand Inspektor Giraud.

»Hallo, Hanna«, sagte Lucien und half ihr aus der Jacke. »Es hat sich jemand über dich beschwert.«

»Wer?« fragte Hanna und sah Giraud dabei an.

»Madame Nicole Schluchter m'a téléfoné, et elle a ...«

»Warum sprechen Sie nicht Deutsch mit mir?«

»Französisch ist Amtssprache!« erwiderte Lucien an Girauds Stelle trocken.

Hanna ließ sich in einen Stuhl sinken und bildete sich ein, selbst Prinzessins kupferfarbene Augen seien vorwurfsvoll auf sie gerichtet.

Lächerlich übersetzt von Lucien, brachte Giraud seine Beschwerde vor. Madame Schluchter habe bei der Gendamerie angerufen, eine deutsche Journalistin sei dabei, Rufmord an ihrer Familie zu begehen.

Giraud forderte sie auf, sich aus den Ermittlungen herauszuhalten, keine Verdächtigungen auszusprechen, die ihr nicht zustünden.

Als er mit seiner Amtsmahnung fertig war, schaltete er groteskerweise ins private Deutsch um. »Ich habe Ihre Verlobte in Straßburg getroffen, und wir haben über den Fall gesprochen. Ich fühle mich tatsächlich beinahe etwas mitschuldig. Schade, daß Sie nicht dabei waren, wir hätten bestimmt über anderes gesprochen. Sie sind aus Marseille. Eine Tante von mir lebt da! Sie möchte nicht mehr mit dem Elsaß tauschen. Im Sommer ist es schön hier, im Winter wabern die kalten Regenwolken über den Rhein und bleiben in den Vogesen stecken. Es ist so grau hier!«

»Oh, wirklich. Leider konnte ich nicht dabeisein. Ich

habe Squash gespielt. Das lange Sitzen, Sie verstehen« Lucien dehnte sich, bot ein Glas Gewürztraminer an, den Giraud sichtlich ungern ablehnte, um sich zu verabschieden.

»Hanna!« sagte Lucien und leerte selbst ein Gläschen, »das muß aufhören mit dieser Geschichte. Du machst uns unbeliebt im Dorf. Die Schluchters sind zwar keine reichen Leute, im Gegenteil, aber sie leben schon urdenkliche Zeiten in Sessenheim. Sie kennen jeden und alles.«

»Du kennst sie doch gar nicht!« Hanna schenkte sich auch ein Glas ein.

Seit sie im Elsaß lebte, trank sie mehr, schien ihr.

»Ich kenne sie nicht, aber das ist auch nicht nötig. Solche Dinge sprechen sich herum, auch bei uns in der Bank!«

»Na und? Ich habe gar nichts gesagt. Irgendwas stimmt nicht mit diesen Schluchters!«

Lucien zog die Stirn kraus. So hatte sie ihn noch nie gesehen.

»Irgendwas stimmt nicht mit dir, Hanna! Was willst du dir und der Weltpresse beweisen? Daß du die größte Enthüllungsjournalistin bist? Was soll nicht stimmen mit den Schluchters? Die armen Leute haben nichts zu tun mit dem Tod dieses Mannes aus Frankfurt, der ich weiß nicht was für dubiose Geschäfte gemacht hat. Warum schreibst du nicht etwas anderes übers Elsaß: über den Weinanbau, die Restaurants, die Museen, meinetwegen über die ... wie sagt man, Schrunnigkeit der Menschen«

»Schrulligkeit!« verbesserte Hanna.

»Und warum, *pourquoi,* lernst du nicht endlich richtig Französisch. Bevor du nicht Französisch kannst, fahre ich nicht mit dir nach Marseille!«

»Dann fahre ich morgen nach Frankfurt!« schrie Hanna. »Ich brauche mal eine Luftveränderung! Erwarte mich nicht vor drei Tagen zurück! Tschüß!«

»Adieu!« sagte Lucien, schnappte sich seine exklusive Lederjacke und verschwand, einen Hauch von Karl Lagerfeld hinterlassend.

14. KAPITEL

WIE ABER MAG ICH DICH, MEIN HERZ, VERSÖHNEN?

Am nächsten Tag flüchtete Hanna tatsächlich nach Frankfurt.

Sie ließ die weiten Felder und die schnuckeligen Dörfer des Elsaß mit trotzigem Na und? hinter sich und atmete durch, als sie ohne jede Kontrolle die Grenze passiert hatte.

Hannas Wut, Gram, Sorge und Mißtrauen trieben sie mit überhöhter Geschwindigkeit bis Mannheim, danach, das Schild Frankfurt mit der schwindenden Kilometerzahl vor Augen, wurde sie immer langsamer, so als denke ihr Automotor gemeinsam mit ihr nach.

Was sollte sie eigentlich in Frankfurt?

Wann war Lucien heute nacht heimgekommen? Und was hatte er gemacht? Sie selbst hatte noch eine Flasche Riesling geöffnet, beim Öffnen war es natürlich nicht geblieben, und so hatte sie keinerlei Erinnerungen an das Geschehen der Nacht. Er mußte aber dagewesen sein, irgendwann. Seine Zahnbürste war naß gewesen, und ein Hemd lag zerknüllt im Flur.

Hanna widerstand der Versuchung, ihn in der Bank anzurufen, löste sich statt dessen ein Alka Selzer auf und beschloß, trotz allem nach Frankfurt zu fahren. »Mama fährt weg, kommt aber bald wieder!« informierte sie Prinzessin, die es gleichmütig hinnahm. Sie ließ das graue Kätzchen hinaus, öffnete ihm das Fenster einen Spaltbreit, wobei sie sah, daß sich das Wetter wieder gebessert hatte; an einem pastellblaufarbenen Himmel zogen Wolken wie aus Milchflöckchen vorüber, und eine blasse

Sonne schien dazu. Eine extragroße Portion Trockenfutter für Prinzesschen, und Hanna schloß die Tür ab.

Frankfurt türmte sich mit verwaschenem Beton und kühnen Stahlkonstruktionen vor ihr auf. Der Main zog seine schmutzige Spur unter Brücken, die sich unter der Last von Intercityzügen und Lastwagem zu biegen schienen.

Mein Gott, dachte Hanna, wo kommen nur all die Autos her? Und wo fahren sie hin? Und vor allem – wo werden sie parken?

Normalerweise ein routinierter City-Fahrspuren-hopper, blieb Hanna unsicher und langsam zunächst auf der rechten Spur, verpaßte zweimal vertraute Abfahrten an riesenhaften Ampelanlagen, weil sie so viel Verkehr einfach nicht mehr gewohnt war. Straßburg, eigentlich doch auch beinahe eine europäische Metropole, schien dagegen so viel gemütlicher und lockerer mit seinen zerbeulten angeschmuddelten Mittelklasseautos. Man sagt den Franzosen nach, sie führen wie die Teufel, aber als Hanna sich nun umsah, in blinkende, blitzende makellose Supermodelle schaute, erblickte sie nur starre konzentrierte und angestrengte Gesichter, die sich alltäglich freudlos in den Kampf um die vorderen Plätze an den Ampeln reihten.

Menschen hasteten an ihr vorbei: Banker, Sekretärinnen, Hausfrauen. Da schob ein Araber ein Gestänge mit Pelzmänteln über die Straße, gegrüßt von einem privaten Wachmann. Die Hochhäuser schienen im Nichts zu enden, der Himmel hatte eine ähnliche Farbe wie im Elsaß, doch man konnte nicht erkennen, wohin die Wolken zogen, sie verschwanden einfach irgendwann um die nächste Ecke, hinter dem nächsten fünfundzwanzigsten Stock.

Hanna fuhr bereits in die Stadtmitte ein, als ihr schlagartig klar wurde, daß sie wirklich nicht wußte, was sie überhaupt in Frankfurt wollte.

Wo sollte sie wohnen? Sie dachte an ihre Freundinnen, aber denen wollte sie lieber strahlend glücklich entgegentreten als arbeitslos und nach einem Streit mit Traummann Lucien notgedrungen ausgewandert.

Also zurück zu Mamas Schoß.

Hanna hielt an einer der neuen pinkfarbenen Telefonzellen. Stellte fest, daß sie keine deutsche Telefonkarte mehr hatte. Seufzte. Es würde mühevoll sein, sehr mühevoll, eine Zelle für Münzgeld zu finden oder einen Parkplatz irgendwo in der Nähe einer Post, um eine Telefonkarte zu kaufen.

»Haben Sie vielleicht eine Telefonkarte?« sprach sie einen entgegenkommenden Mann eher fortgeschrittenen Alters an. »Ich würde ...«

»Was?« schnaubte er aufgebracht, »das kann ich nicht glauben. Erst wollt ihr mal 'ne Mark, jetzt luchst ihr einem schon die Telefonkarten aus der Tasche. Hauen Sie ab, Sie Schlampe, oder ich rufe den Ordnungsdienst!«

Hanna, mit offenem Mund, ließ ihn ziehen. Den Ordnungsdienst wollte er rufen, nicht die Polizei. Oh, Frankfurt!

Kraftlos und irgendwie gleichgültiger geworden suchte sich Hanna ein Parkhaus, was lange dauerte. Zwei waren besetzt, eins mochte sie aus Erfahrung nicht, weil es so dunkel war und man vom fünften in den ersten Stock durch einen einsamen schmutzigen hallenden Schacht gehen mußte. Endlich fand sie einen Platz im Erdgeschoß.

Auf der Hauptpost reihte sich Hanna in eine nur langsam voranschiebende Menge ein, erstand eine Telefonkarte, wartete vor einer Telefonzelle, bis sie dran war, griff nach einem verklebten Hörer und rief ihre Mutter an.

»Kann ich bitte Frau Kupferschmitt sprechen?«

»Ist in einer Besprechung. Kann ich was ausrichten!«

»Ich rufe in einer halben Stunde noch mal an!«

»Da wird sie bei Tisch sein. Kann ich was ausrichten? Wer spricht?«

»Ihre Tochter!«

»Oh, da wird sie sich freuen. Ab zwei ist sie wieder im Büro!«

»Dann rufe ich dann an!«

»Ja, das sollten Sie tun, denn sie ist ab heute nachmittag um halb sechs auf einer Dienstreise nach Hamburg!«

Hanna hängte auf. Jetzt wußte sie, warum die katholische Kirche gegen berufstätige Mütter war.

Wenn sie nun schon in einer Telefonzelle stand und ein halbwegs sauberes nur wenig zerfleddertes Telefonbuch vor sich hatte, könnte sie genausogut auch jetzt schon nach Hans-Peter Fischers Adresse schauen.

Sie blätterte in den dünnen Seiten. Fischers gab es reichlich, fast so viele wie Müllers, dachte Hanna, aber ein Hans-Peter Fischer war nicht darunter.

Sie steckte ihre Telefonkarte, von einer jungen Frau mit Kinderwagen verbittert beobachtet, erneut in den Schlitz, rief die Auskunft an.

»Platz 39!«

»Guten Tag. Hans-Peter Fischer, ja mit F wie Frankfurt, haben Sie da etwas? Nein, Straße weiß ich keine.« Sie wartete. Zu lange, das wußte sie aus Erfahrung. Da würde nichts sein.

»Tut mir leid, einen Hans-Peter Fischer habe ich nicht!«

Hanna überließ der jungen Mutti die Telefonzelle und trank einen Nachdenk-Espresso im Journaille, in der Hoffnung, einen Kollegen zu treffen.

Die Hoffnung erfüllte sich nicht. Warum auch?

Wie sagt der Philosoph in Murphys Gesetz? »Alles, was schiefgehen kann, geht schief!«

Der Philosoph hat recht, dachte Hanna.

Bei einer Nachdenk-Zigarette überlegte sie, wie sie an Hans-Peter Fischers Adresse kommen könnte. Polizei?

Aussichtslos! Einwohnermeldeant? Wahrscheinlich Datenschutz!

Hanna zog an ihrer Zigarette. Am Nachbartisch las ein Mädchen in einem dicken Buch. Ein Buch aus der Bücherei. Das war's.

Hans-Peter Fischer war doch ein gebildeter Mann gewesen, und selbst wenn er sich nur verstellt hatte, mußte er seine Kentnisse irgendwoher haben. Mit Sicherheit war er Mitglied in der gigantischen Frankfurter Stadtbibliothek gewesen.

Datenschutz auch da, aber Hanna hoffte auf ein Quentchen Glück. Und dann fiel ihr tatsächlich etwas ein: Bärbel Oberle, eine ehemalige Klassenkameradin, war in der Verwaltung tätig.

Bärbel Oberle hatte sich kaum verändert, außer daß sie schwanger war.

Deshalb war sie auch nicht in der hektischen Ausleihe unten sondern in der ruhigen Fernleihe oben. Hanna stand mit ihr auf dem Gang neben ihrem Büroeingang, und Bärbel, eine Hand auf den Bauch gelegt, der sich unter einem Sweatshirt wölbte, strahlte mäßige Freude über das Wiedersehen aus.

»Schreibst du noch für diese Zeitung da? Wie hieß sie noch? Ich komme jetzt wenig zum Lesen. Vielleicht habe ich bald mehr Zeit ...« Sie kicherte nett. »Bist du verheiratet? Hast du auch Kinder?«

Hanna sagte, sie sei verlobt, und konnte insgeheim nur hoffen, daß dem auch wirklich noch so war.

»Also, eine Adresse willst du?« Bärbel krauste die Stirn. »Eigentlich darf ich das nicht, das weißt du!«

Bärbel verschwand in ihrem Büro, tippte etwas in ihren Computer ein, kam nach endlos scheinenden Minuten wieder, eine Liste in der Hand.

Hanna stand solange auf dem Gang, umringt von Geschäftigkeit. Sie fühlte sich ausgeschlossen, wie immer.

»Hier, ich gebe dir die Adresse und sogar noch was.

Er hat nämlich eine ganze Reihe Bücher über die Fernleihe bestellt, aber noch nicht abgeholt. Ich gebe dir diese Liste, obwohl ich es nicht dürfte. Was ist eigentlich mit diesem Mann, Hans-Peter Fischer? Ich glaube, ich erinnere mich sogar an ihn. Ein großer Schlaksiger mit braunen Locken, kann das sein? Und ein netter Mund. Hat er etwas verbrochen?«

Hanna lächelte schwach und steckte die Liste in ihren Sack.

»Nein!« erwiderte sie abgeklärt, »Er hat nichts verbrochen! Er ist tot!«

»Aber natürlich kannst du mir übernachten, Schatz!« rief Frau Kupferschmitt enthusiastisch ins Telefon. Hanna hatte das Gefühl, daß sie es so richtig genoß, zur Abwechslung mal nicht nur energiegeladene Karrierefrau der ersten Generation zu sein, sondern kurz Mutter spielen zu können.

»Ich werde zwar nicht da sein, aber du machst es dir in der Wohnung richtig gemütlich, ja?«

»Ja!« sagte Hanna.

»Wir treffen uns nachher auf ein Käffchen im Minimondo und ich gebe dir den Schlüssel. Und dann habe ich noch genug Zeit zum Ratschen.«

Ratschen! Käffchen! Hanna packte die Sehnsucht nach einer Mutter, die mit einem Dutt zu Hause am Herd stand und fürs heimgekehrte Töchterlein Knödel oder Frankfurter Sauce kochte. Aber man mußte nehmen, was man bekam.

Da sie schon einmal da war, rief sie ihre Freundinnen an, verabredete sich mit ihnen zum Frühstück am anderen Morgen, meldete sich in der Redaktion – Petra Woll war gottlob nicht da – und gab bekannt, daß sie in Frankfurt sei und kurz vor dem Abschluß einer hochinteressanten Geschichte stünde – eine Ankündigung, die von Petras Sekretärin eher gleichgültig aufgenommen wurde.

Auch bei zwei anderen Blättern, einer Tageszeitung und einem großen Szenejournal, meldete sie sich. Man war freundlich, hatte aber keine Zeit. Vor allem bei der Tageszeitung waren alle im Streß: »Du weißt ja, wie das ist, aber schick was, wenn du was hast. Wir sehen dann mal.«

»Du rechererierst in einem Mordfall im Elsaß? Ein Frankfurter? Drogen? Sekte? Zuhälter?«

»Nein!« sagte Hanna matt, »keine Drogen, kein Sex, keine Sekte? Nur Gedichte!«

Am anderen Ende lachte die Gesprächspartnerin, von der Hanna wußte, daß sie bestenfalls 23 war, grellblond mit Schmollmund, X-Beinen, schrillen Ohrgehängen und ewig einem Kaugummi im Mund.

»Na, wegen Gedichten wird man ja wohl niemanden umbringen!« Sie lachte hämisch, und Hanna legte auf.

In Hannas Tasche, als sie wiederum eine belagerte Telefonzelle verließ, knisterte aber wenigstens die Adresse von Hans-Peter Fischer sowie die Liste seiner bestellten Bücher: *»Lenz, le rival de Goethe«,* Straßburg 1864. *»Goethe und das Elsaß!« »Portrait des femmes«*, Paris 1923.

Hanna ließ den Computerausdruck sinken. Ja, es war wahr. Hans-Peter Fischer hatte sich nicht für das Elsaß interessiert, sondern nur für Johann Wolfang von Goethe.

Moment, Hanna, sagte sie zu sich. Nicht voreilig sein. Vielleicht hatte er alle anderen kulturellen Elsaßthemen schon abgehakt. Das Schwerste zuerst, das Beste zuletzt, hatte er sich vielleicht gesagt.

Hanna griff wieder zum Hörer, sie saß in dem Café, in dem sie auf ihre Mutter wartete. »Ein Ortsgespräch?« fragte der Wirt, der gerade dabei war, seine Espressomaschine auseinanderzunehmen. »Ja, Frankfurt, die Bibliothek.«

»Bibliothek?« Der Wirt schaute so mißtrauisch, als er

ihr die Erlaubnis zunickte, als sei die Bibliothek der exotischste Ort auf Erden.

Hanna sah auf die Uhr.

Es war zum Glück noch nicht zu spät.

Bärbel meldete sich gleich. Ihre Stimme klang desinteressiert.

»Bärbel, ich weiß, ich strapaziere Dich ein bißchen, aber bitte schau in eurem Computer mal nach, ob er sich früher schon Bücher über die Fernleihe hat kommen lassen. Ihr habt doch bestimmt eine Namensdatei!«

Bärbel jammerte: »Also, mehr kann ich dann aber wirklich nicht für dich tun. Ich mache das alles auch nur, weil ich sowieso bald aufhöre, und wehe, du schreibst einen Artikel und nennst am Ende meinen Namen oder die Verbindung mit mir!« Dabei klickte und tippte sie, und schließlich hörte Hanna das Rattern des Druckers.

»Hans-Peter Fischer, hier haben wir ihn. Er leiht seit Jahren Bücher über die Fernleihe aus, und soweit ich sehen kann ...«, sie raschelte, »eigentlich immer dasselbe. Goethe! Und einige über Frankreich, das Elsaß, ja, hier, warte mal: *Societé rurale en L'Alsace du 18ième Siècle!* und *Position sociale des femmes paysannes en France dans le 18ième siècle!*

»Danke Bärbel. Hab herzlichen Dank! Und viel Glück mit dem Baby! Daß alles so kommt, wie du es dir wünschst und vorstellst!«

Der Wirt kassierte nach eingehendem Studium des Zählers sein Geld, und Hanna kehrte an ihren Platz zurück. Dort zündete sie sich schon wieder eine Zigarette an. Verschluckte sich, hustete. Als die elegante Dame mit dem grauen Haar auf sie zusteuerte, mit der Grazie einer Ballerina geschickt Kellnern und anderen Gästen ausweichend, mußte sich Hanna beinahe ermahnen, sie korrekt zu begrüßen.

»Mama!« Sie küßte ihre Mutter nicht. Das war niemals üblich gewesen zwischen ihnen. »Wie nett! Gut siehst du aus!«

»Ja? Du allerdings nicht, mein Schatz. Irgendwie hast du Sorgen. Das seh ich auf einen einzigen Blick. Setz dich neben mich. Hallo, Pedro, zwei Kir bitte! Was ist los? Krach mit Lucien, stimmt's?«

»Ja!« Hanna wußte, es war zwecklos ihrer Mutter etwas vorzumachen. Sie hatte einfach schon alles erlebt und gesehen; Beruf, Ehe, ein Dasein als alleinerziehende Mutter, Scheidung, Affären, Karriere, Streß, Älterwerden – alles.

»Aber es ist wirklich meine Schuld. Giraud war bei uns, er hat sich über mich beschwert; dabei war er sehr nett in Straßburg, man kann sich blendend mit ihm unterhalten, und ich dachte, er unterstützt mich bei meinen Recherchen, ich hatte sogar das Gefühl er mag mich ...«

»Stop!« Hannas Mutter, Theolinde Kupferschmitt – allseits Theo genannt – nahm dem Kellner die Kir-Gläser einfach vom Tablett. Bei jeder anderen hätte es gierig gewirkt oder unhöflich, bei Theo Kupferschmitt sah es natürlich und charmant aus. »Wer ist Giraud, welche Recherche, wer beschwert sich? Hört sich nach einer langen Sache an, eigentlich ...« Sie sah auf ihre Steinuhr, »Okay, man muß auch Mutter sein können. Ich nehme einen Zug später; dafür erzählst du mir jetzt deine Geschichte.«

Hanna erzählte, und ihre Mutter nippte dabei an ihrem Kir, kein Gedanke an einen zweiten, sie war eine disziplinierte Frau. Wie ein schmaler grauer Stein saß sie würdevoll und aufmerksam zwischen dem Geschiebe und Gedrängele der jungen Leute um sie herum.

»Tja ...«, sagte sie, als Hanna fertig war. »Ehrlich gesagt, dazu kann ich überhaupt nichts sagen. Er hat gesagt, er hat vor, einen Kulturreiseführer Elsaß zu schreiben, in Wahrheit war er nur an Goethe interessiert. Er hat sich in Sessenheim eingenistet, wo Goethe ebenfalls gewohnt hat. Er hatte eine Affäre mit einem Sessenheimer Mädchen, ebenfalls wie Goethe. Ob er sie verlassen hätte, um es dem Geheimrat auch darin gleichzutun, wissen wir nicht. Entweder ist er ein Verrückter, der sich entschlossen hat, alles seinem Vorbild gleichzutun, oder er ist einfach an Goethe interessiert, und alles ist ein Zufall!«

»Vielleicht ist er wirklich verrückt!« sagte Hanna nachdenklich. »Verrückte gibt es ja jede Menge! Wenn ich nur an Nicole herankäme! Wenn ich nur wüßte, wie ...«

»Hast du die Adresse dieses Fischer?«

»Ja, aber er ist tot. Was wird sie mir nützen? Aber eigentlich hast du recht, ich werde mir morgen das Haus, in dem er gewohnt hat, anschauen.«

»Gut – und jetzt erzähl mir noch ein bißchen von meinem künftigen Schwiegersohn. Wie vertragt ihr Euch?«

»Eigentlich ...«, Hanna dachte nach, »eigentlich gut! Wir gehen manchmal aus, wir kochen zusammen, machen sonntags Spaziergänge. Oft kommt er abends aber später heim, denn er betreut Immobiliengeschäfte, Umbauten, Renovierungen, Sanierungen, und die Bauern oder die Berufstätigen trifft er natürlich manchmal nur nach Feierabend an. Ich habe genug zu tun. Für die Gartenarbeit interessiert sich Lucien nämlich nicht so sehr – ich glaube, wenn er könnte, würde er einen Gärtner anstellen, aber dafür reicht sein Gehalt natürlich bei weitem nicht. Wir haben eine Katze, sie ist uns zugelaufen. Ein unglaublich hübsches Tier, graublau, mit orangefarbenen Augen und einem ganz runden Kopf wie ein Apfel!«

»Eine Kartäuserkatze!« stellte Theo Kupferschmitt fest, »dann kann es euch finanziell nicht allzu schlecht gehen, Hanna, denn das ist die absolute Aufsteigerkatze. Kostet tausend und mehr!«

»Jetzt fängst du auch noch damit an. Sie ist aus dem Tierheim und war umsonst!«

»Dann war sie alt!«

»Nein!« sagte Hanna verwirrt, »sie ist ganz jung!«

Ihre Mutter lachte. »Wahrscheinlich hat dich dein Lucien beschwindelt, und er hat sie gekauft! Also, sonst versteht ihr euch gut?«

Beschwindelt! Hanna war erstaunt, dieses Wort überhaupt in Zusammenhang mit Lucien zu hören. Obwohl: Den alten Kater hatte er nicht gewollt, dafür aber dieses Kätzchen ... Es paßte einfach zu ihm, es war wie ein BMW unter den Katzen. Sie lächelte. Und wenn schon! »Und sonst? Ja, es geht gut, bis auf diesen Streit wegen den Schluchters. Es paßt ihm einfach nicht, daß ich zu ihnen hingehe!«

Hannas Mutter holte eine elegante rote längliche Geldbörse heraus, winkte dem Kellner und zahlte. »Na, dann geh eben nicht mehr hin. Also, ich muß flitzen, mein Schatz. Halt dich tapfer. Aber verstrick dich nicht in gefährliche Machenschaften da unten im Elsaß, hörst du!«

Und sie entschwand: effektiv, charmant, energisch.

Eigentlich hatte sich Hanna vorgenommen, einen richtigen Zug durch die Gemeinde zu machen, doch als sie erst im eleganten, kühl möblierten ledrig-schwarzen Ambiente ihrer Mutter saß, den Fernseher vor dem Sofa, einen frisch angerichteten Salatteller neben sich, hatte sie keine Lust mehr, das Haus zu verlassen.

Mit wem hätte sie auch auf die Piste gehen sollen?

Dennoch rief sie Maja an, eine der wenigen, mit denen man sich früher auch mal spontan hatte verabreden können. Maja war vielleicht nicht die Interessanteste, doch sie war immer froh, wenn man sie anrief. Sie war verheiratet mit einem sterbenslangweiligen Lehrer, hatte zwei Kinder, war nur halbtags als Grundschullehrerin tätig, und freute sich immer, wenn etwas Farbe und Spannung in ihr Leben kam.

Man verabredete sich für den nächsten Nachmittag im Café an der Hauptwache. »Ruf mich aber vorher noch mal an, sicherheitshalber, ob's auch klappt!« warnte Maja.

Hanna dachte dann an Lucien und heulte ein bißchen. Mitten in ihre Tränen hinein läutete das Telefon. Der Anrufbeantworter stellte sich ein, und sie hörte Lucien: »Chérie, ich weiß nicht, ob du bei deiner Mutter bist, aber wenn, dann nimm bitte ab! Ich rufe sonst sowieso noch einmal an!«

Hanna sprang auf, wählte mit zitternden Fingern und hörte es im fernen Sessenheim läuten.

Niemand meldete sich. Lucien war nicht zu Hause. Wo war er? Von wo rief er an? Eifersucht durchzuckte sie – an Fernsehprogramm und Salat war nicht mehr zu denken. Aber dann läutete das Telefon erneut, und diesmal war Hanna schneller als der Anrufbeantworter. »Natürlich bin ich zu Hause, du Schäfchen. Ich habe nur das Auto umgeparkt. Laß uns vertragen. Es tut mir leid!«

»Mir auch, mir auch!«

»Komm bald zurück!«

»Morgen abend!«

Jetzt hatte Hanna gar keine Lust mehr aufs Fernsehen. Das Leben war wieder schön. Weg mit den virtuellen Welten. Außer vielleicht einer einzigen, einer neuentdeckten. Vorsichtig, als wolle sie nicht dabei gesehen werden, ging sie zu dem kleinen edlen Bücherschrank ihrer Mutter, glitt mit den Fingerspitzen an Aromatherapie, Virginia Woolf, Simone de Beauvoir, Dale Carnegie und einer Gesamtwerkaufgabe von Shakespeares Dramen entlang ... da war es ja.

Liebevoll nahm sie den Gedichtband heraus.

»So, Monsieur Goethe, jetzt gehen wir zusammen ins Bett!« sagte sie.

Ein zärtlich-jugendlicher Kummer
führt mich ins öde Feld; es liegt
In einem stillen Morgenschlummer
Die Mutter Erde ...

Laut Kapitelaufteilung gehörte dieses Gedicht zu den Sessenheimer Liedern. Hanna las weiter,

Rauschend wiegt ein kalter Wind die starren Äste
Schaudernd tönt er die Melodie zu meinem Lied voll Schmerz ...

Das ist aber nicht das Sessenheim, das ich kenne. Was hat er denn da morgens auf dem Felde gemacht, daß ihm so wehe wurde?

Über diesen Gedanken schlief sie ein.

15. KAPITEL

Auf gradem Weg ist niemand umgekommen ...

Hans-Peter Fischer hatte in einem mehrstöckigen Altbau im Osten von Frankfurt gewohnt, nur zehn U-Bahn-Minuten vom Bahnhof entfernt.

Vor dem Haus, das recht gepflegt aussah, standen wie schutzsuchend aneinandergelehnt bunt angemalte ältere Fahrräder, zwei ziemlich mitgenommene Kinderwägen mit abgefahrenen Reifen und ein Moped. Die Fenster und kleinen Balkone mit den schmiedeeisernen Gittern waren geschmückt mit Holzmobiles oder mit den Studentenpflanzen der Achtziger: Papyrus, Bambus, Oleander. Makrameehängeampeln oder Alpenveilchen, Insignien des bürgerlichen Un-Geschmacks, sah man nirgends.

Auf der Straße herrschte lebhaftes Treiben. Tütenschleppende Frauen kamen schwitzend aus einem Billigladen an der Ecke, es gab einen Bäcker, einen Metzger, einen Secondhandshop, eine Videothek, einen Fotoladen.

Die Autos fuhren langsam über künstlich angelegte Huppel hinweg, die Straße war nämlich verkehrsberuhigt und geschmückt mit alten Stadtbäumen.

Da die Haustür nur angelehnt war und sich aufdrücken ließ, konnte Hanna einen Blick ins eher finstere Innere des Treppenhauses werfen. Blecherne dunkelgraue Briefkästen, ein hallender Gang, Gerüche von Jahrzehnten, Stille.

Der Briefkasten von Hans-Peter Fischer war leer. Geleert? Oder bekam er nie Post?

»Suchen Sie jemanden? Kann ich Ihnen helfen?«

Eine hübsche schlanke Frau von etwa Mitte Dreißig, im grauen Sportdreß recht schick angezogen, eine riesige schwarz-weiße Sporttasche über der Schulter, zerrte die Post aus dem Briefkasten.

»Herrn Fischer? Kennen Sie ihn?«

»Kannte ...«, sagte die junge Frau, warf einen kurzen Blick auf die Post und musterte dann Hanna ganz kurz. »Er ist tot. Im Ausland ermordet worden. Die Kripo war gestern hier und hat alle Bewohner befragt, die zu Hause waren. Die anderen müssen die nächsten Tage aufs Revier.«

»Ach?«

»Sind Sie eine Bekannte von Fischer? Wußten Sie das denn nicht, oder ...?« Die junge Frau verzog das Gesicht zu einer Art Lächeln, während sie Hanna ziemlich ungeniert genauer musterte. »Ehrlich gesagt, Sie sehen für mich aus wie eine von der Presse!«

Abgeschoben, weit vom Schuß, jenseits jeder Redaktionskonferenz, auftragslos, mies wie sie sich fühlte, hörte Hanna das, was sie früher als Ärgernis empfunden hätte, schon beinahe wieder gerne. Man merkte also, daß sie von der Presse war. Das zumindest hatte Petra Woll ihr nicht nehmen können.

Sie lachte, froh wieder unter Menschen zu sein, die ihre Sprache sprachen und ähnlich dachten wie sie. »Da haben Sie in gewissem Sinne recht. Allerdings gibt es da noch andere Hintergründe. Ich lebe an dem Ort, wo Hans-Peter Fischer umgebracht wurde.«

»Ach, Sie leben in Frankreich? Wie interessant!«

Meine Güte, dachte Hanna, wie einfach sie das sagt und wie unkompliziert.

Sag das mal Georg. Oder Lucien. Oder Giraud. Die halten dir dann erst mal einen historischen Vortrag.

»Ja. Und ich mache eine Reportage über das Elsaß und die Menschen und die Dinge, die dort so im Alltag passieren!«

Jetzt lüge ich schon ganz genauso wie Hans-Peter Fischer. Ich sage das Elsaß und meine ihn. Er hat das Elsaß gesagt und Goethe gemeint. Irgendwie hatte sie plötzlich das Gefühl, einen wichtigen Gedanken gedacht zu haben, aber bevor sie ihn verfolgen konnte, mußte sie sich auf ihre Gesprächspartnerin konzentrieren.

»Und dabei kam mir der Tod von Herrn Fischer sozusagen in die Quere!« Die Frau nickte.

»Möchten Sie mit hochkommen auf eine Tasse Kaffee? Gut habe ich ihn nicht gekannt, den Fischer, aber wann hat man schon mal Gelegenheit mit der Presse zu reden!«

»Gerne. Danke!« Hanna folgte ihr in den zweiten Stock. Es war eine große, schöne, helle Altbauwohnung: Holzböden, klare zeitgemäße Möbel, viele Bücher, ausgefallene Spiegel, ein paar Pflanzen, interessante Teppiche, moderne Bilder.

»Wissen Sie ...«, sagte die Frau, »die meisten unserer Freunde leben jetzt weit außerhalb, in Reihenhäuschen mit Reihengärtchen. Aber das liegt uns nicht. Wir haben keine Kinder, keine Viecher – mein Mann braucht von hier nur ein paar Minuten zum Institut. Also sind wir in der Stadt geblieben und machen es uns hier gemütlich. Ins Kino fahren wir mit öffentlichen Verkehrsmitteln, zum Griechen laufen wir. Wir mögen das!«

»Ja!« sagte Hanna aus vollem Herzen, »finde ich auch gut. Danke keinen Zucker, schwarz!«

»Schon eine halbe Französin, was?« lachte Frau Kleinbeil, wie sie sich inzwischen vorgestellt hatte. »Ich bin übrigens Gymnastikleiterin beim Roten Kreuz. Guter Job, da habe ich flexible Arbeitszeiten und viel Freizeit. Aber Journalistin ist auch nicht schlecht.«

»Tja, Frau Kleinbeil, Sie sagten, Sie haben Herrn Fischer nicht so gut gekannt?«

»Nee. Er hat ja auch unterm Dach gewohnt, aber ein paarmal haben wir hier eine Hausfete gemacht oder auch da unten im Hof eine Stadtteilfete. Zweimal hat er seinen Schlüssel steckenlassen, da hat er bei uns gewartet, das eine Mal davon hockte er mir hier ziemlich lang in der Küche, bis seine Freundin mit dem Ersatzschlüssel kam. Die Arme!«

»Ach, er hatte eine Freundin?«

»Na klar. Aber die ist jetzt für ein Jahr in Amerika, schreibt ihre Doktorarbeit über irgendeinen Dichter, ich glaube über Oscar Wilde.«

Frau Kleinbeil hielt inne und lachte.

»Typisch Journalistin, dieser mißtrauische Blick. Nee, nee, die ist wirklich dort, die Polizei hat's gesagt, und ich habe sie auch dort angerufen, an dem Tag darauf, weil wir nicht wußten, wie es mit der Wohnung weitergeht, ob sie da einziehen will, denn eine Freundin von uns, die sich gerade trennt, sucht auch was, und da wollten wir die ersten sein. Und die Vermieterin hat bestätigt, daß sie immer da war.«

Aha, dachte Hanna. Die pure Leichenfledderei ist das. Kaum ist der Nachbar tot, denkt man schon an die Zukunft, an die eigene versteht sich.

»Ich glaube schon, das war ziemlich fest mit den beiden. Hatte ich jedenfalls den Eindruck!«

Hanna nickte traurig. Betrogen hat er sie, die Nicole. Zurückgelassen im Elsaß wie Goethe seinerzeit die Friederike. Gut, daß Nicole das nicht wußte. Oder hatte sie es gewußt? Herausgefunden? Hanna schauderte bei dem Gedanken und seiner Konsequenz.

»Was war Fischer für ein Mensch?«

Frau Kleinbeil schenkte sich Kaffee nach. »Ach, das war ein ganz netter Mann. Künstlertyp eben, ein bißchen. Er hat gemalt und Gedichte geschrieben und geforscht. Goethe war, glaube ich, sein absoluter Liebling.«

»Davon kann man aber nicht leben. Er war bei einem Museum beschäftigt, nicht wahr?«

»Museum? Ja, wenn Sie so wollen. Er ist im Goethehaus angestellt, als Führer. Freiberuflich. Deshalb konnte er auch für längere Zeit einfach wegfahren. Er wollte ein Buch schreiben, so ähnlich wie Sie. Übers Elsaß. Da war er ein richtiger Fan. Seine Augen haben jedesmal gestrahlt, wenn er davon gesprochen hat. Endlich haben sich meine Forschungen gelohnt! hat er gesagt. Bei welchem Verlag er war, weiß ich nicht. Hier in Frankfurt trifft man andauernd Leute, die schreiben oder schreiben wollen ...«

»Hatten Sie jemals das Gefühl, daß er mit schrägen Typen Kontakt hatte? Drogen, heiße Ware, Hehler?«

Frau Kleinbeil prustete vor Lachen. »Der? Nein, der war doch so ein richtiges Sensibelchen. Verkehrte viel mit Germanisten und Deutschlehrern, da wurde sicher auch mal ein Glas Rotwein gezwitschert, aber Drogen, nee, das glaube ich nicht.«

»Kennen Sie irgendwelche Bekannten von ihm?«

»Nur vom Sehen. Und seine Freundin, die ist nach der schrecklichen Nachricht Hals über Kopf nach Amerika gefahren auf irgendeine Bibliotheksrundreise, die kann man auch nicht erreichen, die Arme. »Sie legte sportlich ein Bein über das andere, schicke Sportstrümpfe wurden sichtbar.

»Doch, warten Sie mal ... Er war befreundet mit einer Antiquarin. Nicht weit vom Römer, in einer Nebenstraße. Da habe ich ihn ein paarmal davorstehen sehen oder rauskommen, und irgendwann hat er mal gesagt, er ist mit der Chefin befreundet. Wie heißt das Antiquariat noch?« Sie sprang auf, joggte mit ihrem schmalen Körper in den Gang, holte das Branchenfernsprechbuch. »Hier: Buchtruhe.«

Hanna schrieb die Adresse in ihren Block, den Frau Kleinbeil mit Interesse musterte. »Immer was zum Schreiben dabei in dem Job, hm?«

Hanna beschloß, sich zu verabschieden, bevor ihr die sportliche Frau Kleinbeil einen weiteren Vortrag darüber hielt, was für einen tollen Job sie doch hätte.

»Übrigens für mich ist das ganz klar, wer den umgebracht hat.«

»Ach ja?« Hanna drehte sich an der Tür um.

Frau Kleinbeil lächelte.

»Na, Gangster! Die wollten an sein Geld. Ist doch sonnenklar. Ich hab gelesen, in Frankreich wird das immer schlimmer mit der Kriminalität. Eigentlich wollten wir letztes Jahr nach Südfrankreich fahren, aber mit dem neuen Volvo? Das traut mein Partner sich nicht. Also, der Fischer, den haben Gangster umgelegt, ganz klar!«

Hanna trat in den Gang und schnappte dort wie ein Fisch nach Luft.

»Ich glaube, da haben Sie recht. Ich werde umgehend in diese Richtung ermitteln.«

»Sehen Sie!« sagte die Hobbydetektivin in Socken und knickte ein Bein graziös ab, so daß sie sich mit dem Fuß selbst in den knackigen Po trat, »so einen tollen Job haben Sie!«

Toller Job! dachte Hanna, als sie mit abgewendetem Gesicht an all den schönen und teuren Geschäften Frankfurts vorüberging, denn leisten konnte sie sich das alles nicht.

Vorbei an dem majestätischen Römer, dem es zu verdanken war, daß Frankfurt keine gar so gesichtslose Hochhausstadt, sondern eine Dame mit Vergangenheit war. Menschen strömten an ihr vorüber, Hanna wich aus, bog um Ecken, musterte Gesichter. Komisch. So kurz erst in Sessenheim, und schon menschenscheuer geworden. In Sessenheim, an einem normalen Tag, hat man Zeit, die Gesichter derer anzuschauen, die an einem vorbeigehen, man kann sie studieren, über sie nachdenken, sich umdrehen, ihnen nachsehen, bis sie irgendwo in den breiten geraden Gassen verschwunden sind.

Da war es. Ein schönes großes Geschäft mit einem hübschen Schaufenster. Nicht gerade Toplage, aber durchaus in Ordnung.

»Buchtruhe« stand in altmodischen Lettern über dem Geschäft. Vor der Tür bewachte ein schmaler braunhaariger Junge einige Kästen nicht allzu alter abgegebener Bücher. Bücher ab DM 1,- besagte ein Schild. Es waren Romane, Krimis, Kochbücher.

Es war ein sehr gepflegter Laden. Irgendwie hatte sie den Goethefan und begeisterten Buchmenschen Hans-Peter Fischer mehr in einem schmuddeligen romantischen Kellerlädchen gesehen, das vollgestopft war mit halbzerrissenen alten Büchern, ein paar modrig riechenden Kostbarkeiten in Leder, umringt von Sesseln und einem alten Kohleofen. Solche Antiquariate hatte Hanna in London gesehen, und obwohl sie ansonsten nicht viel mit Büchern im Sinn gehabt hatte in ihrer Londoner Zeit, so waren das doch herrliche Fleckchen zum Ausruhen, Aufwärmen und Leute Anstaunen gewesen.

Dies hier war ein modernes blitzsauberes Geschäft mit Teppichboden und glänzenden Vitrinen. Ein Computer war da und eine hochmoderne Telefonanlage.

Hinter all dem entdeckte Hanna eine Frau von vielleicht vierzig: braune Rehaugen, kurze hellbraune Hausfrauenfrisur, biedere aber dezente Kleidung, professionelles, ein bißchen unterwürfiges Lächeln.

»Guten Tag, kann ich Ihnen helfen?«

»Danke. Ich würde gerne mit dem Chef sprechen!«

»Wir haben keinen Chef!« verkündete die Verkäuferin eifrig bemüht und dann beinahe stolz, »sondern eine Chefin. Haben Sie einen Termin?«

»Nein, ich hätte nur eine kurze persönliche Frage!«

»Was gibt's denn, Frau Theobald?«

Aus einem Büro im hinteren Teil des Ladens trat eine wahrhafte Dame, etwa Anfang Fünfzig, mit sorgfältig gewelltem schwarzem Haar in einem chanelartigen Kostümchen, Tüchlein, Kette, Ohrringe, Pumps. Richtig fein. In ihrem Gesicht lag ein freundlicher Geschäftsfrauenausdruck, aber in den grünlich braunen Augen lag viel Distanz und Reserviertheit.

»Ja, bitte? Frau Theobald, der Kunde da hinten sucht etwas über die Badekultur in Sylt um die Jahrhundertwende. Helfen Sie ihm doch mal.«

Frau Theobald stand auf, strich sich das Röcklein glatt und begab sich zu dem Kunden.

»Ich ...« Hanna zögerte. Diese Frau war so unzugänglich. Unter ihr zu arbeiten dürfte nicht einfach sein. »Sie kannten Herrn Fischer?«

Das war nun die denkbar ungeschickteste Methode, mit dieser Dame ein Gespräch anzufangen.

»Wie käme ich denn dazu, mit Ihnen über Herrn Fischer zu sprechen?« war denn auch prompt die Antwort. Hanna schluckte und zwang sich zu einem Lächeln. »Gestatten Sie, daß ich mich vorstelle. Mein Name ist Hanna Kupferschmitt. Ich bin Journalistin, schreibe einen Bericht über das Elsaß und die Menschen dort, und in diesem Zusammenhang ist der Tod eines deutschen Touristen natürlich von großem Interesse ...«

»Von Interesse – nun ja«, antwortete die Antiquarin kühl. »Ich kannte Herrn Fischer lediglich hier über das Geschäft, er war ein guter Kunde, und so entspann sich eine Bekanntschaft. Mehr kann ich Ihnen nicht sagen.«

Hanna schluckte. Warum ging in letzter Zeit alles schief? Warum war ihr Leben so aus dem Gleichgewicht geraten, warum kommunizierte sie mit den meisten Menschen nur noch wie durch eine Glaswand hindurch?

»Wissen Sie, was er so lange im Elsaß gemacht hat?«

Die Dame verzog den Mund. »Wenn Sie selbst das noch nicht wissen, sondern mich dazu befragen müssen, scheinen Sie ja nicht gerade eine begnadete Journalistin zu sein. Ein Buch über die Kultur des Elsaß wollte er schreiben. Und jetzt entschuldigen Sie mich bitte, ich habe zu tun.«

Sprach's und zog sich in den Hintergrund des Ladens zurück. »Frau Theobald, bitte vergessen Sie nicht, auch bei den alten Merianführern im Keller nachzuschauen, ja?«

»Würden Sie mir vielleicht noch den Bestand im Keller zeigen, ich hätte da nämlich noch eine Frage Fontane betreffend«, fragte der Kunde, der Frau Theobalds Fähigkeiten nun offenbar nicht mehr traute.

»Aber gerne, Herr Doktor!« Und scharf zu ihrer Angestellten: »Wenn Sie bitte weiter an den Bestellungen arbeiten würden, Frau Theobald!«

Und gemeinsam verschwanden Chefin und der Herr Doktor im Keller, wo man alsbald schwere Folianten rumpeln hörte.

»Nicht immer leicht, was?« fragte Hanna und lächelte, um ihrer Frage die Spitze zu nehmen.

»Nein!« sagte Frau Theobald, auf deren rundlichen wenngleich auch blassen Wangen zwei rote Schamesflecken aufgetaucht waren. Hanna kannte solche Frauen: Sie wurden ewig getadelt und herumgeschubst, sie schluckten alles, waren freundlich, konnten aber manchmal einen kameradschaftlichen Galgenhumor entwickeln. Doch man mußte sich vor ihnen und ihresgleichen in Acht nehmen, denn sie sannen unablässig darüber nach, wie sie zurücktreten könnten. Und warteten auf den Zeitpunkt. Und dann kannten sie keine Gnade.

»Frau Kupferschmitt?«

»Ja!« sagte Hanna.

»Kommen Sie mit hinaus an die Auslagen?«

»Sicher! Das sind auch so ziemlich die einzigen Bücher, die ich mir hier leisten könnte!«

»Ich zeige ihnen unsere Krimis!« rief Frau Theobald und trat hinaus in den Rest von Sommersonne, den die dichten Häusergiebel durchließen. Es war irgendwie kühl geworden, trotz der Sonne, und Hanna fröstelte.

»Geh rein, paß aufs Telefon auf!« herrschte Frau Theobald den Schüler an, der sich klaglos verzog. »Er hilft uns aus, weil er Bücher liebt. Sie hat ein Geschick, solche Kinder zu finden. Ich weiß wirklich nicht wie sie das macht!«

»Wird sie nicht gleich zurückkommen und uns hier sehen?« fragte Hanna und reckte den Kopf, um durch das Schaufenster ins Innere des Ladens spähen zu können.

»Keine Sorge!« zischte Frau Theobald, »wenn sie erst mal im Keller ist, bleibt sie lange! Nirgends verkauft man so gut alte Bücher wie in einem Keller. Deshalb hat sie ihn extra ausbauen lassen, den Keller!«

»Und was wollen Sie von mir?« fragte Hanna.

»Er war oft hier, dieser Fischer. Und dann haben sie in ihrem Büro gesessen und sich unterhalten. Wieviel bekomme ich, wenn ich Ihnen sage, worüber?«

Hanna seufzte. »Gar nichts, fürchte ich. Ich weiß nicht einmal, ob ich etwas kriege!« Sie sah die Gesprächsbereitschaft ihres Gegenübers schwinden, aber Hanna wußte, daß dies ihre Chance war. Sie mußte sie einfach am Schopfe packen ...

Hanna zog alle Register und versuchte Frau Theobald zu überlisten.

»Wenn Sie es mir nicht sagen, wird es Ihrer Chefin natürlich sehr recht sein. Sie freut sich. Denn wo bekommt man schon so loyale Mitarbeiter? Na ja klar, wenn man hervorragend bezahlt und behandelt wird, da lohnt es sich dann schon, den Mund zu halten. Sie hat Sie gut gezogen, das muß ich schon sagen!«

Frau Theobald starrte sie an. Der Trick funktionierte – sie plauderte los: »Er hat immer mit ihr geflüstert, und sie haben Unterlagen gewälzt. Einmal kam ein Katalog aus Amerika, den haben sie sich gemeinsam angesehen, und sie waren ganz aufgeregt. Zweimal hat auch ein Amerikaner angerufen, als er da war und dann war ich eben ... »

Hanna lächelte süß, wich ein paar Passanten aus und sagte »Interessiert, nicht wahr? Das ist doch auch ganz richtig für eine Mitarbeiterin!«

»Eben!« Theobald sah sich um und ordnete zum Schein ein paar Bücher. » Werden wir nicht beobachtet? Mir kommt es vor, als ob uns da hinten ein Mann beobachtet, schon die ganze Zeit!«

Hanna fuhr herum, »Wo?«

»Jetzt ist er weg!«

Hanna zuckte die Achseln. »Und weiter?«

»Jedenfalls war die Rede von einer literarischen Sensation und viel Geld.«

»Und dann hat sie gefragt: Und wann kommst du dran?«

»Und er hat gesagt: Bald! Es dauert nicht mehr lange. Ich habe sie schon beinahe soweit!«

»Und dann?«

»Dann läutete hier das Telefon, ein Mister Luino war dran, und ich mußte durchstellen. Dann kam Kundschaft, und ich konnte nicht mehr länger zuhören!«

»Luino?« sagte Hanna langsam, »wieso kommt mir dieser Name so bekannt vor? Ich habe ihn schon mal gehört, ich bin sicher!«

Frau Theobald spähte ebenfalls nervös in den Laden. »Ich muß rein, ich glaube, sie kommt. Schicken Sie mir den Artikel zu, wenn er erscheint, aber Sie werden doch mich nicht erwähnen, ich meine, sie würde mich ...«

Hanna nickte. »Ich will Ihnen was sagen, Frau Theobald. Ich werde zwar Ihren Namen nicht erwähnen, aber dennoch würde ich Ihnen empfehlen, sich einen anderen Job zu suchen. Dieser hier bekommt Ihnen nicht! Vergiftungsgefahr!«

»Wiedersehen!« sagte Frau Theobald lächelnd.

Hanna sah auf die Uhr. Um eins sollte sie bei ihrer Freundin Maja anrufen, wegen des genauen Treffpunkts. Noch genug Zeit, um bei LIFESTYLE im Archiv anzufragen.

»Eva-Lotte, ich bin's – die Hanna!«

»Was? Bonjour, Mademoiselle! Oder ist's schon Madame? Sollten wir da etwas verpaßt haben!«

»Nein, nein, es ist alles noch beim alten. Im wahrsten Sinne des Wortes.« Hör mal, Eva-Lotte, ich hätte da mal eine Frage, eine Bitte. Könntest du bitte bei euch im Bioarchiv einen Namen nachsehen.«

»Hm...«, machte Eva-Lotte, »ein Auftrag? Du weißt, wir arbeiten jetzt als selbständiger Bereich sozusagen als Profit-Center. Kannst du mir die Kostenstellennummer durchgeben?«

Irgendwie reichte es Hanna jetzt. Seit sie Frankfurt verlassen hatte und vor allem seit sie diesem verdammten Fischer hinterherrecherchierte, hatte es nur unfreundliche arrogante Gesprächspartner gegeben. Dauernd mußte sie sich entschuldigen oder korrigieren oder anschnauzen lassen.

»Die Kostenstelle ist 007, und wenn du mir nicht sofort diesen verdammten Namen raussuchst, dann rufe ich bei der Chefin an und erzähle ihr von dem schwunghaften Handel mit Prominentenfotos, den du letztes Jahr betrieben hast. Auf eigene Kostenstelle wohlgemerkt!«

Das wirkte.

»Aber gerne tue ich einer Freundin den Gefallen!« säuselte Eva-Lotte, »was für einen Namen suchst du denn, Schätzchen!«

»Luino! Einen Mann namens Luino. Ich will nur wissen, was das für einer ist. Irgendwoher kenne ich den!«

»Bleib dran!« Hanna hörte eine Stahltür aufgehen, Papier rascheln, dann das Klappern einer Computertastatur.

»Luino, Pierre. Geboren in Lausanne, 1948, zunächst Lehre als Bankkaufmann, später Einstieg ins internationale Kunstgeschäft. Lebt heute in New York. Erwirbt und vertreibt Kunstwerke von außergwöhnlichem weltweitem Rang. Geschätztes Vermögen: 230 Millionen

Mark. Verheiratet in dritter Ehe mit Georgette Klein, einer Deutschen. Keine Kinder.«

»Danke!« sagte Hanna trocken, »danke für deine Hilfe, Eva-Lotte. Ich werde dich in mein Nachtgebet einschließen!«

»Lieber nicht!« erwiderte Eva-Lotte trocken. »man sieht sich. Tschüß!«

Ja, dachte Hanna, man sieht sich. Unverbindlich. Flüchtig. Oberflächlich.

Plötzlich fühlte sie sich sehr allein. Doch sie ermahnte sich, wieder an ihren Auftrag zu denken. Ihr nächster Gang mußte sie zum Goethehaus führen, jenem schmalen, seltsam antiquiert und fast fehl am Platze wirkenden Häuschen mit seinen polierten dunklen Möbeln, gewachsten Böden und seiner musealen Atmosphäre.

Sie sah auf die Uhr. Halb zwölf. Es wurde wirklich Zeit.

Schon als sie sich dem Haus näherte, im Hintergrund das träge graue Band des Mains, hatte sie ein ungutes Gefühl. Und tatsächlich, »Wegen Renovierungsarbeiten Museum und Verwaltung bis zum 1.10. geschlossen!«

»Nein« sagte Hanna, »alles geht schief. Alles, alles, alles!!«

»Haben Sie was gesagt?« Hinter ihr stand ein Mann. Schlank, blond, Bürstenfrisur, blaue Augen, modisch gekleidet. Nur ein Wunder, daß ihm am Arm kein Tennisschläger gewachsen war.

»Alles geht schief, habe ich gesagt. Ich wollte gerne ins Goethehaus!«

»Halb so tragisch. Fahren Sie nach Weimar, da können Sie ähnliches altes Gerümpel sehen. Was ist schon dran: ein paar alte Schränke, Bücher, Papiere, Vitrinen – das war's schon.«

»Sie halten wohl nichts von Goethe, oder?«

Der junge Mann lachte, »Ganz im Gegenteil, Gnädigste. Er finanziert meinen BMW und mein Surfbrett.

Und den Urlaub auf den Seychellen für mich und meine Maus auch!«

»Wie?«

»Ich bin Museumspädagoge hier. Rolf Vetter! Dafür zuständig, daß die Kids von heute den alten Dichterkopp auch richtig zu würdigen wissen. Und wissen Sie, was ich hier bei der Renovierung gleich einbauen lasse: ein Computeranimationsspiel ›Faust und die Grete‹. Da springen kleine Figuren übers Feld, und in den Sprechblasen: ›*Vom Eise befreit sind* ...‹ na Sie wissen schon. So bringen wir das den kleinen Hirnlosen von heute bei!« Er sah auf die Uhr. »Jetzt muß ich aber los.. Da drin wartet diese Softwarefirma auf mich. Also, kommen Sie nach dem 1.10. wieder, Lady!«

»Noch eine Frage, Herr Vetter, haben Sie Herrn Fischer gekannt. Er hat hier gearbeitet.«

»Fischer? Den sie kaltgestellt haben irgendwo im Süden? Na klar, unseren zweiten Goethe. Wenn wir den an Kinder gelassen haben, sind die vom Zuhören ohnmächtig geworden. Fischer – das war der Goethefreak schlechthin. Ich glaube, es gab keine Zeile von Goethe, die er nicht kannte. Auswendig versteht sich. Manchmal hat er gesagt: ›Ich wollte, er hätte noch mehr geschrieben, noch viel mehr. Es reicht mir nicht, wenn es doch nur noch mehr gäbe. Für jedes Gefühl von ihm, jede Regung, für jede Alltagssituation müßte es ein Gedicht geben.‹ Schwachsinn, ich finde der Alte hat uns genug hinterlassen, finden Sie nicht? Aber das ist natürlich nur meine Privatmeinung!«

»Doch, das finde ich auch.«

»Also, der Fischer, das war ein Fanatiker. Am liebsten hätte er noch Klogedichte von Goethe gelesen. Dabei weiß doch jeder, in dieser Zeit wurde nur das Hehre, das Edle und das Schöne besungen. Die höheren Werte sozusagen. Und die Natur, na klar, Natur wohlgemerkt, nicht unbedingt das Natürliche! Aber das reichte ihm nicht, dem Fischer. Soll er doch *Dichtung und Wahrheit* lesen, wenn er den Alltag will. Alltag hat man doch damals nicht in Gedichte gepackt, das war fast Gotteslästerung. Ich meine, scharf wär's schon, wenn es so was gegeben hätte, aber nachträglich können wir ja nichts mehr dazuschreiben, oder?«

»Meinen Sie denn, daß wirklich alle Gedichte von Goethe der Nachwelt erhalten sind?«

Rolf Vetter lachte, »Jetzt reden Sie wie der werte Tote. Goethe in Straßburg, so sagt die Sekundärliteratur, wußte natürlich noch nicht, daß seinen natur-und liebeserfüllten Liedchen mal weltgeschichtliche Bedeutung zukommen würde. Er schrieb damals seine Lieder nicht für die Mitwelt oder die Nachwelt, sondern für sich und für Friederike. Er schickte sie ihr von Straßburg nach Sessenheim. Keines davon wurde damals gedruckt, einige Verslein hob er für sich selbst auf und gab sie erst später zur Veröffentlichung frei. Friederikchen hat die Gedichte, die sie von ihm bekam, aufgehoben und manche davon abgeschrieben, aber aus ihrem Nachlaß ist nichts erhalten. Manchmal, um ehrlich zu sein, hatte ich das Gefühl, Fischer hat sich nur da unten rumgetrieben, um auf die Spur dieser Gedichte zu kommen, aber auf die Idee waren vor ihm ja schon andere gekommen. 1835 war der Student Heinrich Kruse im Elsaß und schnüffelte hinter dem Geheimrat her, der sah bei Fritzis Schwester Sophie eine Handschrift von 10 Gedichten, die er sich abschrieb, aber da waren einige von Goethe, einige von Lenz, Goethes Nachfolger bei Fritzchen. Manche waren frühere Versionen bekannter Gedichte, andere ganz unbekannte. Aber das war alles«

Hanna versuchte, sich das alles zu merken. Irgendwie hatte sie das Gefühl einer Lösung näherzukommen. Aber welcher Lösung?

Der junge Mann sah wieder auf seine Uhr. »Also, ich muß losdüsen. Sieht man sich mal?«

»Ich bin nicht von hier.«

»Woher kommen Sie denn?«

»Aus Sessenheim!«

»He, he. Friederike heißen Sie aber nicht, hm? Na, das war schon ein Schlawiner, der alte Geheimrat. Das imponiert den Schülern, die hier durchgeknutet werden, übrigens am meisten: daß er so einen Schlag bei den Weibern hatte. Ich zähle sie immer alle auf: Lotte, Friederike, Christiane, Frau von Stein ... da staunen sie ganz schön. Obwohl ich persönlich glaube, da war noch einiges mehr. Und nicht alles hat unser Casanova vom Main in *Dichtung und Wahrheit* erwähnt. Also, Lady, ich reite vom Hof. Man sieht sich!«

»Man sieht sich!« sagte Hanna und spürte, daß alles jetzt zum Greifen nah war.

Es lag auf der Straße.

Sie mußte sich nur bücken.

Wie zum Spaß bückte sie sich tatsächlich – und erblickte dabei noch eine lauernde Gestalt, die dann ruckartig, wie erschrocken hinter einer Ecke verschwand.

Eine seltsam vertraute Gestalt.

Hanna richtete sich langsam auf. Frau Theobald hatte recht gehabt. Sie wurde verfolgt.

Auf einmal hatte Hanna Angst!

16. KAPITEL

Darum bedenk o Liebchen dein Gewissen

»Sei mir nicht böse!« sagte Maja, »ich schaff's nicht. Ich schaff's einfach nicht. Aber wenn du nächstes Mal nach Frankfurt kommst, warum sagst du nicht ein bißchen früher Bescheid, und wir treffen uns wirklich alle zusammen? So wie früher, mit der ganzen Clique. Sorry!«

Hanna hatte den Verdacht, sie allein sei der gesellschaftlich hyperaktiven Maja einfach nicht interessant genug.

Sie setzte sich in ein grauenhaftes, mit edelstem Plastik ausgestattetes MacDonald's, bestellte sich ein Supermenü mit großer Cola, versenkte ihre Zähne in das süßliche Weich und sah sich um. Kinder, viel zu viele Kinder aßen hier zu Mittag. In Frankreich aßen sie in den Schulen, das war besser. Überhaupt Frankreich, das Elsaß ... die gemütlichen Restaurants mit den niederen Decken, den Tischen aus Holz, den karierten Vorhängen und Tischdecken. Wein aus tönernen Karaffen, Aperitifs mit Wasser in einfachen Krügen. Für Hanna war das Leben früher identisch gewesen mit Großstadt, mit Lichtern, mit Bars, Autos, Kreuzungen, Kaufhäusern, Boutiqen und Fitneßstudios. Jetzt war sie sich da nicht mehr so sicher. Wieder sah sie sich um.

Ein paar alleinessende Damen, wenige Herren, eine ganze Reihe Ausländer bevölkerten die hastig abgewischten Resopaltische.

Hanna starrte vor sich hin. Trostlos.

Sie mußte dringend nachdenken, aber hier, in dieser lauten Stadt, mit all dem Geschiebe und Gedränge, würde sie auf keinen Fall einen klaren Gedanken fassen können. Dies war ihre Heimatstadt, aber was hielt sie hier? Vor allem wer? Ihre Mutter war nicht da, ihr Vater auf einem Kongreß, ihre Kolleginnen feindselig, ihre Freundinnen desinteressiert.

Hanna horchte in sich hinein und stellte fest, daß sie nicht nur Angst hatte, sondern auch unglücklich war.

Sie beschloß nach Sessenheim zu fahren. Ist das mein Zuhause? fragte sie sich.

Im Autoradio hörte sie Rock und Pop. Wieder flogen die Bergstraße, Mannhein, Karlsruhe, links der Schwarzwald und rechts die Pfalz vorüber. Baden-Baden, rechts ab, dann eine Schleife drehen, über den Rhein, den Zöllner ignorieren, an Alberts Töpferei vorbei, Roppenheim, Roeschwoog.

Hanna atmete auf. Hier war es freier, bunter, die Luft lauer, die Erde noch Erde. Es roch so würzig, nach tausend Sachen, kleine Blätter fielen ihr auf die Windschutzscheibe, in den Gärten werkelten die Menschen, auf den Felder kurvten riesenhafte Mähmaschinen.

Sessenheim. Links neben der Einfahrt der Hügel, den sie noch niemals besucht hatte. Eigentlich hatte sie jetzt Zeit. Lucien erwartete sie noch lange nicht. Wenigstens für einen kurzen Moment ... Sie parkte das Auto nahe der Straße, lief dann auf einem sauber asphaltierten Weg Richtung Hügel, der eigentlich wirklich nur ein Hügelchen war. Es windete ein bißchen, obwohl das Wetter nach wie vor gut war. Langsam lief Hanna auf die Erhebung zu. Es war niemand da außer ihr. Kein Wunder an einem Werktag. Oben, umgeben von schönen Bäumen und zierlichen Sträuchern, blieb sie stehen und sah hinaus in das flache Land mit Häusern und Feldern.

»Schön hier, nicht wahr?«

Hanna zuckte zusammen und drehte sich ruckartig um. Hinter ihr stand Giraud, der die Hände abwehrend ausstreckte. »Schießen Sie nicht. Ich bin kein Mörder, nur ein Spaziergänger!«

»Das können Sie erzählen, wem Sie wollen!« erwiderte Hanna verdrießlich. »Was machen Sie hier!«

»Es ist ein Ort der Erinnerung für mich!« entegegnete Giraud mit fast finsterer Miene. »Hier haben wir uns verlobt, meine Frau und ich!«

»Wie schön!« entgegnete Hanna trocken und aus irgendeinem Grund schlecht gelaunt.

»Sie ist tot!« sagte Giraud ebenfalls trocken und brach ein Blatt von einem Baum ab.

»Was? Aber Sie haben doch Kinder?«

»Drei!«

»Woran ... woran ist sie gestorben?« Hanna fühlte sich überhaupt nicht mehr wohl an diesem idyllischen Ort.

Giraud zuckte die Achseln. »Sie ist ertrunken, beim Baden am Atlantik. Ich habe am Ufer gestanden und auf die Kinder aufgepaßt, und bei dreien hat man da ordentlich zu tun. Irgendwann war aufgeregtes Geschrei von den ... wie sagt man ... Badewärtern, ich habe mich umgesehen, meine Frau war nirgends, dann habe ich ihren Kopf gesehen, wie er in einer hohen Welle auftauchte und verschwand, auftauchte und verschwand, rausgetragen wurde ... Es war ganz ... wie soll ich sagen, ganz einfach. Als die Männer und ich sie erreicht haben, war ihr Körper am Untergehen, sie war tot. Panik. Angst. Wasser geschluckt.«

»Das tut mir unendlich leid!« sagte Hanna. »Sie Armer!«

Giraud schüttelte den Kopf, als schüttele er das Wasser des Atlantik von sich ab.

»Ich habe meine Kinder. Aber was werden Sie haben, wenn Ihr Lucien nicht mehr bei Ihnen ist?«

Hanna strich sich eine Haarsträhne aus dem Gesicht. »He, wie klingt denn das? Ich hoffe, er ist noch lange bei mir. Ich wüßte nicht, daß er krank ist. Ein herrliches Fleckchen ist das hier ...«

»Es ist ein ehemaliger Tumulus aus der Bronzezeit. Nach langem Hin und Her hat man ihn mittlerweile erforscht. Die Gedenkstätte selbst ist nicht so alt – ich glaube, 1880 ist sie mit viel Aufhebens eingeweiht worden!«

»So alt sieht die Hütte gar nicht aus!«

»Ist sie auch nicht. Soweit ich weiß, stammt diese hier aus dem Jahr 1908. Mal sehen, wie lange sie noch hält.«

»Hier hat Goethe also immer mit seiner Friederike verweilt?«

»Ja, das war der Ort seiner Sehnsucht ... Ich habe es immer bei mir, denn meine Frau und ich, wir haben es damals hier zusammen gelesen, auswendig kann ich es nicht.« Giraud holte aus seiner Tasche ein zerknittertes Papier hervor und las vor, so als lese er ein Geständnis:

Der Baum in dessen Rinde
mein Nam' bei deinem steht,
wird bleich vom rauhen Winde,
der jede Lust verweht.
Der Wiesen grüner Schimmer
wird trüb wie mein Gesicht:
Sie sehn die Sonne nimmer
und ich Friederiken nicht!

Hanna seufzte. Schön, wirklich schön. »Aber er wußte schon, daß er gehen würde!« sagte sie. »Nicht wahr?«

»Ja!« antwortete Giraud und sprach weiter:

Bald geh' ich in die Reben
und herbste Trauben ein;
umher ist alles Leben,
es strudelt neuer Wein.
Doch in der öden Laube,
Ach, denk' ich, wär sie hier!
Ich brächt' ihr diese Traube,
und sie, – was gäb' sie mir?

Giraud verstummte.

»Wissen Sie, wie sich dieses Gedicht für mich anhört?« fragte Hanna.

Giraud wartete.

»Als ob sie ihm verdammt wenig gegeben hätte – zumindest nicht das, was er sich vorgestellt hat. Als wollte er sagen: Und was gibt sie mir für all diese Liebe? Nichts und wieder nichts!«

Giraud wartete.

»Zumindest nicht das, was er sich erhofft hatte! Sie wissen, was ich meine. Hätte sie ihm nämlich das gegeben, dann müßte am Schluß des Gedichts nicht dieses ratlose Fragezeichen, sondern ein erinnerungsseliges Ausrufezeichen stehen. Verstehen Sie?«

Giraud drehte sich um. »Ich weiß nicht, ob man das so sagen kann?« sagte er kurz. »Ich muß jetzt gehen. Passen Sie auf sich auf. Adieu!«

Bevor Hanna überhaupt etwas erwidern konnte, war seine hohe, schmale Gestalt bereits den Weg hinuntergegangen und beinahe verschwunden.

Hanna fröstelte. Es wurde schon kühler. Zeit, nach Haus zu gehen.

Sie fuhr die Hauptstraße entlang, drosselte die Geschwindigkeit am Goethebild, grüßte die hellbräunlichen Gestalten. » Goethe, ich war in deiner Heimat und ich kann dir versichern: Man hat dich dort nicht vergessen!«

Goethe sah träumerisch hinaus, Abschied nehmend, und antwortete nicht.

Hanna wollte abbiegen, in die Rue de Hagenau, doch irgendwas war stärker, als hätte es einen eigenen Willen, steuerte das Auto langsam, aber auf kürzestem Weg in die Rue Friederike Brion und auf das Häuschen der Schluchters zu.

Vor dem Haus war es still.

Hanna hielt an. Fünfzig Meter vor dem Haus. Nicoles Auto stand da und der Flitzer der Pariserin. Und ... Luciens Auto. Lucien? Wollte er sich entschuldigen bei den Schluchters?

Richtig, sie war ja viel zu früh. Er hatte erst heute abend mit ihr gerechnet.

Und dann ging alles ganz schnell. Die Hoftür öffnete sich, Lucien, schlank und elegant wie immer, trat hinaus, an seiner Seite die Rotblonde aus Paris. Sie brachte ihn zu seinem Wagen. Dann drehte sie sich vorsichtig um, ob jemand sie sähe, und legte ihm wie tröstend die Hand auf den Arm. Sehr rasch und sich nochmal umsehend lief sie dann weiter, Richtung Dorf, ein Lächeln auf den Lippen. Dabei passierte sie Hannas Wagen, doch sie sah nicht hinein. Zu sehr war sie mit ihrem Lächeln beschäftigt.

Hanna stieg aus. Wie betäubt. Lucien fuhr inzwischen fort, in die andere Richtung, vermutlich nahm er eine der Querstraßen Richtung Fluß und Wald, die auch in Windungen in die Rue de Hagenau führten.

Jetzt verstand Hanna den Ausdruck, »Wie Schuppen von den Augen.« Genauso erging es ihr jetzt. Es war Lucien gewesen, den sie in Straßburg gesehen hatte. Er hatte sie betrogen. Er war mit dieser Schickse in Straßburg gewesen. Weiß der Teufel, wie er sie kennengelernt hatte ... vielleicht in Hagenau, vielleicht hatte er sie schon gekannt.

Mechanisch lief sie auf das Haus zu, klingelte. Nicole öffnete nach einer Weile. »Frau Kupferschmitt, ich wüßte nicht, was ... wie sehen Sie denn aus?«

»Deshalb sind Sie so komisch zu mir die ganze Zeit!« schrie Hanna und schluchzte dabei, »weil Sie wissen, daß mein Verlobter mich betrügt mit dieser Schnalle aus Paris, dieser gefärbten Hexe. Deshalb wollten Sie nie, daß ich wiederkomme! Ich habe es satt. Wäre ich damals nie in diese Bank gegangen, wäre ich nie in dieses Kaff hier gekommen! In Frankfurt bin ich eine Fremde geworden, hier haßt man mich, ich verstehe die

Sprache nicht, und der Mann, wegen dem ich alles aufs Spiel gesetzt habe, betrügt mich. Und verhungern werde ich auch, weil ich keine Arbeit mehr habe!«

Nicole sprang auf Hanna zu und legte ihr den Arm um die Schultern. »*Mon Dieu*, jetzt tun Sie mir doch leid. Weinen Sie bitte nicht mehr. Nein, das ist nicht so. Er hat nichts mit Ronielle. Wirklich nicht. Er hatte nur etwas Geschäftliches mit ihr zu besprechen, deshalb war er hier. Sie ...« Nicole gab sich sichtlich einen Stoß. »Sie waren im Wohnzimmer, weil sie oben in ihren Zimmern keinen Tisch hat. Ich habe alles gesehen und gehört. Er liebt Sie. Es ist nichts. Nur etwas Geschäftliches. Meine Güte, kommen Sie, trocknen Sie Ihre Tränen, kommen Sie, wir setzen uns hinters Haus, in den Wirtschaftsgarten, dort ist eine Art Laube, da können wir ungestört sprechen.«

Zwischen Gurken und Tomaten, reifen Zucchini, anmutigen Weinranken, Salatköpfen und zwei gackernden Hühnern, eine Tasse extrastarken Kaffees vor sich, begann Hanna sich zu beruhigen.

»Ich schwöre Ihnen, er hat nichts mit ihr. Sie haben nur – wie sagt man – Business«.

Hanna mußte lächeln, unter ihren halb getrockneten Tränen. Wie viele Franzosen sprach Nicole ein grauenhaftes Englisch. Sie sagte »bössiness«.

»Nicole, was ist los mit diesem Fischer? Warum willst du nicht über ihn sprechen?«

Nicole zuckte mit den Achseln, und um ihren Mund erschien jene Traurigkeit, die Hanna schon oft bei verlassenen Frauen gesehen hatte, die sich irgendwie damit abgefunden hatten.

»Weil es wahr ist. Hans-Peter und ich waren ein Paar! Wir hatten ...« sie schluckte, und Tränen traten ihr in die Augen, »feste Pläne!«

Hanna sah sie nur stumm an. Es fiel ihr nichts dazu ein. Was sollte sie dem Mädchen sagen? Daß ihr geliebter Hans-Peter eine vermutlich recht schicke kosmopolitische Freundin gehabt hatte, eine weltläufige Person, die er wahrscheinlich sogar heiraten wollte? Was würde es nützen, ihr reinen Wein einzuschenken? Daß sich die Linien der Bitterkeit, die bereits jetzt winzige Gräben rund um ihren hübschen runden Mund bildeten, noch tiefer wurden? Und damit vielleicht ein kleineres Glück, aber doch ein Glück, mit Albert unmöglich machen?

»Wie kam alles, wie kam es dazu?« fragte sie deshalb nur sanft.

Nicole sah geradeaus in den blühenden Garten.

»So, wie wir es Ihnen gesagt hatten. Er suchte nach einem Zimmer, fragte bei uns nach ...«

»Hat er vorher irgendwo anders nachgefragt?«

Nicole lächelte. »Seltsam, daß Sie das fragen. Es gibt bei uns in Sessenheim ja nur sechs Familien, die Privatquartiere anbieten. Und er hat überall nachgefragt, hat sich die Häuser und die Leute genau angesehen.«

»Und das haben die mitgemacht?«

»Nun, sie dürfen nicht vergessen, die meisten von uns hier haben nicht viel Geld, und es ging um einen Feriengast, der viele Wochen bleiben wollte. Da gibt man sich schon mehr Mühe.«

Hanna nickte.

»Und warum hat er sich für Ihr Haus entschieden?«

Nicole lächelte wieder, was sie süß und lieb erscheinen ließ. Wieder mußte Hanna an Friederike denken.

»Nun, er war da, hat sich lange mit uns unterhalten, hat erzählt, was er machen will, wie bei den anderen Familien auch, hat uns auch vieles gefragt, Papa hat erzählt, auch von früher, und wir haben zusammen Wein getrunken ...«

»Und Georg? Ich meine, der hat ihn freundlich empfangen. Zu mir war er doch so ruppig, weil ich Deutsche bin.«

»Georg? Nun, er braucht das Geld. Die ganze Familie braucht das Geld. Dieses Haus zu erhalten, kostet viel, und wir waren mehrmals auf der Bank, und man hat uns gesagt, wir bekommen keinen Kredit mehr. Aber jetzt, wo Sie es sagen: Georg war niemals besonders begeistert von den Deutschen, aber so feindselig wie diesmal war er auch noch nie. Irgendwie hat er sich verändert, als Hans- Peter dann da war!«

»Wegen Ihnen und Ihrer Liebe!«

Nicole hob ihre schmalen Schultern. »Vielleicht. Wenn er etwas getrunken hatte, sprach er immer davon, daß dem Elsaß alles genommen würde, auch seine eigene Kultur und seine Identität. Grabschänder, hat er gesagt. Alles Grabschänder!«

Hanna schwieg. Ein großer blau-brauner Schmetterling setzte sich auf ihr Knie und zuckte mit den Flügeln.

»Nicole. Hans-Peter hat – entgegen dem, was ihr mir damals gesagt habt – doch einmal Besuch gehabt. Wer war das? Es war ein Mann, nicht wahr?«

»Woher wissen Sie das?«

Hanna sagte nichts, wartete nur.

»Ich war da, hatte aber im Garten zu tun. Es war etwas Berufliches, sagte er. Der Mann, ich habe nur ein paar Worte gehört, er war im Auftrag von jemandem da. Zuerst dachte ich, er ist ein Elsässer, denn der Dialekt hört sich ja so ähnlich an, aber das stimmte nicht!«

»Wieso? Woher kam der Mann?«

»Es war Schweizer. Ja, ein Schweizer war das!«

»Und was wollte er von Hans-Peter Fischer? «

Nicole schüttelte den Kopf.

»Das weiß ich nicht. Er war erst bei Hans-Peter und später sind sie alle zusammen essen gegangen. Im Au Boeuf!«

»Alle zusammen?«

»Ja, Hans-Peter, Georg und dieser Mann!«

»Und Sie?« bohrte Hanna weiter, »Sie sind nicht mitgegangen? Warum nicht? Als Fischers Freundin?«

»Ich konnte nicht. Hatte keine Zeit!« antwortete sie verschlossen, und es war klar, daß sie log. Man hatte sie nicht gefragt, aus welchen Gründen auch immer.

»Und Sie haben keine Ahnung, um was es ging?«

Nicole schüttelte den Kopf. »Sicher um Hans-Peters Buch!« erwiderte sie beinahe hilflos.

Hanna sah geradeaus in den Garten, auf die Salatköpfe, die ordentlichen Kohlkopfreihen und die üppigen Tomatenranken, an denen schwere rote Früchte hingen.

Sie glaubte nicht mehr an dieses Buch, aber was für einen Sinn hatte es, Nicole, das jetzt zu sagen.

»Hat er jemals erwähnt, daß er sich bedroht fühlt, daß er mit krummen Sachen zu tun hatte, in Frankfurt vielleicht?«

»Aber nein!« antwortete Nicole entrüstet, und Hanna sah ein, daß dies eine reichlich dämliche Frage gewesen war: Welcher Mann, der ein Mädchen rumkriegen will, erzählt ihr schon, daß er in krumme Geschäfte verwickelt ist.

Rumkriegen. Hatte Hans-Peter Fischer Nicole rumkriegen wollen? Zu was? Mit ihm zu schlafen oder zu etwas anderem?

Hanna merkte plötzlich, wie müde sie war. Im Appartement ihrer Mutter mit den fremdgewordenen Geräuschen der Stadt hatte sie in der Nacht nicht gut geschlafen, unruhig, immer wieder verschwitzt aus schlechten Träumen aufschreckend, die kurzen bleiernen Ruhephasen hatten sie nicht ausgeruht sondern angestrengt. Und dann die Sache mit Lucien.

»Und was für Geschäfte hat denn Lucien mit dieser Frau aus Paris?«

»Ich weiß nicht!« sagte Nicole zögernd, »es geht um Immobilien, glaube ich. Irgendwas mit seiner Bank. Sie kommt von einem Auktionshaus in Paris. Wahrscheinlich geht es um Grundstücke. Ist das nicht sowieso das Spezialgebiet von Ihrem *fiancé*?«

»Ich denke schon!« gab Hanna zurück, als ihr auffiel,

daß sie den gleichen Fehler gemacht hatte, wie die meisten Frauen, sich nämlich nicht richtig für Luciens Beruf zu interessieren. Hauptsache war, daß er sie nicht betrogen hatte ...

Hanna beschloß, nach Hause zu gehen. Es wurde Zeit. Sie sehnte sich trotz allem nach Lucien.

Und weil sie so müde war, auf dem Heimweg, verdrängte sie das merkwürdige Gefühl, daß ihr auch diesmal wieder jemand folgte ...

Zu Hause erwartete sie ein strahlender Lucien. Er entschuldigte sich für den Streit mit einem selbstgepflückten Strauß Herbstblumen: »Habe ich in den Gärten geklaut. Hoffentlich werde ich nicht erwischt. Ein Bankangestellter, der klaut, das ist auch in Frankreich kein Gentlemansdelikt!«

Hanna küßte ihn, er küßte Hanna, beide küßten – zumindest symbolisch eine wie hingegossen im Flur liegende Prinzessin.

Hanna, entzückt von der Lachsmousse mit Zitronensauce, die er ihr zubereitet hatte, beschloß, mit offenen Karten zu spielen. »Ich habe heute gedacht, du betrügst mich mit einer anderen Frau!«

»Was?« Lucien sah sie verblüfft an. Und Hanna sah, was jede Frau gerne sah – sein Erstaunen war echt! Er betrog sie nicht. Ein Felsblock aus Mißtrauen fiel von ihr ab.

»Wieso denn das?«

»Ich habe gesehen, wie du dich von dieser rotblonden Pariserin recht herzlich verabschiedet hast, die, die bei den Schluchters lebt.«

Luciens Ausdruck war nun wachsam geworden und Hanna konnte das gut verstehen. Sie waren erst so kurz zusammen, noch nicht einmal verheiratet, und schon spionierte sie ihm nach?

»Ich bin zufällig hingefahren, ich weiß auch nicht warum, ich war ja früher in Sessenheim und habe in

Frankfurt so viel über unseren Streit und die Schluchters nachgedacht ...«

»Ja?«

»Deshalb bin ich vorbeigefahren und habe dich gesehen, aber Nicole hat mir gesagt, du hast nur geschäftliche Dinge mit ihr besprochen. Ging es um Grundstücke?«

Lucien lachte und zog Hanna an sich. »Diese Frau? Sie arbeitet für eine Pariser Firma, und sie wollen hier eine Niederlassung gründen. Wir haben Bankgeschäfte, die total langweilig sind. Da geht es um Immobilien, Abschreibungen, Grunderwerbssteuern, Erbpachtgeschichten ...«

»Wie du diese Ausdrücke auf deutsch kannst – toll!« sagte Hanna in ehrlicher Bewunderung, »die meisten dieser Begriffe kenne ich nicht mal in meiner eigenen Sprache!«

Lucien lachte sein wunderbares Lachen.

»Das waren die ersten Wörter, die ich überhaupt auf deutsch konnte, vergiß das nicht« Er küßte sie auf die Nasenspitze. Prinzessin schlich sich in der Hoffnung, auch geküßt zu werden, näher heran. »Und was hast du eigentlich während unserer Trennung in Frankfurt gemacht? Mein Gott, Hanna, ich hatte Angst du kommst nicht mehr zurück!«

Hanna sah ihn an. Er meinte es ehrlich. Sie war geborgen. Und sie war glücklich. Ja, das war sie, und sie würde dieses Glück gewiß nicht dadurch zerstören, daß sie jetzt wieder diese unseligen Schluchterstories widerkäute, daß sie wieder von Hans-Peter Fischer und seiner unseligen Leidenschaft erzählte.

»Meine Eltern besucht, ein paar Leute gesehen und mich ansonsten nach Sessenheim, nach Prinzessin und nach dir gesehnt!«

»Hoffentlich nicht in dieser Reihenfolge! Ich habe mich sehr nach dir gesehnt« Und dann fuhr er neckisch und wie um sie zu ärgern fort: »Und wenn du nicht bald wiedergekommen wärest, wer weiß, wer weiß, ob mir dann die Pariserin oder die kleine Nicole nicht noch hätten gefährlich werden können? Ein Mann ist schließlich ein Mann, und wenn die Bedürfnisse kommen ... huuuuhuuu!« Lucien spielte das Nachtgespenst, erschreckte Prinzessin und trug Hanna ins Schlafzimmer.

17. KAPITEL

Ihr folget falscher Spur ...

Lucien mußte am nächsten Morgen früh gehen. »Termine!« stöhnte er und fuhr sich durch die dunklen Locken. »Treffen, Besichtigungen. Ein Bauernhof bei Niederroedern wird versteigert und ein kleines Haus bei Soufflenheim. Keine schöne Aufgabe, aber ich habe die Besitzer gewarnt. Keine neuen Kredite mehr auf die baufälligen Anwesen! Dann kommen Reparaturen, Wasserschäden, Sturmschäden, die Heizung defekt – das kostet!«

»Wer wird die kaufen?« Hanna setzte sich auf, umklammerte die riesige französische Kaffeetasse mit beiden Händen und schlürfte genußvoll ihren Morgenkaffee. »Deutsche?«

»Das weiß ich nicht. Ich habe gestern eine Erhebung gelesen. Zwanzig Prozent aller Häuser werden im Elsaß von Deutschen gekauft, gebaut werden von ihnen dagegen so gut wie keine. Vielleicht renoviert es irgendein reicher Elsässer und verkauft es dann an einen Deutschen. So kann er mehr Gewinn machen. Viele Deutsche wollen nichts renovieren. Sie kennen hier keine Handwerker, und von drüben können sie keine beschäfigen. Unermeßlich teuer sind deutsche Handwerker nämlich!«

Das hatte sie auch schon festgestellt, deshalb konnte sich Hanna nicht daran erinnern in den letzten Jahren einen regulären Handwerker beschäftigt zu haben. Auch niemand den sie kannte, nicht einmal ihr Vater, und der hatte genug Geld, beschäftigte einen solchen Handwerker.

Nachdem Lucien gegangen war, stand Hanna auf, zog sich ihren Jogginganzug an und setzte sich in den kleinen Hof, Prinzessin zu ihren Füßen. Demonstrativ schloß sich bei den Nachbarn ein Fenster. Am hellichten Tag herumlungern ohne Arbeit!

Wo gab es denn so was!

Hanna wußte, daß sie beobachtet wurde. Auch wenn sie jetzt lesen würde, in den Augen von Madame Muller, deren Hände die Schwielen schwerster Arbeit aufwiesen, wäre es nur Faulenzerei.

Sie beschloß deshalb, sich auf die Bank im Kirchgarten zu setzen. Am besten unter den alten Baum. Dort konnte sie das Rathaus sehen, es roch so würzig nach Moos, nach Gras, nach Erde und nach Dorf. Sie würde den Schlag der Kirchturmuhr hören, so wie ihn schon Goethe gehört haben mochte. Und auf dem Heimweg konnte sie einkaufen.

Im Wohnzimmer suchte sie nach der Zeitung, aber Lucien hatte sie offenbar mit ins Büro genommen. Auf dem Wohnzimmerschreibtisch lag *Dichtung und Wahrheit*. »Also, dann darfst du mich halt noch mal begleiten!« sagte sie zu dem Buch, das schon richtig zerlesen aussah, und schlenderte langsam durch das ruhige Dorf.

Die Kirche spendete Schatten, oben vom Turm gurrte eine Taube, die vorüberfahrenden Autos vermochten nicht, den Frieden zu zerstören.

Hanna schlug ihr Buch auf und begann wieder zu lesen, liebliche Worte über allerlei harmloses Schönes reihten sich aneinander: das Necken der Mägde, die Spiele, die Spaziergänge, all das Getändel, bis der Ton leidenschaftlicher wurde und sich die Gefühle wie eine Gewitterwolke zusammenzuballen schienen. Hanna hielt den Atem an und las, wie sich Goethe gefühlt hatte, am Morgen nachdem er Friederike geküßt hatte:

»... mit nicht geringer Selbstgefälligkeit war ich mir meines enthaltsamen Betragens bewußt, indem ich mir manche unschuldige Freude versagte, teils um jenen magischen Vozug zu bewahren, teils um ein harmloses Wesen nicht zu verletzen, wenn ich ihn aufgäbe. Nunmehr war aber alles verloren und unwiederbringlich, ich war in einen gemeinen Zustand zurückgekehrt, ich glaubte das liebste Wesen verletzt ... das alles raste zusammen in meinem durch Liebe und Leidenschaft, Wein und Tanz aufgeregten Blute, verwirrte mein Denken, peinigte mein Gefühl, so daß ich, besonders im Gegensatz mit den gestrigen behaglichen Freuden, mich in einer Verzweiflung fühlte, die ohne Grezen schien. Glücklicherweise blickte durch eine Spalte im Laden das Tageslicht mich an, und alle Mächte der Nacht überwindend, stellte mich die hervortretende Sonne wieder auf meine Füße, ich war bald im Freien und schnell erquickt, wo nicht hergestellt ...«

Hanna legte das Buch nieder. Es schien, als stehe die Natur um sie herum für einen Augenblick still, als hielte sie gleichsam die Luft an. Und plötzlich fiel ihr ihre Schulzeit wieder ein; da hatte man sie gezwungen, *Macbeth* zu lesen. Und sie erinnerte sich plötzlich, wie es sie trotz all dem mittelenglischen Schwulst beeindruckt hatte, daß die Natur gegen den Mörder und Ursupator rebelliert hatte, so lange, bis die alte Ordnung wiederhergestellt war. Genauso fühlte sie sich jetzt ...

Hanna las die Stelle wieder und wieder.

Und langsam begann sich aus all dem, was sie in den letzten Wochen gehört, gesehen, gelesen und gelernt hatte ein Bild zu formen: aus Hans-Peter Fischers Aufenthalt in Sessenheim, seiner fieberhaften Suche nach einer geeigneten Familie – nach einer ganz bestimmten Familie. Aus den Verhältnissen, wie sie früher gewesen waren, aus der hohen Moral der Friederike und aus Goethes Manneslust. Aus Goethes Tändeleien mit dem drallen Personal, aus Georgs plötzlichem hilflosen Haß gegen die Deutschen, aus der Antiquarin und dem

Händler Luino und aus Hans-Peter Fischers Tod! Und wieder tauchte Georgs Bild vor ihr auf und Nicoles, wie sie ihn verteidigte.
Hanna sprang auf. Plötzlich schien alles irgendwie einen Sinn zu machen. Sie mußte zu den Schluchters. Doch auf der anderen Straßenseite hielt sie an, klingelte beim Pfarrer.

»Darf ich Sie etwas fragen, Herr Pfarrer ...«

Er lächelte, beinahe als hätte er sie erwartet.

»Entrez, Mademoiselle!«

Nach ihrem Gespräch mit dem Pfarrer raste sie zu den Schluchters. Es kümmerte sie nicht, daß ihr die Leute nachschauten und die Hunde bellten – sie trommelte fast gegen die Tür.

»Nicole, bist du da?«

Und wieder war da der aufmerksame Nachbar von gegenüber, der sich aus dem Fenster lehnte. Hanna beschloß, sich niemals mehr über neugierige Nachbarn zu beschweren.

»Nicole ist weggegangen, ich glaube, sie wollte zum Tennisplatz, ihrem Bruder etwas zu essen bringen!«

Nicole!

Das Mädchen.

Das Dienstmädchen.

»Ist sie schon lange weg?«

»Zehn Minuten. Wenn Sie rennen, erwischen Sie sie noch!« Und kichernd sahen die beiden Alten, wie die Deutsche davonrannte, in ihrem komischen Jogginganzug. Seltsame Leute gab es da, in Frankfurt!

Hanna hastete den Feldweg entlang, überholte einen trägen Radfahrer und einen stolzen Reiter, bis sie am Ende der Biegung Nicoles schlanke Gestalt entdeckte.

»Nicole!« schrie sie, »halt an!«

Nicole trug einen Korb und sah aus wie Rotkäppchen. Und sie ging zum Wolf, aber diesmal mußte sie es geschickter anfangen, durfte nicht wieder ihren Bruder anschwärzen.

»Frau Kupferschmitt?« Nicole blieb erstaunt stehen.

»Sagen Sie doch Hanna zu mir! Überhaupt, ich finde, wir sollten uns duzen!«

»*Eh bien*, Hanna ...«

»Nicole, ich muß mit dir reden. Du mußt mir etwas sagen. Du mußt einfach!«

»Ich hatte dir doch schon gesagt, daß Lucien ...«

»Ach, das hat doch nichts mit Lucien zu tun. Nichts, Gott sei dank. Es geht um Hans-Peter. Und um dich. Und um Goethe!«

»Was meinst du?«

Und da erkannte Hanna, daß Nicole Bescheid wußte. Beschwörend stellte sie sich vor sie und redete auf sie ein: »Nicole, hör zu. Ich meine es nur gut mit dir!« Sie holte Luft. »Ich sage dir jetzt, was ich glaube. Du kannst mir natürlich widersprechen: Hans-Peter Fischer war ein leidenschaftlicher Goethefan und ein exzellenter Kenner. Er hat im Goethehaus gearbeitet, er kannte die Unterlagen, die Gedichte, all die Briefe. Er hatte alles wieder und wieder gelesen. Doch in ihm war ein brennender Wunsch. Der Wunsch, irgend etwas Neues zu entdecken, noch mehr von seinem bewunderten Genie zu lesen, noch mehr zu entdecken.

Hans-Peter Fischer kannte – wie alle Welt – die Friederikenepisode, hatte alles darüber gelesen, auch die Briefe, auch die zarten Liebesgedichte des jungen Goethe, die von traurigen Abschieden, von Naturerlebnissen rund um die Geliebte handelten. Und er erkannte, wie jeder erkennen konnte, der nicht von Goetheverklärung blind war: Hier sprach ein Schwärmer, nicht unbedingt ein Mann! Aber Goethe *war* ein Mann. Ein junger Mann mit ausgeprägten Trieben und Bedürfnissen. Wie alle Künstler, wie viele. Das wußte auch Fischer und Sie, Nicole, wissen ganz gut, was ich meine. Und wie alle Goetheforscher hat er sich hinsichtlich der lieblichen Friederike natürlich gefragt: Hat er oder hat er nicht? Auch Fischer kannte den Brief des Pfarrers, der die ach so hohe Moral der Friederike lobte. Hatte Goethe wirklich mit Friederike geschlafen? Schließlich war sie leidend gewesen, konnte seinem Drängen nicht so nachgeben, wie er es wollte, das geht aus seinen Aufzeichnungen und Briefen hervor, nicht zuletzt auch aus seinen süßen Liebesliedchen. Sie war Pfarrerstochter, kein Mädel, das man einfach so im Heu vernascht und dann sitzenläßt.

Auch Hans-Peter Fischer hat gewiß die Episode in *Dichtung und Wahrheit* gelesen, wo er sich der drallen hübschen Magd in der Verkleidung eines Burschen nähert. Und durchaus ein bißchen mit ihr schäkert. Das gab es also auch. Eine Magd konnte sich geschmeichelt fühlen: ein junger Mann interessiert sich für sie, ein Dichter, ein künftiger Jurist, einer aus der Stadt, aus Deutschland, dem man sich noch verbunden fühlt ...«

Nicole ließ ihren Korb an den Wegesrand sinken und lief ein paar Schritt bis zu einer Trauerweide.

»Genau wie ich heute morgen und wie viele andere vor ihm, ist Hans-Peter Fischer natürlich auch über jene hocherotische Stelle in *Dichtung und Wahrheit* gestolpert, wo der junge Mann seine morgendliche sexuelle Erregung schildert. Die Stelle bricht jäh ab, weiter geht es mit den üblichen Schilderungen des idyllischen Alltags im sommerlichen Elsaß. Hans-Peter Fischer hat sich damit nicht zufrieden gegeben – er fragte sich: Was ist passiert, nachdem der junge Goethe diese Gefühle hatte? Hat er, der er recht ungestüm war und den Frauen nun wahrhaftig nicht abhold, es wirklich dabei belassen, oder ist er vielleicht damals oder an einem der anderen Tage, als es ihm ähnlich erging, hinausgegangen, aufs Feld, auf den Hof und hat sich ein Mädchen gesucht, das mit ihm zusammen diese Gefühle ...« Hanna hielt inne, von sich selbst überrascht. Es war alles plötzlich so klar, »heute würde man sagen: auslebt!«

Nicole sagte immer noch nichts, spielte mit einem Blatt, das sie zwischen ihren Fingern zu grünem Matsch zerquetschte. Wie grünes Blut tropfte der Blattsaft herunter.

»Und wenn dem so war – wer könnte dieses Mädchen gewesen sein? Eine Magd? Vielleicht. Oder – bei der Vorliebe des Goethe fürs Ländlich-sittliche, ein einfaches Bauernmädchen? Hans-Peter Fischer nahm die Fährte auf. Er forschte nach, wie viele Bauernfamilien seit der Goethezeit noch in Sessenheim lebten, und er kam auf eine bestimmte Zahl, nämlich genau jene acht, die er aufgesucht hat. Nicht alle davon vermieten Zimmer, er hat sie aufgesucht und so getan, als habe er gehört, sie nähmen Gäste auf. Wie mir der Pfarrer gerade bestätigt hat, hat Fischer in alten Kirchenregistern gewühlt, unter dem Vorwand, eine Kulturgeschichte des Elsaß zu schreiben, aber in Wirklichkeit hat er versucht herauszufinden, wo es eine Tochter im passenden Alter gegeben hat. Das Risiko, daß die Familie längst weggezogen ist oder ausgestorben, war hoch. Doch er hatte Glück: Er stieß auf Ihre Familie, die seit über zweihundert – und nicht, wie Sie mir weismachen wollten, erst seit hundert Jahren in Sessenheim, in ihrem Haus am Weg Richtung Rheinauen wohnt, wo der junge Goethe früher oft gewandert sein mag. Und diese Familie hatte eine Tochter, die als Magd und auf den Feldern arbeitete.«

Nicole schwieg, die Lippen fest zusammengepreßt.

»Hans-Peter Fischer ist einfach zu euch gekommen und hat gefragt, ob ihr den Goethe gekannt habt. Und damit muß er etwas losgetreten haben. Georg hat ihm etwas erzählt, etwas angeboten, etwas Wertvolles, etwas, das er an Fischer verkaufen konnte. Was war das Nicole?«

»Alles Spekulationen, die Sie da vorbringen!« fast

spuckte Nicole die Worte aus, feindselig wieder zum Sie übergehend, »damit können Sie nichts beweisen. Niemals!«

»Beweisen? Nein, beweisen kann ich es nicht. Niemals. Will ich auch nicht, wenn du es mir nicht freiwillig sagen magst. Was es auch ist – es gehört allen und nicht nur Dir und deiner Familie oder einem reichen Sammler, der es nach Japan verkauft. Ist es ein Bild, ist es eine Zeichnung? Wahrscheinlich ein Brief! Eine Widmung? Wäre es nicht eine späte Ehrung deiner Vorfahrin, wenn die ganze Welt von ihr erführe?«

»Die Welt!« sagte Nicole nachdenklich und bitter, »was nützt uns die Welt, wenn wir den Hof nicht halten können?«

»Ach, das ist es!« sagte Hanna fast erleichtert, daß es endlich einen Anhaltspunkt gab. »Nicole, seriöse Forscher zahlen gewiß auch etwas für einen solchen Brief! Euer Name wird genannt werden, er wird dabei stehen, an der Vitrine – in Paris oder in London oder in Weimar! Kinder werden sich die Nasen an den Scheiben plattdrücken, Erwachsene werden interessiert nachlesen, Forscher aus aller Welt werden sich freuen, einen bislang unbekannten Brief von Goethe ...«

Nun lachte Nicole das erste Mal herzlich, seit Hanna sie kannte. Es war, als fiel eine jahrhundertealte Last von ihr.

»Meine Güte, Hanna, woher weißt du, daß es ein Brief ist!«

Hanna starrte sie verblüfft an.

»Na, das dachte ich mir so! Er hatte eine Tändelei mit einer Bauersmagd und hat ihr, als er verduftet ist, einen Brief geschrieben!«

Nicole schüttelte den Kopf. »Du hast keine wirkliche Ahnung von Goethe, nicht wahr? Er war ein Egoist. Briefe! Er hat sich nicht solche Mühe gemacht. Sie hätte ihn übrigens gar nicht lesen können, diesen Brief. Nicht mal ihr Vater konnte lesen!«

»Was ist es also dann?«

Nicole gab sich einen Ruck. Ihr Blick war plötzlich voller Entschlossenheit.

»Es sind Gedichte! Viele Gedichte. Er hat sie die Mägdelieder genannt. Sie beschreiben den Alltag auf dem Land, den harten Alltag einer Magd, ihre täglichen Pflichten, ihre Gefühle dabei.«

Hanna hielt die Luft an.

»Und wieso sind die Gedichte noch da?«

Nicole seufzte.

»Er hat ihr daraus vorgelesen. Das hat sie ihrem Vater erzählt, der sie, nachdem sie die Affäre gestanden hatte, verprügelt hat. Sie durfte Goethe nicht mehr wiedersehen, wurde in ein anderes Dorf geschickt. Die Gedichte mit den kleinen Zeichnungen hat er bei ihr gelassen. Er hatte wohl vorgehabt, sie mitzunehmen, doch dann war sie fort, mit den Gedichten, und er konnte sie nicht finden. Er hat dann überstürzt, auf Drängen seines Vaters, das Dorf und auch Friederike verlassen und das Ganze beinahe vergessen. Marie hat die Briefe gehütet wie einen Schatz und sie an ihre Nachfahren weitergegeben.«

»Seid ihr Nachfahren von ... ihm und ihr?« War sie schwanger als er fortritt?«

Nicole lachte. »Ihr Deutschen! Es muß immer noch einer mehr sein, wie? Nein, sie war nicht schwanger, wir sind keine Goethes! Zumindest nicht, daß ich wüßte. Sie hat zwar noch im Herbst desselben Jahres geheiratet und ein Kind bekommen, aber daß dieses Kind von Goethe war, ist sehr unwahrscheinlich.«

Hanna schüttelte den Kopf. »Hast du die gelesen, diese Mägdelieder?«

Nicole nickte. »Natürlich!«

Hanna atemlos: »Und?«

Nicole zuckte die Achseln und lächelte. »Nun, sie sind wirklich wunderbar. Anders als seine anderen Sessenheimer Lieder. Realistischer. Sie beschreiben unseren Alltag. Es hat heute noch alles Gültigkeit. Ich verstehe nicht viel von Dichtung, bin auch nicht wirklich gebildet, aber ich glaube, es ist etwas Besonderes, aus dieser Zeit solche Gedichte zu haben.«

»Und das soll bis auf alle Ewigkeiten nur Schluchters und maximal einem reichen Goetheverehrer gehören? Willst Du das wirklich?«

»Ich habe das nicht zu entscheiden. Es liegt in Georgs Händen! Der letzte Sohn, der noch zu Hause wohnt, hat die Verantwortung dafür.«

Na, dachte Hanna mißtrauisch, das könnte vieles erklären. Hatte Georg deshalb bis heute nicht geheiratet? Hatte Georg Hans-Peter Fischer umgebracht – vielleicht weil er durch den Besuch des Abgesandten von Luino (wie Hanna vermutete) gemerkt hatte, was für einen unermeßlichen Schatz die Familie da in Händen hielt, und daß er das Geschäft auch alleine machen konnte? Und dann hatte er den verhaßten Deutschen, der noch dazu seine Schwester verführt hatte, umgebracht, um ihn los zu sein ...

»Dieser Schweizer, der bei Ihnen war – hatte der die Gedichte schon gesehen?«

Nicole, die inzwischen das Lügen aufgegeben hatte und sich offenbar recht wohl dabei fühlte, schüttelte den Kopf. »Nein! Es wurde nur über ...«

»Über ...?«

»Nun, über Geld gesprochen. Über sehr viel Geld!«

Agatha Christie – soweit immerhin reichten Hannas literarische Erinnerungen noch – hatte in einem ihrer Romane einmal gesagt, daß letztlich alle Morde auf die klassischen Motive Geld und Liebe zurückzuführen seien.

Nicole schien zu ahnen, was Hanna sagen wollte.

»Nein, Hanna, Georg hat ihn nicht umgebracht. Warum hätte er das tun sollen?«

»Weil ihm«, sagte Hanna ganz sanft, »nach dem Besuch des Schweizers klar geworden ist, wieviel Geld in der Sache steckt, Nicole. Und weil er es nicht einem verhaßten Deutschen zukommen lassen wollte.«

»Das kann ich nicht glauben!« sagte Nicole, »das glaube ich einfach nicht!«

»Was ist mit deinen Eltern?«

»Die haben alles in Georgs Hände gelegt. Es ist besser, weil Papa ist manchmal etwas schwach im Kopf – er würde es ausplaudern und vielleicht wegschenken, wer weiß, und dafür hätte unsere Familie die Gedichte nicht so viele Jahre aufbewahren brauchen.«

»Wie sehen sie aus? Ist es eine Rolle?«

»Nein, es ist eine Art Mappe, verschnürt mit einem Band. Das Band ist wahrscheinlich im Laufe der Jahre mal ausgetauscht worden – wir glauben nicht, daß es noch original ist!« In Nicoles Augen begann es zu leuchten. »Aber die Gedichte sind wirklich wunderschön!«

»So!« Hanna wandte sich frontal zu der jungen Frau um und sah ihr direkt in die Augen. »Und jetzt sag ich dir mal was, Nicole. Genau dieses Leuchten, dieses Strahlen war in den Augen von Hans-Peter an dem Tag, an dem ich ihn gesehen habe! Und dieses Leuchten würde ich gerne in den Augen von möglichst vielen Menschen, von Deutschlehrern, von jenen Schulkindern, die noch nicht von Multimedia erfaßt sind, in den Augen von Goetheforschern, Antiquaren, Regisseuren, alten Jungfern und hartherzigen Managern sehen!«

»Ja,« flüsterte Nicole, in Gedanken noch bei Hans-Peter, »das war der Tag, als ich ihm heimlich ein Gedicht und eine Zeichnung gezeigt habe. Nachdem Luino bei uns gewesen war. Der hat nur davon gehört, nichts gesehen. Aber ich ... nun ... mein Vater hatte mir einmal, nachdem ich es mir so gewünscht hatte, ein paar Gedichte als Abschrift gegeben. Es gibt nur Abschriften. Wo das Original ist, weiß nur Georg, nachdem mein Vater ihm offiziell die Verwantwortung für die Gedichte übergeben hatte. Denn Georg verwaltet die Gedichte für die Familie.«

»Wo ist diese Abschrift?«

»Die habe ich ...« Sie wurde rot. »Nun, es ist vielleicht ein bißchen komisch, die habe ich damals vergraben. Hans-Peter war zwar nicht mit mir dort, aber vielleicht hat er es geahnt, weil wir so oft zusammen dort waren, und da steht eine Ulme ... In die hab ich mal was reingeritzt. Es ist in der Nähe des Friederikenhügels, und da ist ja auch diese uralte Grube, es ist ein sicherer Platz, ich glaube, er hat es geahnt, denn ich bin oft mit ihm dort spazierengegangen, und einmal habe ich mich verplappert und von einem Schatz gesprochen, der dort liegt! Dann habe ich einen Schreck bekommen und habe sie weggeholt und woanders hingetan, auch in die Nähe, aber eben woandershin. Ich habe Hans-Peter geliebt, aber diese Gedichte mußte ich auch schützen. Wenn wir geheiratet hätten, hätte er sie ja sowieso gesehen.«

Hanna rümpfte die Nase. »Was aber konnte er mit einer Abschrift anfangen?«

Nicole strich sich eine Strähne jetzt ganz verschwitzten blonden Haares aus der Stirn. »Nun, er konnte anderen Interessenten davon erzählen. Konkurrenten von Luino und dieser Buchhändlerin aus Frankfurt. Georg durfte nichts davon wissen. Der hat immer gesagt, entweder glauben uns die Leute oder nicht!«

Hanna spürte, wie ihr kühl wurde. »Nicole, was glaubst du? Wer hat Hans-Peter Fischer umgebracht? Und warum? Ich will nicht, daß du mir wieder ins Gesicht springst ...«

Nicole nickte traurig.

»Glaube mir, Hanna, ich habe auch schon an ihn gedacht!«

Schweigend liefen die beiden Frauen nebeneinander in Richtung Tennis- und Campingplatz. Ein älterer Herr und seine Frau, beide schon ergraut, aber sehnig und braungebrannt, spielten sich locker Bälle zu und lachten dabei ausgelassen.

»Das sind zwei Südfranzosen. Sie machen jedes Jahr Urlaub hier!« sagte Nicole. »Ich weiß nicht, warum. Ich würde am liebsten wegziehen!«

»Wirklich? Aber deine Geschichte, Nicole, ist geradezu untrennbar mit der Geschichte von Sessenheim verbunden. Du gehörst hierher!«

Nicole lächelte bitter: »Durch den Besuch eines geilen Deutschen zu ewigem Sessenheim verdammt!«

Hanna sagte nichts. Irgendwie konnte sie Nicole ja verstehen.

»Ich gehe jetzt zu Georg. Ich glaube, es wäre nicht gut, wenn du mitkämst!« Nicole drehte sich jäh zu Hanna um. »Es wird Streit geben ...«

Dann schielte sie über Hannas Schulter.

»Hanna, ich weiß nicht. Du hast doch niemandem gesagt, daß wir hier sind? Ich habe das Gefühl, jemand verfolgt uns!«

»Was?« Hanna wandte sich um. »Schon wieder! Ich habe auch die ganze Zeit so ein komisches Gefühl. Irgend etwas stimmt hier nicht, und ich habe das Gefühl, es hat mit diesem Schweizer zu tun!«

»Daß du das jetzt sagst!« Nicole faßte sich anmutig an die Stirn. »Natürlich! Ich hatte vorgestern, als ich nach Hause fuhr, das Gefühl, ich hätte ihn gesehen, aber dann dachte ich, gewiß täusche ich mich. Jetzt, wo Hans-Peter tot ist, ist das Geschäft doch geplatzt ...«

Nicole riß die Augen auf.

»Oder auch nicht!« sagte Hanna ganz sanft. »Oder auch nicht, Nicole! Und jetzt laß ich dich alleine zu deinem Bruder gehen! Aber bitte, bitte überlege dir, ob du diese Gedichte, zumindest die Abschriften, nicht aus ihrem Versteck holst und damit Georg vielleicht veranlaßt, sie der Welt zu öffnen!«

Nicole zog langsam wie ein frierender einsamer Rabe die Schultern hoch.

Vielleicht, dachte Hanna, ist es wirklich zuviel, eine solche kulturgeschichtliche Bürde auf dem Buckel zu schleppen, vielleicht ist dieses Erbe von Goethe kein Segen, sondern ein Fluch.

Hanna sah Nicole nach, bis ihre kleine Gestalt langsam im Sommerdunst verschwand und um die Ecke bog.

Das Eigenartige war, daß sie keinerlei Angst hatte. Jemand verfolgte sie – vielleicht schon seit langem –, und doch hatte sie keine Angst.

Eigentlich war die ganze Sache zutiefst menschlich. Ein Mann hatte zwei Frauen geliebt. Er hatte sie beide verlassen. Beiden hatte er Gedichte geschrieben, die einen längst in den Schatz seiner Werke eingegangen, die anderen heute Millionen wert.

Groteskerweise waren es die Nachkommen der kleinen armen und ausgebeuteten Magd, die heute von dieser Liebe profitieren würden und nicht jene der bessergestellten Pfarrerstochter Friederike, für die sich auch später noch Dichter interessiert hatten.

Hanna lief auf historischem Grund, roch die würzigen Düfte des Spätsommers, sah das Dorf mit seinen Giebeln, Dächern und Gärten vor sich im blauen Dunst der brennenden Gartenfeuer und fühlte sich zum ersten Mal mit der Geschichte eins.

Es war Zeit, Lucien einzuweihen. Sie war am Ende ihrer Weisheit. Und sie wollte, daß er ihr half.

Langsam und gelöst wandte sie ihre Schritte nach Hause.

Er war noch nicht da.

Prinzessin miaute hungrig. Auf dem Holzparkett lag feiner Staub.

Hanna lief zum Eßtisch, nahm den kleinen Goetheband, den sie sich noch in Frankfurt am Hauptbahnhof gekauft hatte – für die Rückfahrt. Er hatte neben der Kasse gelegen, neben den schnellen Krimis und billigen Bestsellern.

Es war so still im Haus, er fehlte ihr so sehr.

Goethe schien dieses Gefühl gekannt zu haben, Hannas Augen blieben haften an einem Spruch, der ihr gefiel: *»Immer war mir das Feld und der Wald und der Fels und die Gärten nur ein Raum, und du machst sie – Geliebte – zum Ort!«*

Das war schön. Sessenheim war reizend, aber nur mit dem Geliebten ein Ort zum Leben.

Sie hörte Luciens Schlüssel, stürzte sich ihm in die Arme, küßte ihn und zog den erstaunten Widerstrebenden in die Küche.

»Ich muß dir die ganze Sache einfach erzählen ...« Plötzlich fiel die innere Ruhe von ihr ab, und sie wurde so aufgeregt, wie es die Sache eigentlich auch erforderte.

Lucien hörte staunend zu, seine Augen wurden immer strahlender.

Jeder – dachte Hanna – jeder, der diese Geschichte hört, strahlt. Auch ohne daß ich diese Mägdelieder gesehen habe, beflügeln sie bereits.

»Hör zu, Hanna ...« sagte Lucien nachdrücklich, »du mußt Nicole dazu bringen, dir zu sagen, wo die Abschriften liegen, und zwar bald. Nur falls sie noch immer in der Nähe des Friederikenhügels sind ... Ich sage dir jetzt etwas, das ich dir eigentlich niemals sagen dürfte, es kann mich meinen Job kosten, aber das Gebiet ist zur Bebauung freigegeben. Jeden Tag können dort Bodenproben gemacht werden, Bagger anrollen. Angeblich ein Supermarkt ...«

»Lieber Himmel«, sagte Hanna und öffnete eine Flasche Wein, »aber wie soll ich sie bloß überzeugen?«

Am anderen Morgen schleppte sich Hanna mit zentnerschweren Gliedern durch ein morgendlich leeres Haus.

Sie war müde und hatte ein Gefühl des Überdrusses. Nicole soweit zu bearbeiten, daß sie ihr das Versteck der Abschriften zeigte, schien eine Aufgabe, die einfach nicht zu bewältigen war.

Schwer ließ sie sich auf einen Küchenstuhl fallen, draußen zog ein Gewitter auf. Dunkelgraue Wolkenberge schoben sich hin und her, verdeckten mal eine wütend knallende Sonne, ließen ihr dann wieder Raum, die Welt mit einem unangenehm kalten Licht zu beleuchten, wie eine Lampe, in der eine viel zu starke Birne brennt.

Als es klingelte, blieb Hanna gelassen. Durch die Scheiben der unterteilten Vordertür sah sie Girauds seltsam vertrautes Gesicht.

»Monsieur Giraud?«

Ohne Sorge ließ sie ihn ein. Nur in schlechten Kriminalromanen sind Polizisten in Wirklichkeit Mörder.

Er nickte.

»Ich würde gerne mit Ihnen sprechen, Frau Kupferschmitt, wenn Sie eine Minute Zeit haben!«

»Gerne, nichts, was ich lieber täte. Prinzessin, geh von deinem Stuhl und laß den Onkel Flic sitzen!«

Prinzessin schien zu kapieren und flüchtete.

»Schöne Katze. Ist die wirklich aus dem Tierheim?«

»Ja.«

»Eine Chartreux. Im Tierheim? Fast undenkbar. Da haben Sie wirklich Glück gehabt!«

Hanna lachte und bot ihm Kaffee an. »Vor allem sie hat Glück gehabt! Mein Zukünftiger hätte eine Feld-, Wald- und Wiesenkatze nicht akzeptiert.«

Giraud nickte.

»Wie geht es Ihren Kindern?« erkundigte sich Hanna höflich.

»Es geht. Sie sind jetzt bei meiner Schwester; ich habe im Moment kaum Zeit für sie!«

»Haben Sie niemals daran gedacht, wieder zu heiraten?«

»Ich war einmal kurz davor. Na ja.«

»Was ist passiert?«

»Es sind nicht meine Kinder, hat sie gesagt. Sie nerven. Tja, meine frühere liebe Lebensgefährtin Sylvie. Irgendwann ist sie auf und davon und hat sogar ihren grauen Pudel bei mir gelassen. Inzwischen habe ich wenigstens das Sorgerecht für den Hund!« Giraud grinste.

»Was? Sie erziehen fremde Hunde? Das könnte ich mir nicht vorstellen? Wo ist Sylvie denn heute?«

Giraud hob die breiten Schultern.

»Sie hat als Entertainerin im Parc Schtroumpf gearbeitet und ist von einem amerikanischen Produzenten nach Las Vegas geholt worden. Seither ist sie dort. Um ihren Hund kümmert sie sich nicht!«

»Warum sind Sie überhaupt hier, Monsieur Giraud?«

»Ich wollte Sie fragen, wie Ihre heimlichen Recherchen im Fall Ihres Landsmannes vorangehen?«

Hanna legte den Kopf schief. »Und wie gehen Ihre Recherchen voran?«

»Beantworten Sie meine Frage nicht mit einer Gegenfrage!«

Sie starrten einander an. Prinzessin sah von einem zum anderen.

Giraud lauerte. »Ich dürfte Ihnen das eigentlich nicht sagen – es kann mich den Kopf kosten – aber bei uns wird der Fall jetzt zu den Akten gelegt. Es gibt keine Anhaltspunkte. Mein Chef vermutet inzwischen, daß es sich um einen Raubüberfall gehandelt hat, bei dem der Täter schlicht und einfach gestört wurde. Solche Raubüberfälle geschehen in letzter Zeit häufiger.«

»Nein, Sie dürfen den Fall nicht schließen!« Hanna drehte hilflos ihre Kaffeetasse hin und her. »Ich meine ...«

Giraud beugte sich vor. Seine kleinen schrägen

Augen blitzten. »Ich weiß, was Sie meinen! Ich weiß, daß Sie auf einen Anhaltspunkt gestoßen sind, und ich weiß auch auf welchen!«

»Was?«

Giraud sprang auf, rannte zum Telefontisch in dem winzigen Flur und schüttelte das Buch. »Ach hören Sie auf, und lassen Sie uns endlich offen sein. Nicht wahr? Sie haben es herausgefunden. Hier liegt der Schlüssel zu diesem Mord!«

Hanna schluckte trocken.

»Woher wissen Sie das? Ach ...« Ihr dämmerte die Wahrheit. »Natürlich! Sie haben mich die ganze Zeit beschatten lassen. In Frankfurt, hier, einfach überall! Sie waren das!«

Giraud sah sie nur ausdruckslos an.

»Es ist besser!« sagte er, »wenn Sie mit uns zusammenarbeiten. Ein Mörder darf nicht ungestraft davonkommen. Das ist gegen die Ordnung!«

Hanna sah ihn an.

»Woher wissen Sie, woher wissen Ihre Leute von der Sache?«

Giraud zuckte die Achseln. »Dies hier ist ein Dorf, nur ein Dorf. Solche Dinge können nicht über Jahrhunderte hinweg geheimgehalten werden, so etwas sickert durch, wie Wasser langsam aus einem defekten Schlauch sikkert.«

»Ein schöner Vergleich!« sagte Hanna biestig. »Vielleicht sind Sie selbst zum Dichter bestimmt!«

Aus irgendeinem Grunde war sie enttäuscht. Vielleicht hatte sie gedacht, sie allein hätte dieses Geheimnis aufgedeckt. Seltsam, daß eine solche Mär im Dorf herumging und niemals nach außen drang! Sie versuchte, diesen Zweifel weiterzuverfolgen, doch es gelang ihr nicht, denn Giraud sprach weiter: »Wir könnten zusammenarbeiten, wenn Sie versuchen, die Gedichte zu finden!«

»Vor allem, bevor die Bagger kommen!« Mist, dachte

sie, was ist nur an diesem Mann, daß ich ihm immer mehr erzähle als ihn angeht.

Giraud nickte. Er wußte also Bescheid über das Bauvorhaben. Hanna war erleichtert.

»Lucien hätte es mir nicht erzählen dürfen, es ist gegen das Bankgeheimnis, aber er hat es getan, weil er weiß, wie wichtig mir die Sache geworden ist. Bevor das Gebiet abgesperrt und bebaut wird – das kann von heute auf morgen kommen. Und wenn Nicole wieder arbeitet, wenn die Ferien um sind, bekommt sie das möglicherweise gar nicht mit. Dann ist sie tagelang nicht da ... Ich versuche, sie zu überreden, die Abschriften so schnell wie möglich zu holen. Nur mit den Abschriften läßt sich ein seriöses Angebot einholen, das Georg vielleicht dazu bringt, die wertvollen Originale herauszurücken!«

»Ich bin sicher, daß ich oder jemand anderes von der Polizei keine Chance hat, an Nicole heranzukommen!« sagte Giraud mit so viel Überzeugung, daß Hanna ihn fragend ansah.

»Warum das?«

»Nun ...« Giraud stand auf und sah hinaus in den Hof. »Sie dürfen nicht vergessen, die Oleander rechtzeitig vor den ersten kühlen Nächten in den Schutz des Hauses zu stellen. Für das ganze Jahr als Dekoration empfehle ich Ihnen Bambus. In Ittenheim bei Straßburg gibt es ein Spezialgeschäft.«

Hanna schwieg und wartete auf eine Antwort.

»Also, Georg hatte sich einmal einer Organisation angeschlossen, die sich Elsaß-National nannte. Wirrköpfe, ein paar halbdeutsche Terroristen aus der linken Szene, Kontakte zur internationalen Separatistenszene. Sitz dieser waffenstarrenden Organisation war Weißenburg. In den Weinbergen gibt es da ein kleines Schloß aus dem 18. Jahrhundert, zwischen Deutschem Weintor und dem Ortsausgang von Weißenburg, mit dem Auto kaum erreichbar. Dort trafen sie sich und träumten ihre

Träume von einem unabhängigen Elsaß. So wie die Schotten und die Iren!« Giraud zuckte die Achseln. »Nur leider blieb es nicht beim Träumen, ein Teil der Gruppe überfiel eine Bank in Nancy, wurde erwischt, wanderte hinter Gitter, und das war's dann. Georg wurde vorgeladen, und wir mußten ihn ein bißchen härter anpacken beim Verhör. Das hat er uns bis heute nicht verziehen. Und seine Schwester natürlich auch nicht. Also, uns wird sie bestimmt nichts sagen!«

Hanna zögerte. »Wie steht es mit der Moral? Finden Sie es überhaupt richtig, den Schluchters diesen Schatz – wenn auch mit Geld – zu entreißen?«

Giraud wandte sich wieder um, sein Gesicht sehr ernsthaft.

»Es gehört ihnen nicht. Es gehört all jenen, die es zu schätzen wissen. Goethe hat es einem Mädchen geschenkt und nicht den Schluchters. Er hätte gewollt, daß sich die Nachwelt daran erfreut. »

Hanna nickte. »Das glaube ich auch! Ich werde mit Nicole reden. Noch heute. Die Ferien sind nächste Woche zu Ende – dann könnte es schon zu spät sein!«

Giraud lächelte erleichtert. »Rufen Sie uns an, wenn es soweit ist!«

Nicole trat neben ihn ans Fenster und sagte leise, »Das weiß ich noch nicht. Vielleicht!«

Giraud ging, von Prinzessins bernsteinfarbenen Augen träge verfolgt, und Hanna trat ans Telefon ...

»So, Prinzessin ...«, sagte sie zu der graublauen Schönheit, »jetzt sag mir mal, wie ich dieses sture Mädchen dazu bringen soll, mit mir zu diesem Hügel zu gehen und diese Gedichte zu holen? Wie nur?«

Sie griff nach der Gabel und erschrak, so wie man immer erschrickt, wenn ein Telefon, nach dem man greift, plötzlich läutet. Es ist, als würde ein Geist darin stecken.

»Ja?« sagte sie nur. Längst hatte sie sich in diesem Punkt Frankreich angepaßt, wo sich niemand mit Namen meldete.

»Hier ist Nicole!« sagte eine Stimme, die tatsächlich Nicole gehörte, »ich habe es mir überlegt. »Laß uns heute nachmittag zusammen zum Friederikenhügel gehen und die Abschriften holen!«

»Warum gehst du nicht alleine?« fragte Hanna in ihrer ersten Verblüffung.

Nicole zögerte. »Ich finde, du gehörst dazu«, erwiderte sie. In Wirklichkeit, das wußte Hanna, hatte Nicole Angst.

18. KAPITEL

KEIN GRÖSSER GEHEIMNIS ALS LIEB UND HASS ...

Aus dem Protokoll der Kriminalpolizei vom 28. August 1996. Vernehmung von Hanna Kupferschmitt. Anwesend ein Dolmetscher. Vernehmsprache war Französisch.

Nachdem mich Nicole angerufen hatte, schien der Tag nicht herumgehen zu wollen. Ich mußte zweimal unter die Dusche, und draußen war es unerträglich schwül.

Mittags rief ich Lucien an und erzählte ihm von meinem geplanten Treffen mit Nicole. Ich fragte ihn, ob er mitkommen wolle, aber er sagte, Nicole werde ihn nicht dabei haben wollen, außerdem sei er verabredet mit einem Kunden in Schweighouse.

Dann hätte ich eigentlich Kommissar Giraud anrufen sollen, um ihn zu informieren, aber ich zögerte, denn Nicole hatte mich beschworen, niemandem etwas von der Sache zu erzählen, und ich muß ehrlich sagen, ich hatte schon damals das Gefühl, daß er mir nicht ganz die Wahrheit gesagt hatte, obwohl er mir als Mensch durchaus nicht unsympathisch war.

Ich beschloß also, ihm nichts zu sagen.

Der Nachmittag wollte nicht vergehen. Ich sah alle möglichen Talk-Shows im deutschen Fernsehen und fragte mich, was ich tun würde, was ich empfinden würde, wenn ich diese Gedichte sähe.

Oder zumindest ihre Abschrift.

Um sieben Uhr – es war inzwischen schon fast finster – traf ich mich mit Nicole an der Kirche, doch sie war nicht alleine. »Warum hast du Georg mitgebracht?« fragte ich sie mißtrauisch. Sie gab mir zu Antwort, sie habe sich alles überlegt und wolle keine Geheimnistuerei mehr in der Familie. Wörtlich sagte sie: »Ein Opfer ist wirklich genug!«

Anmerkung des Protokollführenden: Hier begann die Befragte zu weinen und mußte beruhigt werden.

Gemeinsam liefen wir durchs Dorf, hinaus, Richtung Stattmatten. Es war kaum noch Verkehr auf der Straße. Durch das Gewitter und den Regen waren auch die Gehwege menschenleer. Am Ende des Dorfes geht die Straße in eine Landstraße über. Wir liefen ziemlich schnell, der Wind trieb uns warme Regentropfen ins Gesicht, ich zog meine Kapuze über. Rechterhand öffnete sich dann der kleine Park mit dem Hügel. Ein paar hundert Meter weiter begann eine neue Wohnsiedlung, ähnlich der, die wohl jetzt hier auch geplant war.

Wortlos führte Nicole mich und den feindselig schweigenden Georg über die Grünfläche, durch ein kleines Wäldchen. Nasse Bätter segelten auf uns herunter, der Himmel war beinahe schwarz. Es war wie in einem Gruselfilm.

Nicole wies immer noch schweigend auf eine Gruppe von häßlichen struppigen Büschen.

»Da unten!« sagte sie.

In der Ferne hörte ich ein paar Autos in Richtung Straßburg brummen, in noch weiterer Entfernung ein paar Laster.

Georg holte aus seiner Jacke eine Art Minispaten, dessen Griff sich wie bei diesen modernen Teleskopstielen aufschrauben ließ, und begann zu graben.

Es dauerte nicht lange, der Boden war ja aufgeweicht durch den leichten Regen. Dann griff er in das Loch und holte etwas heraus.

Die Papierbögen, dünn mit Bleistift beschrieben, waren in einer durchsichtigen Plastiktüte.

»Hier!« sagte Georg zu Nicole. »Mach damit, was du willst! Aber die Originale sind nicht so leicht zu haben!« sagte er ernst und fast resigniert.

»Sie werden es nicht bereuen!« sagte ich zu ihm. »Vielleicht zahlt die Goethegesellschaft nicht soviel dafür wie Luino, aber dafür haben Sie von jetzt an einen guten Namen! Wir machen jetzt ein Angebot, und dann können Sie sich überlegen, ob Sie die Originale opfern!«

Georg starrte mich schweigend an.

»In der Tüte!« sagte Nicole dann, »da hat sich eine Art Kondenswasser gebildet. Hoffentlich kann man die Texte noch lesen!«

Ängstlich löste sie das Gummi, zog die Papiere heraus. Ich hätte zu gerne einen Blick auf die ersten Worte geworfen, aber ich wollte nicht zu neugierig erscheinen.

Sie holte die Blätter liebevoll heraus, schützte sie mit ihrer kleinen Hand vor dem Regen.

Plötzlich ging alles ganz schnell. Ich hörte Schritte hinter mir, und plötzlich wußte ich, daß es diese Schritte waren, die mich die ganze Zeit über verfolgt hatten. Warum ich es wußte und warum ich wußte, daß mich Giraud angelogen hatte – keine Ahnung, vielleicht ist man in manchen Situationen einfacher hellhöriger.

Ein blonder Mann stand hinter uns, er kam mir seltsam bekannt vor. Ich hatte ihn schon mal irgendwo gesehen, aber das war jetzt nicht wichtig, denn er hielt eine Waffe in der Hand.

»Schön her mit den Dingern!« sagte er in gebrochenem Deutsch. Ein Franzose. Dann lächelte er, und bei diesem Lächeln erkannte ich ihn. Ich hatte ihn gesehen, als ich Lucien einmal auf der Bank in Hagenau besucht hatte. Er war ein Kollege von Lucien. Lucien ...

»Was machen Sie hier?« schrie ich und wie im Wahn, »Wo ist Lucien?«

»Seien Sie vernünftig, Georg! Geben Sie uns diese Gedichte! Mit uns verdienen Sie ein Mehrfaches von dem, was Ihnen diese Leute ...« und dabei deutete er auf mich, als sei ich eine internationale Kulturinstanz, »da bieten können!«

»Uns?« schrie ich. »Uns? Wer ist uns? Etwa Lucien? Mein Lucien?«

»Denken Sie an die Renovierung Ihres Hofes und daran, daß Sie von keiner Bank der Welt einen Pfennig Kredit bekommen!«

»Georg!« Ich muß wohl fast geheult haben, meine Tränen vereinigten sich mit den Tropfen, die immer dichter vom Himmel kamen. »Georg, diese Leute ...«, ich fing an zu weinen, »sind Mörder. Sie haben Hans-Peter Fischer umgebracht. *Sie* wollten das Geschäft machen. Was nützt Ihnen Ihr Hof, wenn Sie noch im nachhinein das Andenken ihrer toten Ahnin in den Schmutz ziehen? Wenn die Sache herauskommt, dann wird man mit Fingern auf Sie zeigen und auf ..., »und jetzt sagte ich das Richtige: »und auf das Elsaß! Sonst würde man mit Respekt von Ihnen und Ihrem Land sprechen!«

Georg brauchte jetzt nur noch eine Sekunde, um sich zu entscheiden. Er sah Nicole an.

»Gib ihr diese Gedichte!«

Nicole ging auf mich zu, die Blätter in der Hand.

»Blöder Bauer! Scheiß-Elsässer!« schrie der Mann. Da sprang Georg auf ihn zu, er hob die Pistole, ein Schuß knallte, Nicole rannte los, die Blätter flatterten ihr aus der Hand, noch ein Schuß, Georg lag auf dem Boden ... Nicole und ich beugten uns über ihn, wir sahen, daß er tot war ... ja, und dann waren Sie ja schon da. Sie ... hatten ja das Gelände umstellt!«

Die Befragte wurde nun zu dem Verbleib der Gedichtabschriften verhört.

»Die habe ich nur noch davonflattern sehen. In tausend Blättern sind sie hochgewirbelt, in den Regen, und mit jedem Regentropfen ist ein Wort verschwommen ...«

Lucien habe ich nicht mehr wiedergesehen.

Ihre Leute haben ihn abgeholt, ohne daß ich ihn noch mal sehen mußte.

ENDE DES PROTOKOLLS

19. KAPITEL

DU DENKST ES KAUM UND SIEH DAS LIED IST FERTIG.

Hanna und Alain Giraud saßen einander im Au Boeuf gegenüber.

Es war viel zu früh, etwas zu sagen.

Ob aus ihnen etwas werden würde?

Hanna mochte nicht darüber nachdenken.

Sie war nur eine Genesende.

Zwei Tage war sie im Krankenhaus gewesen, zur Beobachtung. Alain hatte sie nicht alleine lassen wollen, und keine elsässische Familie hatte sie bei sich aufnehmen mögen. Auch die Mullers nicht.

Dann war sie traurig und matt nach Hause zurückgekehrt. Mit Lucien war auch Prinzessin verschwunden. Seine teure Katze, sein Statussymbol. Luxus bis ins letzte Detail.

Sie hatte ihre Sachen gepackt.

Was sollte sie noch im Elsaß!

Sie hatte gehen wollen, doch dann hatte es geklingelt, und Giraud hatte vor der Tür gestanden.

Mit einer Flasche guten Elsässer Rieslings.

Gemeinsam hatten sie versucht zu verstehen, wie es zu diesem Verbrechen gekommen war.

Am Ende wußte Hanna Bescheid. Was sie nicht wußte, war, ob Lucien sie wirklich geliebt hatte. Vielleicht.

So wie er eben lieben konnte.

Giraud hatte ihr die Geschichte aus der Sicht der Kriminalpolizei geschildert.

Lucien liebte den Luxus. Immer schon. Deshalb hatte ihn das Bankwesen angezogen.

Dann, als er in Hagenau begonnen hatte, auf der Bank zu arbeiten, hatte er unter anderem auch das Anwesen der Schluchters besucht, die sich vergeblich um einen Renovierungskredit bemühten. Routinearbeit für Lucien. Die Ablehnung des Kredits war eine sichere Sache, nachdem Lucien das baufällige Anwesen besichtigt hatte. Doch der alte Schluchter, halbverwirrt, hatte alle Register gezogen. Brabbelnd hatte er von einem Schatz gespochen, auf Luciens Drängen und unter Druck hatte Georg schließlich die Episode mit den Gedichten herausgerückt und hatte auch von Hans-Peter Fischers sagenhaftem Angebot von einem Herrn aus der Schweiz gesprochen.

Lucien hatte Geld gewittert, und Geld und den Luxus liebte er mehr als alles andere. In Paris hatte er Kontakt aufgenommen zu einer ehemaligen Bankkollegin, die wegen Unterschlagung entlassen worden war, und hatte sie unter einem Vorwand im Haus der Schluchters postiert, wo sie sich nun aufhielt und bespitzelte, wie weit man mit den Verhandlungen war.

Sie hielt Augen und Ohren offen und informierte Lucien und seinen Komplizen auf der Bank von der bevorstehenden Übergabe der Abschriften an Hans-Peter Fischer.

Lucien sah das große Geschäft in Hans-Peter Fischers Händen. Er war ihm gefolgt und hatte ihn an der Ulme umgebracht, bevor er den Schatz berühren konnte.

Als er dann in das Loch griff, sah er zu seinem Entsetzen, daß es keinen Schatz gab, daß die Abschriften woanders hingebracht worden waren.

Doch Lucien gab nicht auf. Dann hatte er über seine Komplizin versucht, Georg weichzuklopfen, ihm die Gedichte zu überlassen. Als Hanna aber anfing, sich für den Fall zu interessieren, hatte das saubere Trio sie zunächst mißtrauisch beäugt und war ihr nach Frankfurt gefolgt, hatte aber dann anläßlich der Annäherung der beiden Frauen die einmalige Chance gewittert, durch sie der Gedichte habhaft zu werden...

Hanna hörte sich alles an. Es setzte sich nun wie ein Puzzle zusammen. Lucien hatte Luinos Abgesandten in Baden-Baden im Casino getroffen, deshalb hatte sich der Barkeeper so gut an ihn erinnert und gleich gewußt, daß er Franzose war ...

Alles war Lüge gewesen. Sogar Prinzessin. Lucien hatte sie in seinem Wahn, immer das Beste zu besitzen, in einer Tierhandlung gekauft und so getan, als sei sie aus dem Tierheim.

Prinzessin – im Rückblick lächelte Hanna – war übrigens wieder da. In jener Gewitternacht war sie gesehen worden, wie sie sich mit einem ganz ordinären Straßenkater in einer Scheune versteckte. Hanna zweifelte nicht daran, daß es bald Nachwuchs geben würde.

»Ich habe«, hatte ihr Alain erklärt, »immer gezweifelt, ob Lucien wirklich mitschuldig ist, aber als er dir das Märchen von der Bebauung erzählt hat, um die Übergabe zu beschleunigen, wußte ich, daß er etwas im Schilde führt. Denn – und das sollte einem eigentlich der gesunde Menschenverstand sagen – der Friederikenhügel und seine ganze Umgebung steht unter absolutem Denkmalschutz!«

Hanna bestellte noch einen Espresso, die Wirtin brachte ihn wortlos.

Menschenverstand? Was wußte sie schon vom Elsaß? Was von Frankreich?

Gestern hatte sie bei ein paar Zeitungen angerufen, sie schickten jemanden vorbei, der über die Sache berichten wollte ...

»Warum schreibst du es nicht selbst?« hatte Petra Woll am Telefon geschrien. »Jetzt bist du verrückt geworden. Schreib, und wir nehmen es. Du bist wieder drin im Geschäft!«

»Du kannst mich mal!« hatte Hanna geantwortet, in dem ruhigen Gewissen, wenigstens ein Goethezitat verwendet zuhaben.

Leicht würde es nicht werden, wenn sie hierbliebe, auch nicht, wenn es mit Alain und seinen Kindern gutginge ... Wovon sollte sie leben?

Doch dann klangen ihr Nicoles Worte im Ohr: »Georg hat das Geheimnis, wo die Gedichte sind, mit ins Grab genommen, aber ich werde sie suchen, an jedem Ort, den er je betreten hat, werde ich sie suchen!«

Hanna stand langsam auf, ging hinüber in das kleine Goethezimmer, Alain, mit dem sie in Verzweiflung und Einsamkeit letzte Nacht das erste Mal geschlafen hatte, ging mit ihr, wie unsichtbar seine Hand auf ihrer Schulter.

Sie sah das Porträt des jugendlichen Stürmers mit dem verwehten Haar und den unternehmungslustigen Augen an.

»Gut!« sagte sie zu ihm, »du hast es nicht anders gewollt. Tagsüber werde ich eben im Supermarkt arbeiten, drüben in Deutschland, und abends ...«

Sie wandte sich Alain zu, und was sie nicht sah, das sah er: das Leuchten in ihren Augen.

»Abends werde ich Nicole suchen helfen!«

Kai Meyer

Die Geisterseher

Ein unheimlicher Roman
im klassischen Weimar

---

347 Seiten, Gebunden
ISBN 3-352-00486-2

»Der erst 26jährige Autor Kai Meyer liebt es gruselig. In seinem Roman ›Die Geisterseher‹ schildert er einen vom Geiste der Frühromantik um 1800 geprägten Kriminalfall in Weimar. Das Opfer: Friedrich von Schiller. Als Detektive treten die Brüder Grimm auf, und im Hintergrund läßt E.T.A. Hoffmann freundlich grüßen.« *Norddeutscher Rundfunk*

»Dem Leser dieses kriminalistischen Historienspiels wird allerlei an Mystik, Magie, Aberglauben und geheimnisvollen Vorkommnissen geboten ... Der Autor gestaltet die Handlung spannend und unterhaltsam.«
Neue Osnabrücker Zeitung

R & L

Rütten & Loening

Kai Meyer

Die Winterprinzessin

Ein unheimlicher Roman um die Gebrüder Grimm

---

384 Seiten. Gebunden
ISBN 3-352-00539-7

Dezember 1812. Es herrscht klirrender Frost, das ganze Land liegt unter einer dichten Schneedecke. Wie ein Flüchtiger reist der geschlagene Napoleon durch Europa und macht unter anderem Station in Weimar, wo er Goethe mit einem dringlichen Anliegen aufsucht. Einige Tage später reisen die Brüder Grimm, mit einem Empfehlungsschreiben Goethes in der Tasche, nach Karlsruhe: Der badische Außenminister Dalberg sucht einen verschwiegenen Lehrer für ein vor kurzem geborenes herzogliches Kind ...
Napoleon, Goethe, eine verwegene indische Prinzessin und ein Kind namens Kaspar Hauser: nach den »Geistersehern« das zweite kriminalistische Abenteuer der Brüder Grimm.

R & L

Rütten & Loening